죽음의 집에서 보다

죽음의 집에서 보다

석영중·손재은·이선영·김희은 지음

도스토옙스키와 갱생의 서사

일러두기

• 이 책에서 인용한 도스토옙스키의 한국어판 『죽음의 집의 기록』은 열린책들 세계문학 전집 (2010)을 토대로 했다. 문맥과 현행 맞춤법에 따라 번역을 일부 수정했으며, 괄호 안에 아라비아 숫자로 면수만을 표기했다.

• 도스토옙스키의 러시아어판 전집인 *Polnoe sobranie sochnenii v 30 tomakh* (Leningrad: Nauka, 1972~1990)(약칭 PSS)를 인용할 경우 아라비아 숫자로 권수와 면수를 표기했다.

머리말

　모든 책은 자기만의 탄생 과정을 거친다. 이 책『죽음의 집에서 보다』역시 아주 특별한 스토리와 함께 탄생했다. 나는 30여 년간 고려대학교에 재직하면서 여러 번 도스토옙스키 소설 강의를 했다. 워낙 대작들이라 대부분의 경우 한 학기에 소설 한 편 읽는 식으로 수업을 진행했다. 주로 4대 장편이라 평가받는『죄와 벌』,『백치』,『악령』,『카라마조프 씨네 형제들』을 돌아가며 읽었다. 이렇게 수십 년의 세월이 흘러갔다. 정년 퇴임을 몇 년 앞둔 어느 날 불현듯 한 가지 생각이 떠올랐다. 아직 내게 기회가 있을 때 이제까지 한 번도 강의실에서 읽지 않았던 거장의 소설, 4대 장편에 속하지는 않지만 4대 장편의 모든 것을 〈미리〉 담아내는『죽음의 집의 기록』을 강의하며 어떨까 코로나19 바이러스가 여전히 극성을 부리던 시절이었다. 재택근무, 거리 두기, Zoom 수업 같은 낯선 개념이 지구를 뒤덮고, 공기 자체가 올가미가 되고, 사람이 다른 사람에게 감옥의 담장이 되어 서로를 격리시키던 시절이었다. 그런데 바로 이런 시절이었기 때문에 도스토옙스키의 유배지 체험을 담고 있는 소설을 읽는 게 어쩐지 시대와 어울린다는 다소 기이한 생각이 들었다. 2021년 1학기, 나는 흉악범들만 등장하는 시베리아 감옥 소설을 한 학기 내내 공부하는, 듣기만 해도 지루하기 짝이 없는 대학원 강의를 개설했다. 소수의 무모한(!) 대학원생들이 수강 신청을 했다. 나는 내심 이 강의가 유지될 수 있을까 걱정을 했다.

그런데 기적 같은 일이 일어났다. 첫날부터 수강생 전원이 연애 스토리도 없고 대단한 줄거리도 없는 괴상한 소설에 완전히 빠져들었고 이후 수업 시간은 매번 감동과 감격과 눈물과 웃음의 도가니가 되었다. 〈인생 강의〉란 이런 게 아닐까 하는 생각이 들었다. 수업 시간에 함께 체험한 그 감동을 기록으로 남기고 싶다는 소망이 자연스럽게 생겨났다. 나와 수강생들은 단순히 감동의 기록도 아니고, 일부 마니아들이 공유하는 동호회 수준의 글도 아니고, 딱딱한 논문집도 아닌, 학문적으로 유의미하면서 동시에 일반 독자도 읽을 수 있는 저술을 출간하기 위해 각고의 노력을 기울였다. 원로 교수와 젊은 도스토옙스키 연구자들이 힘을 합쳐 그동안 도스토옙스키를 공부하면서 쌓아 올린 모든 것을 일관성 있게 담아내려고 노력했다. 그 결과 탄생한 것이 이 책이다.

도대체 무엇이 『죽음의 집의 기록』을 이토록 매력적인 소설로 만들어 주는 것일까. 아마도 거장이 그리는 시베리아 유배지 감옥은 결국 우리가 사는 사회, 지금 이곳의 축소판이기 때문에 그런 것 아닐까. 죄수들도 형리들도, 그리고 가끔은 그 안에 보석처럼 박혀 있는 선한 사람들도 모두 우리가 항상 마주치는 사람들, 아니 우리 자신들이다. 증오와 폭력과 아귀다툼도 인간사의 일부이고 간혹 그 와중에 피어나는 한 줄기 햇살 같은 친절과 배려와 희망도 인간사의 일부이다. 소설을 읽다 보면 어느덧 감옥 안의 세상과 내가 사는 이 세상이 중첩되고 죄수복을 입은 흉악범에 나 자신의 모습이 대입된다. 그러면서 결국 삶이란 갱생을 향해 가는 중단 없는 추구의 과정이라는 도스토옙스키의 생각에 고개를 끄덕이게 된다. 소설의 마지막에서 족쇄를 벗어 버린 주인공이 〈자유, 새로운 생활, 죽음으로부터의 부활…… 이 얼마나 영광스러운 순간인가!〉라고 외치는 대목은 도저히 잊히지가 않는다.

생성형 인공 지능으로 전 세계가 떠들썩하다. 인문학 연구의 패러다임이 변할 수밖에 없다는 목소리도 점점 커져 간다. 그러나 이 책과 같은 연구서를 과연 인공 지능이 만들어 낼 수 있을지 의문이다. 인공 지능이 과연 한 학기 내내 수강생들이 경험한 그 감동의 독서를 흉내라도 낼 수 있을지 의문이다. 이 책의 저술에는 참여하지 못했지만 수업 시간에 함께 웃고 울었던 다른 수강생들에게 감사한 마음을 전한다. 젊은 연구자들의 빛나는 눈동자보다 더 찬란한 것이 어디 있을까 싶다. 언제나 한결같이 도스토옙스키 저술과 번역을 지지해 주시는 열린책들 홍지웅 사장님, 권은경 편집장님께 깊이 감사드린다.

2024년 8월 필진을 대표하여

석영중

목차

머리말 —— 석영중   5

『죽음의 집의 기록』 —— 손재은   11

I   육체의 굴레 —— 손재은   15

옷과 글쓰기 • 벗을 수 없는 죄수복 • 의상의 영성 •
지옥에서 인간을 만나다

II   악의 시간과 공간 —— 이선영   69

악의 크로노토프 • 단테의 유산 • 목욕탕 • 소시오패
스 • 침묵과 고독 • 거리 두고 바라보기

III   죽음의 집, 지루한 집 —— 김하은   125

슬픔의 집 • 지루함의 악 • 한낮의 악마 • 워커홀릭 •
일과 여가 • 초월적 권태 • 시간 없음

IV 노예와 초인 —— 석영중   181

니체의 오독 · 영원한 노예들 · 권력에의 의지 · 그리

스도 안에서의 자유

V 영원을 보다 —— 석영중   209

이콘의 눈 · 시선의 해방 · 시각적이고 동시적인 서

사 · 수난의 표징 · 신의 바라봄

출전   245

참고 문헌   247

『죽음의 집의 기록』
손재은

도스토옙스키F. M. Dostoevskii는 시베리아 유형에서 돌아온 뒤 유배지에서 겪은 일들을 토대로 소설을 집필하기 시작했다.『죽음의 집의 기록Zapiski iz mertvogo doma』이라 불리게 될 소설은 1860년 9월 잡지『러시아 세계』지에 서문이 실리고 이듬해 1월에 1부가 게재됨으로써 빛을 보기 시작하여 1862년에 완성되었다.

구성

소설은 1부와 2부로 나누어져 있다. 1부는 서문과 11개의 장으로, 2부는 10개의 장으로 각각 이루어진다. 소설의 첫머리인 서문에서 시베리아 오지 거주민인 편집자는 고랸치코프가 죽은 뒤에 발견한 기록물의 존재를 알린다. 그리고 다음 장부터 고랸치코프가 직접 쓴 수기가 곧바로 독자에게 소개된다.

줄거리

유형 생활을 마친 뒤 시베리아 오지에 정착해 아이들에게 프랑스어를 가르치며 살다 세상을 떠난 고랸치코프의 방에서 공책 한 권이 발견된다. 그의 수기에 낱낱이 기록된 지난 10년간의 감옥 생활은 어땠을까?

감옥에 처음 들어오면서 받은 강한 인상은 고랸치코프를 압도한다. 가장 괴로운 것은 일분일초도 홀로 있을 수 없다는 현실이었다. 살을 맞대고 지내야 하는 온갖 종류의 난폭하고 야만적인 죄수들, 자기가 저지른 살인에 대한 참회의 흔적이라곤 찾아볼 수 없는 그들의 뻔뻔스러움은 인간에 대한 환멸을 불러일으킨다. 감옥에서조차 술장사를 하는 가진과 고리대금업을 하는 유대인 이사이 포미치 등의 인간 군상들. 게다가 자신을 동료로 인정하지 않는 민중 죄수들로부터 소외당하며 귀족으로서 극심한 자괴감에 빠진다.

악조건 속에서도 고랸치코프는 여느 죄수들과는 다른 선한 청년 알레이와 우정을 나누게 된다. 성탄절을 맞아 다 함께 준비한 연극을 보러 간 공연장에서 그는 믿을 수 없는 광경을 보게 된다. 민중 죄수들이 토속 악기로 연주하고 훌륭하게 연기할 뿐 아니라, 관객들은 기뻐하며 이 무대를 온전히 즐겼던 것이다. 이제 그는 완전히 새로운 눈으로 죄수들을 바라보게 된다.

한편 감옥 내 병원에 입원하게 된 고랸치코프는 폐결

핵에 걸려 죽어 가는 병든 죄수들과 의사들, 그리고 동료 죄수들을 목격한다. 죽어 가는 사람에게도 예외 없이 집행되는 형벌은 너무 가혹하고 비인간적이지 않은가. 죄수를 인간적으로 대하는 아버지 같은 간수도 간혹 있지만 때리기 기술을 과시하며 쾌감을 맛보는 대다수는 모종의 권력 중독자들이다. 병석에 누워 듣게 된 아내 살인범 시시코프의 이야기는 끔찍하다.

연속되는 일상 속에서 여름은 훌쩍 지난다. 감옥을 감시하는 검찰관이 방문하고 죄수들끼리 송곳으로 찌르는 다툼이 발생하는 등의 일들이 흘러간다. 1년 내내 옥사로 들여온 많은 동물들이 얼마 못 가 죽어 없어지기도 한다. 실패할 것을 알면서도 반복되는 공연한 탈옥은 억눌린 자유에 대한 공동의 열망을 실현해 주기라도 하는 걸까.

마침내 형기를 채우고 출옥하는 고란치코프의 발목에서는 족쇄가 잘려 나간다. 그 순간의 마음가짐대로 고란치코프는 여생을 살다 갔을까, 그의 새로운 삶은 어떠했을까 하는 질문은 독자의 몫으로 남겨진다.

I

육체의 굴레

손재은

옷과 글쓰기

옷은 인간이 생활을 유지하기 위한 기본 조건인 의식주에 포함될 만큼 우리의 삶에서 필수적인 요소이다. 옷은 더위나 추위 같은 자연환경이나 안전상의 위험으로부터 인간을 보호하는 일차적인 기능을 하기에 지리적 조건과 기후의 영향을 받아 의복 문화가 형성된다 할 수 있다. 그러나 상대적으로 부차적으로 여겨져 왔던 옷의 문화적 기능은 현대 사회에 들어서면서 더욱 강화되어 왔다. 자연환경의 위협으로부터 살아남으려는 원시적인 욕구의 해결은 점차적으로 인류가 당면한 과제에서 밀려난 한편 개성적인 자기표현 수단으로서의 옷의 중요성이 점차적으로 부각되어 온 것이다. 전 세계적인 패션 산업의 기하급수적인 성장은 옷의 기능이 문화적이고 정서적인 면으로 무게 중심이 옮겨져 왔음을 분명히 확인케 한다.

그런데 도스토옙스키는 일찍이 옷의 이 같은 기능과 여기에 얽힌 인간의 속성을 간파하고 있었던 듯하다. 감옥을 배경으로 죄수들이 살아가는 모습을 기록한 소설인 『죽음의 집의 기록』에서 도스토옙스키는 감옥에도 존재하는 의식주의 세 요소 중에서도 특별히 옷에 더 많은 관심을 기울인다. 단순히 생각할 때 일반적인 독자들은 애초에 감옥에서 허용되는 단 하나의 복장인 죄수복에 대한 묘사가 단조로울 수밖에 없을 것이라 자연스레 예상하게 된다. 하지만 죄수들이 입고 벗는 의복에 조금만 관심을 기울여 작품을 읽다 보면 곧 여기에 작가의 심오한 인간관이 총체적으로 담겨 있음을 알아차릴 수 있을 것이다.

감옥에 입소한 고랸치코프는 자신이 입고 있는 더럽고 헐어 빠진 옷을 보면서 죄수가 되었다는 현실을 최초로 실감하는데, 여기에서부터 작가는 감옥 내에서 옷이 가지는 특수성을 암시한다. 감옥은 바깥 세계와 완전히 단절된 채 특별한 생활 환경을 지닌 이질적 공간이므로 고유한 의복 문화와 옷에 대한 인식이 형성될 수밖에 없다. 화자가 독자에게 감옥을 처음 소개하는 대목에서 죄수복에 관한 구절을 보자.

죄수들은 복장에 따라 부류가 구별되고 있었다. 한

부류는 상의 재킷이 절반은 짙은 갈색이었고 다른 한 부류는 회색이었으며, 바지도 마찬가지로 다리 한쪽은 회색, 다른 쪽은 짙은 갈색이었다. 한번은 작업장에서, 죄수들에게 다가와 흰 빵을 파는 여자애가 나를 물끄러미 오랫동안 바라보다가 갑자기 깔깔 웃기 시작했다. 「후, 잘 어울리는군!」 여자애가 소리쳤다. 「회색 옷 감도 모자라고, 검은 옷감도 모자랐단 말이지!」 거기에는 재킷이 모두 회색 옷감으로만 되어 있고, 다만 소매만이 짙은 갈색인 사람들도 있었다.(26)

감옥에서 옷의 가장 우선적인 기능은 죄수의 부류를 구분하는 데 있다. 어떤 색깔과 모양의 옷을 입고 있는가는 곧 그가 누구인가를 정의한다. 감옥 바깥에 선 소녀는 이러한 사정을 알 리 만무하다. 그렇기에 여러 옷감을 누더기처럼 이어다 붙인 죄수복을 입고 있는 광경을 우스꽝스럽게 바라본다. 자신과 잘 어울리는지, 두께와 재질이 적절한지, 옷감이 충분한지 등 개인적인 취향이나 상황은 한 죄수가 옷을 선택할 때 결코 고려될 수 없는 요인인 것이다. 담장 하나를 경계로 감옥과 외부의 이질적인 의복 문화가 충돌한다. 서로 다른 옷차림은 사람들로 하여금 감옥 안과 바깥 세계의 단절을 여실히 체감케 하는 것이다.

고란치코프뿐만 아니라 다른 모든 죄수들도 이같이 옷

에 대한 특별한 인식을 가지고 있다. 죄수들은 천편일률적인 죄수복 대신 자기만의 개성이 드러나는 옷을 구하려 애쓰기도 하고 축제일에는 어렵게 손에 넣은 성장 차림으로 만족스럽게 먹고 마시기도 한다. 끊임없이 옷을 의식하는 것이다. 옷은 상대에게 비추어지는 모습과 스스로 바라보는 자신의 모습을 동시에 투영하기에 죄수들이 의복을 다루는 방식은 필연적으로 이들의 의식 세계와 연결된다.

실제로도 도스토옙스키는 옷을 잘 차려입는 일에 평생 동안 많은 관심을 기울였다. 주변인들의 진술과 작가가 주고받은 편지의 여러 대목에서 이 사실이 확인된다. 1846년 야놉스키S. Ianovskii는 청년 도스토옙스키를 처음 만난 뒤에 그의 세련되고 깔끔한 옷차림에서 받았던 특별한 인상에 관해 기록했으며, 작가의 아내 안나는 어려운 형편에도 남편이 새 옷을 사 입는 일은 빼놓지 않았다고 적고 있다.(Ianovskii 1990: 231; Dostoevskaia 1990: 81~82) 작가가 쓴 편지에서도 곤경에 처한 상황에서 새로운 옷이 필요하다며 호소하는 구절이 곳곳에서 발견된다. 〈표트르 안드레예비치 씨, 저는 옷이 무척 필요합니다. 페테르부르크의 겨울은 혹독하지요. 가을은 너무 습해서 건강에 해롭습니다. 그러니까 겨울옷이 없이는 살아남을 수가 없을 겁니다.〉(PSS 28-1: 92); 〈중요한 건 내게 옷 한 벌조차 없다는 거야. 홀레스타코프는 아주 고상하게 감옥에 가는 것에 동의했지. 만약에 바지가 없다 하더라도 그렇게 고상하게 행동할 수 있을까?〉(PSS 28-1: 101); 〈한 400루블쯤 빚을 졌어(생활비랑 옷값). 최소한 2년 정도는 단정하게 입고 다니겠지.〉(28-1: 107) 빚에 시달리며 경제적으로 여유롭지 못했던 도스토옙스키가 구구절절 옷의 필요성을 호소하는 대목들은 고골 소설의 아카키 아카키예비치를 떠올리게 할 정도로 절박함이 느껴진다. 그는 러시아의 추운 기후 탓을 하기도 하지만, 그 밖의 여러 진술들은 도스토옙스키가 한 인간에게 있어 옷이 물질 이상의 의미를 지닌다고 보았음을 시사한다. 인간이라면 제대로 된 옷을 잘 갖춰 입어야 한다고 생각했던 것이다. 이를 반영하듯 도스토옙스키의 여러 작품에서 옷은 인물의 의식과 직결되는 중요한 상징물로 나타난다.

　소설 속 의복에 관해서는 몇 명의 도스토옙스키 연구자들이 주목하기도 하였는데 대부분 『죄와 벌』과 『카라마조프 씨네 형제들』등 후기 장편소설에 집중하고 있다. 일련의 주장들이 도스토옙스키의 작품 세계에서 의복이 중요성을 지닌다고 시사하고 있음에도 장편소설의 씨앗을 곳곳에 품고 있는 『죽음의 집의 기록』속 옷에 관해서는 여태껏 논의된 바가 없다. 게다가 이 소설이 화자가 쓴 수기 형식을 일관되게 유지함으로써 하나의 상징체계로서 옷이 가지는 중요성은 더욱 커진다. 고란치코프의 눈으로 거의 포착하다시피 직관적으로 쓰인 파노라마적인 기록에는 그 자신뿐 아니라 등장인물들의 내면과 생각이 겉으로 거의 노출되지 않는다.

소설의 화자가 자신과 다른 죄수들의 내면 묘사를 최대한 배제하는 대신 감옥 생활 묘사에 초점을 맞추고 있다는 프랭크J. Frank의 지적은 그 전부터 이미 여러 연구자들이 동의해 온 지점이다.(Frank 2020: 69) 이러한 서술상의 특징으로 인하여 회고록, 에세이, 다큐멘터리, 자서전 등 이 작품의 장르에 대한 정의를 두고서 연구자들의 견해는 분분했다. 이 글의 특수한 성격은 도스토옙스키 연구자들에게도 글의 장르 규정을 둘러싸고 이토록 논란의 여지를 제공하고 있다.

아마 도스토옙스키 자신도 창작 과정에서 이러한 소설의 형식에 대한 고민을 안고 있었던 것 같다. 문제를 간파한 작가는 옷의 상징체계를 도입함으로써 이를 극복하고자 한 것으로 생각된다. 이후 다음 소설인『죄와 벌』을 집필할 때도 도스토옙스키는 애초에 일인칭 소설로 구상했으나 일인칭에 따르는 제약으로 인하여 삼인칭 전지적 작가 시점으로 변경하였다.(Young 2021: 119) 이 사실 역시『죽음의 집의 기록』이 일인칭 형식에 대한 철저한 고민과 계획 속에서 구상되었을 것임을 짐작하게 하는 근거 중 하나이다.

작가는 소설의 이러한 한계를 보완하기 위하여 상징과

이미지를 더욱 풍부하게 활용하는데 그중에서도 옷 상징 체계가 핵심에 자리하는 것이다. 저명한 도스토옙스키 연구가인 프랭크 역시 『죽음의 집의 기록』에 가득 차 있는 상징적 디테일과 촘촘히 연결된 상징체계는 단조롭게 배열된 사건들을 하나의 예술 작품으로 엮어 내는 중대한 요인이라고 지적하였다.(Frank 1986: 225) 인물의 외면적인 정보를 포함하는 의복과 머리 스타일 등은 그의 감정과 내면 그리고 작가가 구현하는 메시지를 이미지화하는 강력한 요소로 작동하는 것이다.

작가가 의복 상징체계를 주요한 예술 장치로 활용한 가장 큰 목적은 옴스크 감옥에서 이루어진 인간 탐구의 결과를 소설에서 구현하고자 한 데 있다. 그는 감옥 생활 도중 몸소 체험했던 인간에 대한 깊은 이해를 언어로 담아내는 것을 작가로서의 가장 우선적인 과업으로 생각했기에 이를 결코 간과할 수 없었던 것이다. 이러한 기획에 따라 한 인물이 의복에 어떠한 태도를 취하는가는 그가 내적으로 어떤 인간인지 판별하는 시금석이 된다. 옷은 보이지 않는 것을 드러나게 하는 매개물의 역할을 한다는 뜻이다. 도스토옙스키는 모두 똑같은 죄수복을 입고 있지만 제각기 다른 내면을 가진다고 보았기에 한 인물이 죄수복을 어떻게 다루는가를 통해 타인을 바라보는 시각, 세계를 지각하는 방식을 구체화하여 표현하고자 한 것이다.

무엇보다 도스토옙스키는 옷이 인간의 육체적 측면과 정신적 측면 양자에 동시에 관련된다는 사실에 주목한다. 몸에 걸치는 옷은 일차적으로 인간이 육체적 존재임을 명시하는 물질이다. 추위와 아픔을 느낄 수 있는 신체를 가진 존재에게만 의복은 필수적이다. 그러나 다른 한편으로 한 인간이 옷을 다루는 방식은 그가 육체성을 완전히 넘어설 수 있는 정신적 존재임을 시사한다. 옷에 대한 태도는 인간만이 가질 수 있는 것이기에 이는 동시에 그가 인간이라는 증거이기도 하다. 옷은 유한한 물질이지만 그것을 어떻게 다루는가는 무한한 의미를 수반할 수 있는 것이다. 이렇게 육체성과 정신성이라는 이중적 측면을 모두 포괄함으로써 옷은 인간의 존재론적 모순까지 드러내 보일 수가 있다.

도스토옙스키가 지닌 육체성과 정신성에 대한 관점은 감옥에서의 경험과 불가분의 관계를 맺는다. 잘 알려졌다시피 감옥 생활은 도스토옙스키에게 인간이 얼마나 강렬하게 육체적인 동시에 정신적인 존재일 수 있는지 체험케 한 시간이었다. 1854년 형에게 보낸 편지에는 옴스크 감옥 생활 도중 죄수들에게서 육체성과 정신성, 악함과 선함을 동시에 목격하며 겪은 혼돈과 극적인 깨달음으로 인한 흥분이 온통 뒤섞여 있다. 그리고 그 영향이 작가의 남은 인생을 송두리째 뒤흔들 만큼 강력한 것이었음이 고스란히 전달된다. 〈내가 여태 흉악한 사람들에 대해서만 말했지. 여기에서 진실한 사람들을 만나지 못했더라면 나는 정말이지 죽어 버리고 말았을 거야. (……) 그의 친절, 언제라도 어떤 요청이더라도 들어주려는 호의, 친형제 같은 관심과 보살핌을 어찌 갚을 수 있을지 모르겠어. 이런 사람은 그 하나뿐이 아니야! 형, 세상에는 고귀한 사람들이 정말 많아.〉(PSS 28-1: 171); 〈나는 육체적으로 너무 약해서 병사의 짐을 모두 짊어지는 것은 불가능해.《거기 있는 사람들은 전부 단순한 자들이야》라고 격려해 주겠지. 나는 바로 그 단순한 사람이 복잡한 사람보다 훨씬 두려워. 어쨌거나 사람들은 어디서나 똑같아. 4년 동안 감옥에서 강도범들 사이에 있으면서 나는 마침내 진실한 사람들을 발견했어. 깊고 강하고 훌륭한 사람들이 있다는 게 믿겨? 거친 껍데기 밑에서 금을 찾아내는 것이 어찌나 기쁜지.〉(PSS 28-1: 172) 감옥 생활 초기에 작가는 민중 죄수들의 야만적이고 극단적인 악행을 수없이 목격하면서 인간을 증오하지 않기 위해 부단히 애써야만 했다고 알려져 있다. 그러나 점차 함께 생활해 가면서 그가 인간적인 아름다움의 요체를 목격하게 된 것 역시 민중 죄수들의 모습에서였다. 이로써 죄수들에게서 목격한 양극단인 동물적 육체성과 신의 형상의 공존은 작가의 인간관의 근저에 자리하게 된 것이다. 이러한 사실들을 염두에 두고 이제부터 옷을 중심으로 작가가 육체적인 동시에 정신적 존재인 인간을 어떻게 바라보았는지 살펴보자. 죄수들이 입고 있는 옷은 강제에 의한 것인가 혹은 자발적인 의지에 따른 것인가를 기준으로 구분된다. 강제적인 옷 입기와 옷 벗기를 통해 육체적 존재로서 인간이 직면하게 되는 한계가 집중적으로 표현되는 한편, 자발적 옷 입기와 옷 벗기를 중심으로 그 한계를 극복할 수 있는 방향성이 독자에게 제시된다.

벗을 수 없는 죄수복

죄수들이 개인의 의지와는 상관없이 옷을 입거나 벗어야만 하는 상황에서 도스토옙스키는 인간이 본질적으로 육체적인 존재에 지나지 않는다는 사실을 보여 준다. 우리는 흔히 육체적이고 물질적인 삶이 마치 저차원적이고 지양해야 할 것인 듯 이야기하곤 한다. 정신적으로 고양된 삶을 추구하기 위해서는 이를 마치 우리의 삶에서 도려내 버려야 할 부분으로 치부하기가 십상이다. 그러나 생각하기가 쉬운 만큼 막상 실현하기는 어렵다. 작가는 이렇게 안이한 인식의 모순을 의식이라도 한 듯 인간이 육체성에서 벗어나기란 사실상 불가능하다는 사실을 명확히 제시한다.

화자는 점호가 끝난 뒤 잠들기 전까지 죄수들이 생활

하는 옥사의 풍경을 독자에게 전달한다. 이 장면에서 화자의 관심은 죄수들이 몸에 걸치고 있는 죄수복, 족쇄, 낙인에 집중된다.

이 방 안의 평상에만도 30명이 자리를 잡고 있는데, 겨울에는 일찍 빗장을 지르는 까닭에 모두들 잠들 때까지 네 시간이나 기다려야만 했다. 하지만 그 전까지는, 웅성거리는 시끄러운 소리와 웃음, 욕설, 쇠사슬 소리, 악취와 그을음, 삭발한 머리들과 낙인 찍힌 얼굴들, 남루한 의복, 이 모든 것이 욕설과 혹평의 대상이 되곤 했다……. (22)

이때 화자가 직접 감각으로 느낀 것을 마치 영상물로 촬영이라도 하듯 기록하여 고스란히 전달하는 방식은 눈길을 끈다. 화자는 보이는 대로 보고 들리는 대로 듣고 코를 찌르는 냄새를 맡은 그대로 가감 없이 표현한다. 이는 육체적 존재로서의 〈불가피성〉을 강조한다. 오각을 압도하는 쇠사슬 소리, 낙인, 그리고 죄수복은 시각, 촉각, 청각 등을 통해 즉각 전달되므로 개인의 의지에 따른 선별적 수용이 불가능하다. 그로 인한 감각의 고통으로부터 자유로울 수 있는 죄수는 아무도 없다. 다른 죄수의 존재를 온몸으로 불쾌하게 감각할 수밖에 없는 현실은 그들이 서로를 비난하고 증오하게 되는 가장 직접적인 원인이기도 하다. 물론 여기서 말하는 족쇄와 낙인은 우리가 흔히 생각하는 의복 종류에 해당하진 않는다. 그렇지만 죄수들의 몸에 착용하거나 새겨진다는 점에서 강제적으로 입게 되는 죄수복과 동일한 의미로 간주할 수 있을 것이다.

도스토옙스키의 소설에서 감각 묘사가 단순히 한 인물의 감각 경험을 전달하는 것 외에 특별한 중요성을 가진다는 것은 연구자들에게 이미 익숙한 사실이다. 이는 고란치코프가 겪는 감각적 고통에 대한 묘사가 단순히 육체적인 체험을 재현하는 것을 넘어 보다 깊이 작가의 관점을 구현하는 장치로 기능할 가능성을 암시한다. 최근 들어 이 문제에 주목한 영S. Young은 여러 감각 중에서도 〈듣기〉와 〈보기〉를 통해 인물들이 세계를 경험하는 방식에 관심을 기울인다. 주로 감각의 왜곡, 목격하기, 엿듣기 등 시각과 청각의 간접적인 작용을 통해 주인공은 자기 신체와 자신을 둘러싼 주변 현실 사이의 거리 두기를 경험하게 된다. 그 과정에서 감추어져 있던 주인공의 의식 한 부분이 드러나게 된다는 것이다. 궁극적으로 감각을 통해 지각이 작동하는 원리를 간파하고 있던 도스토옙스키는 이를 이용해서 물질세계의 한계를 표현하고자 한 것이다.(Young 2021: 120~131)

『죽음의 집의 기록』의 서두에서 고란치코프는 자신의 기록물을 〈꿈〉과 〈감각〉에 빗대어 표현한다. 이 진술로 인하여 본 소설은 앞서 소개한 영의 관점과 긴밀하게 연결될 가능성을 확보한다. 〈이것은 이미 오래전의 일이다. 마치 꿈속에서처럼, 나는 이 모든 것을 꿈꾼다. 내가 감옥에 들어가던 때가 기억난다. 10월의 어느 저녁 무렵, 이미 땅거미가 지고 있었다. 사람들은 일터에서 돌아와 검사받을 준비를 하고 있었고, 콧수염을 기른 하사관 한 명이 마침내 내가 몇 해를 보내야 하고, 실제로 내가 체험하지 않았다면 상상조차 할 수 없었을 그런 감각을 가져다주는, 이 이상한 집의 문을 열어 주었다.〉(24) 영에 따르면 감각을 통한 지각 묘사는 주로 꿈속 장면에서 이루어진다. 이때 인물이 일상에서 경험하지 못하는 무의식적인 부분이 드러나게 되며 거의 언제나 감각은 기억과 연결된다.(Young 2021: 122~123) 강제로 옷을 입고 벗어야만 하는 생활을 하는 와중에 체험하는 감각에 대한 묘사로 가득 찬 고랸치코프의 글이 〈꿈 같은〉 기록에 비유되는 것은 우연이 아니다. 이 수기는 필연적으로 그 자신을 포함한 죄수들의 의식 세계를 구현하는 기록물로서 존재하게 되는 것이다.

어느 날 고랸치코프는 동료 죄수인 아킴에게서 우연히 다른 죄수 중대에 관한 이야기를 듣게 된다. 그에 따르면 거기에서 유형수는 자기만의 집에 혼자 살며 죄수복도 입지 않고 자율적으로 생활하기에 이곳 죄수들은 하나같이 그 중대를 동경한다. 그중에서도 죄수들이 가장 부러

워하는 것은 마음대로 옷을 입을 수 있다는 사실이다. 〈고통은 노역에 있는 것이 아니지요. (……) 거기에서는 죄수가 자기의 작은 집에서 살 수 있다고 해요. 나도 그곳에 가보진 못했고, 그렇게들 말하더라고요. 머리를 빡빡 깎지도 않고, 죄수복도 입지 않는답니다.〉(56)

죄수복을 입고 싶지 않다는 죄수들의 단일한 소망은 이들에게 죄수복이 어떤 의미를 가지는지 단적으로 보여 준다. 살을 에는 듯한 바람도 막아 주지 못하는 거칠고 누더기 같은 죄수복은 일차적으로 신체에 고통을 가하는 원인이지만 인식에도 지대한 영향을 준다. 죄수복은 자신을 죄수로 규정하는 외적인 표지이자 물리적 부자유를 투영하는 물건으로 취급된다. 죄수들의 의식을 제약하는 일종의 속박으로 작용하는 것이다. 죄수들은 자신을 〈죄수로만〉 인식하는 차원에서 벗어나지 못한다. 어쩌면 그로 인한 고통은 신체적인 아픔을 능가할 만큼 더 강한 것인지도 모른다.

대다수 죄수와는 완전히 다른 식으로 죄수복을 취급하는 유일한 인물은 아킴이다. 그는 감옥 생활을 할 때는 다 같이 죄수복을 입고 삭발하는 편이 훨씬 효율적이라고 판단한다. 아킴에게 죄수복은 단지 질서 유지를 위한 방편에 지나지 않으며 물질적 필요 이상의 가치를 조금도 가지지 않기 때문이다. 〈비록 그렇기는 하나 그들이 여기서 죄수복을 입은 모습에 머리를 밀고 있는 것이 낫지, 그렇게 하면 질서도 잡히고 눈에도 잘 띄니까 말이지요. 그런데 오직 이것이 그들에게는 마음에 들지 않는 겁니다.〉(56)

아킴은 일상적인 죄수복에 이상하리만치 초연하다. 〈죄수 마인드〉를 찾아볼 수가 없는 것이다. 그 이유는 그가 남몰래 간직하고 있는 새 옷의 존재에 있다. 아킴은 축제일에 입기 위해 새로 마련해 둔 자기만의 죄수복을 꺼내 입지 않고 소중히 보관한다. 〈축제일까지 그는 자기의 낡은 웃옷과 바지를 입고 다녔다. 그런대로 손질은 되어 있는 옷들이지만, 무척이나 낡아 있었다. 이미 넉 달 전에 배급을 해준 새 옷 한 벌은 자기의 궤짝 속에 조심스레 간수하고서는, 축제일에 당당하게 그것을 새로 갈아입고 웃어 보이고 싶다는 생각에 지금은 손도 대지 않고 있다는 것을 이제서야 알게 되었다.〉(214) 그는 중요하게 여기는 가치와 자신의 존재론적 의미를 오롯이 새 옷에 투영하므로 일상적인 죄수복에는 물질 이상의 의미를 조금도 부여할 필요가 없는 것이다. 이는 죄수들이 우글대는 북새통 같은 감옥 안에서도 아킴이 자기만의 방식으로 독립적인 내적 생활을 이어 가고 있음을 의미한다. 아킴이 구축하고 있는 자신만의 세계를 도스토옙스키가 긍정적으로 혹은 부정적으로 보았는지에 관해서는 별도의 논의가 필요하겠지만, 그가 죄수복에 집착하지 않는다는 사실만으로 육체성의 속박에서 빗겨나 있음은 분명해진다.

　족쇄 역시 신체를 가두는 것보다는 죄수들의 의식을 각성시키는 데 실질적인 기능이 집중되어 있다. 〈작은 소리melkozvon〉라는 별칭은 족쇄가 가하는 청각적 자극이 얼마나 강렬한 각성 효과를 발휘하는지 압축적으로 보여 준다. 죄수 중 누구 하나라도 몸을 움직일 때마다 귓전을 울리는 철의 마찰음과 살을 에는 듯한 차가운 촉감은 육체적인 통증을 가할 뿐 아니라 벗어날 수 없는 처지를 시시각각 상기시킨다. 〈단지 탈주를 방지하기 위해서 족쇄를 채우는 것일까? 절대 그렇지 않다. 족쇄란 하나의 수치심이며 굴욕이고 육체적, 정신적 부담인 것이다.〉(284) 탈옥 방지를 위한 족쇄는 역설적으로 탈옥을 감행하지 않는 이상 물리적 현실의 변동 가능성이 전무하다는 사실을 눈으로 확인시켜 준다.

　특히나 작가는 죽어 가는 죄수의 야위고 연약한 육체에 채워진 무겁고 단단한 강철로 만든 족쇄의 잔혹함을 여러 차례 강조한다. 화자의 연민 어린 시선을 통해 절대적이고 견고한 족쇄의 이미지는 뚜렷하게 독자에게 각인된다. 〈그러나 다시 반복해 말하건대, 중병 환자에게나 족쇄가 없더라도 이미 손과 발이 여월 대로 여위고 지푸라기조차 잡기 힘겨운 폐병 환자들에게도 그렇다는 말인가?〉(283); 〈그의 몸에 남겨진 것이라곤 주머니에 든 나무 십자가와 족쇄뿐이었고, 이미 그 족쇄에서 말라빠진 두 발을 빼낼 수 있을 정도였다.)(285) 이렇게 본질적으로 육체적 존재인 인간이 필연적으로 하게 되는 감각의 체험은 그의 정신적 영역과 불가분의 관계로 드러난다.

한편 유대인 죄수 이사이는 이 감각 체험의 불가피성에서 벗어나 있는 예외적인 인물이다. 다른 죄수들을 괴롭히는 의복으로 인한 정신적 고통의 징조가 그에게서는 전혀 발견되지 않는다. 이사이는 인간이 아닌 인간, 인간의 육체적 한계를 넘어 버린 인간인 것이다. 앞서 본 것처럼 아킴은 의복에 자기만의 정신적 가치와 의미를 부여함으로써 죄수복으로 인한 속박에서 벗어나 있다. 반면 이사이는 철저히 물질 차원의 삶만을 영위함으로써 의복이 수반하는 정신적 의미를 전면으로 부정한다. 도스토옙스키는 아킴과 이사이라는 양극단의 인물을 통해 인간성의 상반된 측면을 보여 준다.

이사이를 비롯해 도스토옙스키 작품에 단골로 등장하는 유대인 주인공을 분석한 로즌실드G. Rosenshield는 이사이가 작가의 주요한 메시지를 전하기 위해 창조된 인물이 아니라고 주장한다. 그에게서는 단지 유대인 인물 특유의 우스꽝스러움만이 부각된다는 것이다.(Rosenshield 1984: 264, 266) 그러나 여태껏 이야기한 의복의 상징성을 염두에 두면 이사이의 존재 의미는 그보다 심오해진다. 그는 유대인으로서 민족적 차원에서만 성의되는 데 그치지 않는다.

도스토옙스키는 자신의 인간성을 스스로 말살시킨 끔찍한 인간의 대표자로 이사이를 지목한다. 의복에 대한 그의 태도는 어떠한가? 죄수복이나 족쇄는 형기가 끝나는 동시에 벗어 던질 수 있기에 감옥이라는 공간 안에서만 유효한 물건이다. 그에 반해 낙인은 출옥 이후에도 신체에 영구히 남도록 새겨지는 상징적 의복이다. 죄수복이나 족쇄보다 훨씬 더 강하게 불변성과 고정성을 함축하는 징표인 것이다. 〈이들은 모든 권리를 완전히 박탈당한 상태로 사회로부터 외떨어져 있었으며, 그 버려짐을 영원히 증명하기 위해 얼굴에 낙인까지 찍힌 죄수들이었다.〉(23) 이사이는 바로 이 낙인을 지우는 약을 구할 수 있는 처방전을 가졌음에도 출옥한 뒤에 쓸 요량으로 자기 몸의 낙인을 그대로 방치한다. 육체에 찍힌 낙인을 조금도 개의치 않는 이러한 발상으로 인하여 그가 일반 죄수들과는 완전히 다른 차원의 인간임이 단번에 드러난다. 죄수들이 낙인에 투영하는 부정적인 판단과 거기에서 비롯되는 정신적 고통은 이사이에게 부재한다. 오직 어떻게 하면 소유하고 있는 약의 효용을 극대화해서 이용할 수 있을까 하는 것만이 그의 행동을 결정짓는 기준이다.

육체의 세계에만 속한 인간인 이사이가 옷을 저당물 이상으로 취급하지 않는 태도는 그의 정신적 우둔함(정신적 능력의 마비 혹은 상실)을 구체적으로 보여 준다. 그는 옷을 오직 교환 가치를 가지는 대상으로만 바라봄으로써 옷에 수반되는 그 밖의 가치를 전부 부정한다. 옷에 이토록 강한 집착을 가진 이사이가 입고 있는 옷에 관해서는 정작 한 줄의 설명도 없다는 점은 몹시 흥미롭다. 그 대신 온갖 조류를 닮은 얼굴과 몸의 생김새는 그가 동물과 다를 바 없는 존재임을 암시한다. 〈뺨과 이마에 흉측한 낙인이 찍혀 있고 허약하며 주름투성이인 그는, 쉰 살쯤 되었고 바싹 마른 데다가 힘도 없었고 하얀 병아리 같은 체구를 하고 있었다.〉(186~187); 〈그 자신도 암탉과 같이 온순했으며〉(189); 〈감옥에 들어오기 전에 많은 유대인을 알고 있었던 루츠카는 가끔 그를 약 올렸지만, 그것은 악의에서라기보다는 개나 앵무새, 또는 애완동물 등과 장난을 치듯이 재미 삼아 그러는 것이었다.〉(190) 우스꽝스러운 외모를 한 사나이가 저당물을 보자마자 손을 뻗치는 날렵한 몸짓은 먹이를 본능적으로 낚아채는 동물의 모습을 연상시킨다. 도스토옙스키는 저당물에 대한 이사이의 집착이 자신의 생명을 위협하는 어마어마한 공포심마저도 초월하였음을 감각적으로 표현한다. 〈이사이 포미치는 겁에 질려 한마디 말도 꺼내지 못했지만, 저당물을 바라보면서는 갑자기 몸을 움찔하더니 민첩하게 손가락으로 이 누더기를 헤집어 보는 것이었다.〉(188) 물질에 대한 욕망이 본연적인 육체적 한계마저 뛰어넘을 정도로 강하게 그를 점령했다는 말이다.

이사이는 죄수들을 상대로 벌이는 고리대금업 외에도 보석 세공하는 일을 해 돈을 긁어모은다. 우리는 옷 이외에도 모자, 신발, 안경을 비롯해 육체에 여러 종류의 물건을 착용하고 살아간다. 이는 모두 신체를 보호하는 장비인 동시에 치장을 위한 장식물이다. 그런데 이사이가 주요 돈벌이 수단으로 삼는 장신구 제작은 인간의 생존에 가장 불필요한 것이다. 생명 유지와는 관련 없이 오로지 몸을 꾸미기 위해서만 제작된다는 점에서 장신구는 인간의 삶에서 가장 잉여적인 부분에 해당한다고 볼 수 있을 것이다. 이사이가 하는 일은 정신적 힘을 결여한 채 물질에서 파생하는 힘만을 좇아 살아가는 껍데기뿐인 인간의 전형인 이사이의 실체를 한층 분명하게 보여 준다.

목욕탕 장면에 이르러 논의는 한 단계 확장된다. 이사이의 모습에서 집중적으로 표출되던 속물근성이 사실은 다른 죄수들에게도 동일하게 잠재하고 있는 측면임이 밝혀진다. 작가는 이사이라는 한 개인에 대한 이야기를 하는 것이 아니라 궁극적으로 모든 인간이 그와 같이 될 가능성을 가진다는 사실을 보여 주고자 한 것이다.

이사이에게서 극대화된 육체성은 이제 모든 인간에게 내재하는 속성으로서 보편성을 획득한다. 목욕탕에서 다 함께 옷을 벗는 죄수들은 쾌락에 심취한 하나의 무리로 나타난다. 〈지옥〉이라 일컬어지는 집단의 광경을 생생히 전달받는 독자는 감각의 즐거움에서 벗어나지 못하며 육체적 쾌락에 탐닉할 수밖에 없는 인간의 본질적인 한계를 조금도 부정할 수 없다. 이사이는 이 세계의 제왕으로 군림한다. 다른 죄수들 위로 올라서 목욕탕 꼭대기에 자리 잡고 환희에 차 목청껏 외쳐 대는 이사이의 노랫소리는 독자의 귓전에까지 울려 퍼질 만큼 생생하다. 〈이사이 포미치 자신도 이러한 순간이 되면, 자기가 어느 누구보다도 높으며, 모든 사람들을 이겼다고 느꼈다. 그는 환희에 찬 마음으로 날카롭고 광기 어린 목소리로 자기의 아리아를 불러 젖혔다. 랴 — 랴 — 랴 — 랴 — 랴, 그것은 다른 어떤 목소리도 제압해 버리고 말았다.〉(199)

죄수복, 족쇄, 낙인이 유발하는 통증을 무색하게 만드는 육체적 쾌락에 지배당하며 이사이의 세계로 편입되어 들어 가는 죄수들은 한 무리의 동물과 같이 그려진다. 여기에서 독자는 죄수들이 목욕탕에서 동물 무리와 다름없이 존재하길 자처하는 상황을 부조리하게 바라보는 도스토옙스키의 시선을 감지하게 된다. 무엇보다 고랸치코프가 맨 먼저 마주하는 탈의실이라는 공간 자체부터 본질적 모순을 내포한다. 탈의실은 옷을 입고 벗기 위해 일부러 만들어 놓은 장소이지만 애초에 옷을 갈아입기에 적합하지 않은 조건을 가진 환경이다. 난생처음 족쇄를 찬 상태로 옷을 입고 벗게 된 고랸치코프는 어떻게 해야 할지 몰라 몹시 당황한다. 방법을 상상해 낼 수조차 없는데 어쩌란 말인가. 게다가 목욕탕은 야외와 분간할 수 없을 정도로 몹시 춥다. 〈페트로프는 내가 옷을 벗는 것도 도와주었는데, 그것은 내가 익숙지 못해 옷을 오랫동안 벗었고, 탈의실도 추워서 거의 마당 한가운데에 있는 것과 다름없었기 때문이다.〉(195) 그런데 그의 양옆에서 아무렇지도 않게 옷을 벗어 젖히는 죄수들로 득실대는 광경은 부조리 그 자체이다. 고랸치코프는 족쇄를 찬 채로 옷을 벗는 행위를 〈마술〉이라 표현한다. 각자의 의지에 따라 목욕에 참여하는 개별적 인간은 제거되고 오직 정해진 순서와 규칙대로만 행동하는 일개 죄수로밖에 존재할 수 없는 상황의 불가해함을 압축하는 단어인 것이다.

목욕탕 내부 풍경을 들여다보자. 고랸치코프는 자신이 들었던 불쾌한 소리, 맡았던 냄새, 목격한 장면을 있는 그대로 독자에게 전달한다. 보이다, 보다, 깔깔대다, 고함치다, 아른거리다, 소리치다 등 시각, 청각, 촉각을 동원한 표현의 풍부함은 고랸치코프가 이 공간의 끔찍함을 온몸으로 겪어 냈음을 비유적으로 나타낸다. 불쾌한 감각적 이미지로 겹겹이 둘러싸인 목욕탕은 그가 수감 생활을 하면서 가장 극한의 고통을 경험한 최악의 장소였음이 확실하다.

옷을 벗자 드러나는 똑같이 깎은 머리, 열기에 새빨갛게 달아오른 몸, 그 위에 붉게 피어오른 매질의 흔적은 죄수들을 서로 분간할 수 없게 만든다. 변별성을 상실한 육체는 정신적 능력의 마비를 거울처럼 반사시켜 보여 준다. 각 인간을 개별적이고 독립적으로 존재하게끔 하는 정신적 개성의 부재만이 장면을 가득 채운다.

　죄수들의 빡빡 깎은 머리와 붉게 달아오른 몸은 몹시 추하게 보였다. 붉게 달아오른 등허리에는 언젠가 맞은 몽둥이와 채찍의 상처가 선명하게 나 있어서, 지금 이 등허리들은 또다시 상처를 입고 온 것처럼 보였다. 무서운 상처들이었다! 그것들을 보자, 내 피에는 오한이 드는 것 같았다. 증기가 더 들어오자 그것은 짙고 뜨거운 구름처럼 온 욕탕 안을 덮었다. 모든 사람들이 고함을 지르고 깔깔거리기 시작했다. 증기의 구름 속에서 매 맞은 등허리와, 빡빡 깎은 머리, 불린 팔과 다리 들이 어른거리고 있었다. 이사이 포미치는 선반 제일 높은 곳에서 목청껏 깍깍 소리를 치고 있었다.(198~199)

　각자의 쾌락에 도취한 죄수들이 내는 우렁찬 고함과 몸을 세차게 두드려 내는 소음은 목욕탕에 한가득 울려 퍼진다. 어떤 사람이라도 〈지옥〉에서나 들려올 법한 섬뜩한 배경음으로 이를 떠올리게 될 것이다. 〈모두들 취한 듯이 몸을 철썩철썩 때리고 있었다. 증기는 계속해서 나오고 있었다. 이미 열기 정도가 아니라, 마치 지옥의 불과 같았다. 바닥을 질질 끄는 1백 개의 쇠사슬 소리에 맞추어, 이 모든 것들이 소리를 지르고 법석을 떠는 것 같 았다.〉(198) 수백 개의 철이 맞부딪혀 내는 철컹대는 소 음은 이전의 〈작은 소리〉의 기능을 완전히 대체한다. 목 욕탕에서 쇠사슬 소리는 죄수임을 자각하게 하고 그들을 제약하는 요인으로 더 이상 유효하지 않은 것이다. 이렇 게 죄수들은 육체적 존재로서의 한계를 극복한 인간의 모습을 보여 준다. 그러나 이는 인간이 스스로 자신의 한 계를 인식하는 능력을 상실했음을 의미하기에 파국을 향 해 끝날 수밖에 없도록 애초부터 결정지어져 있는 것과 다름없다. 육체적 한계로 인하여 제약당한다는 것, 즉 감 각 지각으로부터 벗어날 수 없음을 인식하고 그로 인하 여 고통당한다는 사실은 그 자체로서 그가 〈인간〉으로 남아 있음을 보여 주는 가장 분명한 증거라고 도스토옙 스키는 본 것이다.

하지만 목욕탕에서도 이 공간의 부조리함을 인지하는 인물이 존재한다. 고란치코프와 그를 돕는 페트로프와 바클루신이다. 이들이 서로를 대하는 태도는 타인을 완 전히 망각한 채 본능적 즐거움에 탐닉하는 목욕탕 안 죄 수들과 극명하게 구분된다. 페트로프의 시선을 통해 반 사되는 고란치코프의 몸은 상처가 가득 들어찬 죄수들의 몸과 절묘한 대비를 이룬다. 〈도자기라도 되는 양〉 조심 스럽게 고란치코프의 몸을 다루는 손길과 〈다리〉를 가리 키는 애칭에는 그에 대한 불가해한 숭앙이 담겨 있다. 타인의 몸을 단순한 육체로 인식하지 않기에 그를 특별하게 대하는 것이다. 이에 고랸치코프 역시 부끄러움으로 반응한다. 〈나는 조금 부끄러운 생각이 들어서 나 혼자 할 수 있다고 페트로프에게 우기고 싶었지만, 그는 내 말을 믿으려고 하지 않는 것 같았다.〉(196) 이들이 자신과 타인의 몸을 인식하는 과정에는 온갖 인간적인 감정과 생각이 수반된다. 이 예측 불가능한 반응은 자신과 타인의 존재 의미를 육체적인 차원으로 한정 짓지 않는다는 반증이다.

의상의 영성

도스토옙스키는 고랸치코프와 두 죄수의 모습을 통해 자신의 육체성에 도취한 죄수 무리가 결여하는 인간의 또 다른 측면을 제시한다. 여기에서부터 육체적 존재로서의 한계를 가진 인간이 추구해야 할 방향성은 예고된다. 인간이 자신에게 운명과도 같이 지어진 육체의 굴레를 어떤 식으로든 부정하는 것은 불가능하다. 그러나 정신적으로 무언가를 지향함으로써 그 굴레로부터 자유로워질 수는 있는 것이다. 이러한 작가의 비전은 이어서 살펴볼 자발적 옷 입기와 옷 벗기로 구체화된다.

서문에서부터 고랸치코프의 병약해 보이는 외양과 어

울리지 않은 깔끔한 옷차림은 타인들의 이목을 끄는 특이한 점이었음이 강조된다. 〈그의 외모는 나의 관심을 불러일으켰다. 몹시 창백하고 말랐으며, 서른대여섯의 나이로 아직 그리 늙지는 않았지만, 왜소하고 허약해 보이는 그런 사람이었다. 그렇지만 그 사람은 언제나 깔끔하게 유럽식으로 차려입고 있었다.〉(12) 도스토옙스키는 신체적 특성에 대비되는 복장에 대한 묘사를 덧붙임으로써 고랸치코프가 출옥한 이후에도 죽을 때까지 자신의 옷을 의식하면서 살아갔음을 암시한다. 비쩍 말라 허약해 보이는 체격은 고랸치코프가 출옥 후에 음식을 잘 챙겨 먹거나 체력을 키우면서 건강한 신체를 유지하는 데는 별 관심을 두지 않고 살아갔음을 짐작하게 한다. 그와 달리 신경 써서 잘 다듬어진 옷을 골라 입는 데 정성을 쏟는 일은 게을리하지 않았던 것 같다. 처음 입소했을 때 죄수복을 매만지며 자신의 처지를 실감했던 고랸치코프는 출소하고 나서부터 마음대로 옷을 골라 입으면서 매일같이 자유인으로서의 삶을 만끽했던 것일까? 고랸치코프의 의도는 그가 지냈던 감옥 안에서 죄수들이 어떤 옷을 언제, 어떤 식으로 입고 싶어 했는가에 대한 답 속에서 추측해 볼 수 있을 것이다.

감옥 내에서 죄수들은 자신을 죄수가 아닌 〈인간으로〉, 즉 정신적 존재로 인식할 때 자발적으로 옷을 입거나 벗는 행동을 한다. 여기에서 말하는 〈자발적〉이란 자유롭게, 긍정적으로, 창조적으로 이루어지는 일체의 행위를 의미한다. 스스로 판단해서 개성에 따라 자기만의 방식대로 입고 벗는 것이다. 평소 죄수들의 생활을 유심히 보면 각자의 이득과 욕구가 행동의 주요 동기로 작용함을 쉽게 알아차릴 수 있다. 더 많은 돈을 얻고 배부르고 따뜻하게 생활하기 위해 온갖 나쁜 짓도 서슴지 않는다. 자신의 행동이 옆의 죄수에게 어떤 피해를 줄지, 양심에 거리끼는 행동은 아닌지는 안중에 없이 오직 욕구 충족에만 몰두한다.

그런데 이들이 자발적으로 옷을 입고 벗을 때만은 일상적인 상태에서 벗어나, 자신이 타인과 연결되고 공동체에 소속되어 있는 존재임을 확인받고 싶어 한다. 동질화를 추구하는 것이다. 공연 날 옷을 잘 차려입은 죄수들을 보자. 몰려든 사람들로 인해 실내가 몹시 후끈했음에도 죄수들은 이를 참아 가며 관객들을 맞이하고 안내한다. 〈그리고 마지막으로, 긴 의자 뒤에는 죄수들이 방문객들에 대한 경의의 표시로 모자를 벗고, 무더운 방 안의 공기 때문에 숨이 막힐 지경이었지만 반외투나 재킷을 입은 채 서 있었다.〉(245) 손님들에게 자기들의 치부는 숨기고 자랑스러운 모습만 보이고 싶어 하기 때문이다. 자기가 저지른 범행도 일말의 거리낌 없이 심심풀이로 지껄여 고랸치코프를 경악하게 하던 죄수들이 비로소 타인이 자신을 어떻게 평가할 것인가를 의식하게 된 것이다. 이 순간에는 종전과 다른 시선으로 자신과 타인을 바라본다.

타인을 의식한다는 말은 얼핏 긍정적이기만 한 행동처럼 들리지만, 따지고 보면 죄수들은 타인을 의식하지 않고 지낸 적이 없다. 죄수들은 본래 일상적으로 다른 죄수를 의식해 습관적으로 과장된 연극적인 행동을 일삼는다. 특히나 이사이가 벌이는 과시적이고 허위의식에 찬 제의는 동료들을 대상으로 한 철저한 보여 주기식 이벤트로 끝나 버린다. 이는 모두 자신을 타인과 구분 지음으로써 자기의 우월함을 눈으로 직접 확인하려는 심리적 동기에서 이루어지는 행동이다. 타인을 의식하는 행동이 부정적인 방식으로 실현되는 경우인 것이다. 반면 지금부터 보게 될 옷과 관련된 몇몇 대목은 긍정적인 의미에서 타인을 의식하는 것으로 변화하는 죄수들을 보여 준다. 이제 옷 입혀 주기, 벗겨 주기, 내어 주기, 지어 주기 등으로 변형되는 자발적 옷 입기와 벗기를 보자.

죽어 가는 동료 미하일로프를 둘러싸고 앉은 죄수들은 임종 직전에 그가 입고 있던 옷을 벗겨 주고 십자가를 걸어 준다. 간신히 숨이 붙어 있는 사람을 대하는 죄수들의 행동에서 육체성과 정신성의 공존이 관찰된다. 죄수들은 미하일로프를 육체적인 존재인 동시에 정신적인 존재로 인식한다. 단지 한방에 살면서 옆자리에서 먹고 자는 사람일 뿐 아니라 동일한 인간으로서 정신적으로도 같은 여정을 함께 가는 것으로 바라본다는 뜻이다. 그가 느끼는 마지막 순간의 고통을 덜어 주기 위해 옷을 벗겨 줄 때는 미하일로프의 육체적 측면에 온 관심이 쏠린다. 어떻게 하면 그가 조금이라도 편안하게 숨을 거둘 수 있을까 머리를 맞대고 고민하는 것이다.

그러나 그가 사망한 것을 확인하자마자 죄수들은 약속이라도 한 듯이 시신의 목에 십자가를 걸어 준다. 불과 몇 분 전까지 고통을 겪어 낸 그의 육체에 물질성을 초월한 의미를 부여해 주기 위함이다. 자신의 죽음을 추모하는 동료들로 인하여 미하일로프는 그들의 기억 속에서 더 살아갈 수가 있게 된다. 미하일로프의 시신은 부패하고 소멸해 가지만 그에 대한 기억만은 타인의 마음속에 오래도록 생생히 살아남는 것이다. 이렇게 필멸하는 인간이 유한성으로부터 벗어날 수 있는 길은 오직 타인과의 관계 속에서만 찾을 수 있다. 무력하고 연약한 자에 대한 능동적 사랑의 실천으로서 십자가를 걸어 주는 것은 죽어 가는 자를 이콘 아래 눕히는 러시아인들의 관례와 동일한 의미로 이해된다.(Ollivier 2001: 65~66)

그는 이불과 옷가지들을 걷어차 버리더니 결국에는 루바시카를 찢기 시작했다. 눈 뜨고 볼 수 없을 만큼 그는 괴로워했다. 사람들은 그를 도우려고 루바시카를 벗겨 주었다. 앙상하게 뼈만 남은 손과 발, 등에 붙은 뱃가죽, 앙상히 드러난 가슴, 마치 해골을 그려 놓은 듯한 그의 기다란 몸을 보는 것은 섬뜩한 일이었다. 그의 몸에 남겨진 것이라곤 주머니에 든 나무 십자가와 족쇄뿐이었고, 이미 그 족쇄에서 말라빠진 두 발을 빼낼 수 있을 정도였다. 그가 죽기 30분 전 우리 모두는 조용해져서 소곤거리며 이야기했다. 걸어다니는 사람은 발소리를 죽여 가며 옮겨 다녔다. 다른 화제에 대해서만 몇 마디 이야기를 주고받을 뿐, 사람들은 이따금 쉰 목소리를 내며 죽어 가는 사람을 응시하고 있었다. 마침내 그는 힘이 없어 허우적거리는 손으로 가슴에 얹힌 부적 주머니를 뜯어내기 시작했다. 마치 그것의 무게조차도 감당하기 어렵고 그것이 그를 불안하게 하고 압박하고 있다는 듯이. 사람들이 부적 주머니를 벗겨 주었다. 10분 뒤, 그가 죽었다.(285)

외모에 꽤나 신경을 쓴 듯한 행복해 보이는 위생병이 곧 나타났다. 그는 침울한 병실을 크게 울리며 빠른 걸음으로 들어와서는 죽은 자에게 다가가, 이런 경우를 대비해 미리 준비라도 해놓은 듯한 야릇한 표정을 보이면서 그의 맥을 짚어 보기도 하고 여기저기 만져 보더니 손을 흔들고는 나가 버렸다. (……) 위병들을 기다리는 동안 죄수들 중의 누군가가 조용한 목소리로 죽은 자의 눈을 감겨 주자는 의견을 내놓았다. 다른 죄수가 그의 말에 깊이 공감하여 죽은 자에게 조용히 다가가 눈을 감겨 주었다. 그는 베개에 떨어져 있는 십자가를 보자 그것을 집어 다시 미하일로프의 목에 걸어 주었다. 그리고 성호를 그었다. (……) 그리고 그는 갑자기 철모를 벗고 굳이 그럴 필요가 없었는데도 크게 성호를 긋는 것이었다. 준엄한 백발의 군인다운 얼굴 표정을 짓고 있었다. 지금도 기억하고 있지만, 바로 그 순간 그곳에는 백발의 체쿠노프도 서 있었는데, 그는 내내 침묵하면서 하사의 얼굴을 뚫어지게 바라보며 야릇한 호기심을 가지고 그의 일거수일투족을 주시하고 있었다. (……)

「역시 어머니는 있었군!」 그러고는 저쪽으로 가버렸다.(286~287)

이어 시신을 절차대로 처리하기 위해 관리자들이 옥사로 방문한다. 그런데 연달아 미하일로프의 시신을 목격한 위생병과 간수는 상이하게 반응한다. 두 인물의 태도는 각자가 자신의 옷을 다루는 방식으로 표현된다. 뽐내듯 잘 차려입고 당당한 걸음걸이로 옥사를 활보하는 위생병은 자기만족감에 도취한 것 같은 모습이다. 지근거리에서 일어난 한 죄수의 죽음을 마치 다른 세상 일처럼 생각하는 듯하다. 위생병의 화려한 옷차림과 이를 의식하는 듯한 몸짓은 홑겹의 옷과 부적 무게조차 버거울 정도로 극심한 고통을 겪은 시신과 극심한 부조화를 이룬다. 추모에 동참하지 못하는 인간이 뿜어내는 생명의 활기는 과잉된 욕망의 뒤틀린 표현처럼 역겹게 느껴진다. 병실을 가득 메우고 있는 정적을 뚫고서 우렁차게 울려 퍼지는 위생병의 힘찬 발걸음 소리는 위생병과 죄수들 간의 간극을 독자에게 분명하게 각인시킨다. 자신의 육신만을 위한 욕망에 잠식당한 인간은 결코 타인과의 단절을 피할 수 없다.

한편 뒤이어 들어온 간수는 죄수의 시신 앞에서 철모를 벗는 뜻밖의 행동을 해 모두의 이목을 끈다. 이 장면에서 사용되는 〈갑자기〉라는 단어는 간수가 한 행위의 깊은 의미를 함축한다. 도스토옙스키는 죄수들도 자신과 동등한 〈인간〉이라는 순수한 의식이 그에게 자발적으로 예기치 않게 솟아났음을 보여 주고자 의도한 것이다. 아무것도 묻거나 따질 필요가 없는 무조건적 연민이 이 순간에 그를 사로잡는다.

철모는 감옥에서 간수의 역할을 명시한다는 점에서 권력과 규율의 강력한 상징과 다름없다. 죄수들의 유형을 죄수복의 색깔에 따라 분류하듯이, 간수의 의복 종류 중에서도 철모는 그의 아이덴티티를 한눈에 파악할 수 있는 핵심적인 부분에 해당한다. 그런데 그가 철모를 벗자 사회적으로 규정되는 간수와 죄수라는 관계는 무효화되고 이들은 인간 대 인간으로 마주하게 된다. 그리스도의 희생정신의 물적 상징인 십자가를 걸고 있는 시신 앞에 성호를 그음으로써 간수는 정신적 차원에서 죽은 자와 연결된다. 철모와 족쇄는 감옥에서 각자에게 부여된 간수와 죄수라는 역할에 따라 각 인물에게 강제적으로 입힌 옷이다. 도스토옙스키는 이 옷을 자발적으로 벗길 선택하는 적극적인 행동을 통해 간수가 애도에 참여할 수 있는 인간임을 보여 준다. 타인과 단절한 채 감옥의 규정에만 따라 살아가는 것이 아니라 자신을 타인과 연결된 존재로 인식하기에 자유롭게 행동하는 인간인 것이다. 철모를 벗자 지긋한 간수의 성성한 〈백발〉이 드러나는데, 이는 바로 옆에 서서 모든 것을 지켜보던 죄수 체쿠노프의 〈백발〉이미지와 중첩된다. 두 노인은 타인에 대한 연민을 품을 수 있는 동일한 성정을 가진 인간인 것이다.

철모와 죄수복을 벗자 이루어지는 두 인간의 결속을 목격하는 독자의 머릿속에서는 자연스레 〈과연 감옥에서의 삶은 어떤 의미인가? 그것은 결국 하나의 연극에 지나지 않는 것이 아닌가?〉하는 생각이 떠오를 것이다. 나아가 감옥 밖 세상에서 인간이 구축해 놓은 사회라는 체계와 규율이 어쩌면 자유로운 인간과 인간 간의 결합을 어렵게 만들고 있지는 않는가라는 의문과 함께 독자의 관심은 현재 자신의 삶으로 향하게 된다.

이렇게 한 인물이 어떤 눈으로 세계를 바라보는가에

따라 옷의 의미는 철저히 물질적인 대상으로 한정되기도 하고 정신성을 표상하는 상징물로서 탈물질적인 차원에서 구현되기도 한다. 이러한 논의의 연장선에서 유로디비적 인물인 알레이와 수실로프는 주목을 요한다. 전통적으로 러시아에서 〈바보 성자〉라는 뜻을 가진 유로디비 iurodivyi의 출현은 중요한 문화적 현상의 하나로 이어져 왔다. 이들은 신의 음성을 듣고 그 섭리를 지상의 사람들에게 전하는 존재로 쇠사슬을 몸에 감고 누더기를 걸친 채 속세의 원리를 초탈해서 마을을 전전하는 인물로 문학 작품 속에도 등장하곤 한다. 특히 도스토옙스키의 소설에는 유로디비적인 인물이 몹시 자주 등장하는데 여성 인물들이 주를 이룬다. 『죄와 벌』의 리자베타와 소냐, 『카라마조프 씨네 형제들』의 리자베타, 『악령』의 레뱌드키나가 대표적이다.

『죽음의 집의 기록』에서는 속세의 물질성을 대변하는 옷과 돈에 가장 초연한 인물인 알레이와 수실로프가 이 유형에 해당한다. 이들의 특수한 정신적 자질은 순수하게 남을 위해 옷을 짓거나 다듬는 행동으로 표현된다. 도스토옙스키는 이들에게 옷을 다루는 일이 오직 정신적 차원에서만 의미를 갖는 차별적 행위임을 강조한다. 알레이와 수실로프는 돈을 벌기 위해서가 아니라 오직 타인을 기쁘게 해주겠다는 목적에서만 옷을 매만진다.

사실 일반 죄수들 사이에서 통용되는 〈옷 짓기〉는 감

옥 내의 여러 돈벌이 수단 중 하나에 지나지 않는다. 〈아킴 아키미치가 내게 소개해 준 믿을 만한 죄수에게 감옥에서 배급해 준 천으로 루바시카를 지어 달라고 부탁도 하고(물론 돈을 주었는데, 루바시카 한 벌당 몇 코페이카 정도를 준다), 아킴 아키미치의 집요한 충고대로 밀가루전처럼 아주 얇은 요(펠트 천으로 만들고, 아마포로 가장자리를 꿰맨)와, 조잡한 양털로 만들어 아직 익숙해지지 않아 불편하기 짝이 없는 베개를 마련하기도 했다.〉(131) 앞서 언급했듯이 이 물질세계의 피라미드 맨 꼭대기에 자리하고 있는 이사이는 손수 제작한 장신구를 팔아서 돈을 모은다.

도스토옙스키는 알레이를 소개하는 대목에서 그가 고란치코프를 위해 무언가를 해주고서 몹시 기뻐하는 모습을 묘사하는 데 상당한 분량을 할애한다. 그리고 그 서술의 중간에 그가 완벽하게 옷을 짓고 장화를 만드는 기술까지 터득한 솜씨꾼임을 언급한다. 이로써 옷 만들기의 본질적인 목적은 순수하게 다른 사람을 유익하게 만들어주는 데 있음을 분명히 하는 것이다. 〈그는 어떻게 해서든 나를 위로하고 도와주는 것이 무척 기쁜 듯했으며, 이렇게 기쁘게 해주려는 노력 속에는 결코 어떤 경멸감이나 이익의 추구가 아니라, 이미 내게는 감추지 않고 있던 따뜻하고 우정 어린 감정이 역력히 드러나고 있었다. 너욱이 그는 기술적인 재능이 뛰어나 옷을 짓고 장화를 꿰

매는 일을 완벽하게 익혔으며, 뒤에 가서는 할 수 있는 한 목공 일까지도 배웠다.〉(108)

이미 수실로프가 다른 죄수들과 관계를 형성하는 방식에서부터 그에게 물질에 대한 개념 자체가 부재한다는 사실이 드러난다. 수실로프는 악질의 범죄를 저지른 죄수한테서 터무니없는 돈을 받고서 자기 옷과 그의 옷을 바꿔 주었다. 감옥에서 서로 옷을 바꿔 입는다는 것은 형기를 맞바꾼다는 것을 의미한다. 수실로프는 자기가 저지르지도 않은 죄에 대한 대가를 대신 치르느라 더 오랫동안 혹독하게 형을 살고 있는 것이다. 다른 죄수들은 이 사건을 두고 그를 멍청이라고 조롱하며 비웃지만 정작 수실로프는 괘념치 않는다. 그에게 몇 년의 시간을 어디에서 사는가는 철저히 물질세계에 속한 문제로 아무런 의미도 지니지 않기 때문이다.

그러나 고랸치코프는 완전히 다른 프레임으로 세상을 살아가는 수실로프의 본성을 제대로 파악하지 못하고 오해한다. 자신의 옷을 깨끗하게 빨래해 주고 수선해 주는 데 여념이 없는 수실로프의 모습을 보면서 다른 죄수들이 으레 그렇듯 돈을 얻어 내기 위한 행동이라고 간주해 버린다. 그의 입장에서 보면 시도 때도 없이 베푸는 이유 없는 호의가 설명되지 않기 때문이다. 이렇게 자신의 의도를 잘못 파악한 고랸치코프가 그들의 관계를 물질적인 것으로 환산할 때마다 수실로프는 슬픔에 잠긴 듯 반응한다. 《이봐, 수실로프, 돈을 받아 가고서도 일은 해주지 않는군.》 수실로프는 아무 말 없이 내 일을 해주려고 뛰어갔지만, 갑자기 슬픈 기색을 보이기 시작하는 것이었다.〉(124); 〈그는 내가 나의 헐어 빠진 죄수복과 루바시카와 족쇄 받침과 몇 푼의 돈을 그에게 주었을 때, 울음을 터뜨렸다.「나는 이것이 필요 없어요, 이런 것은 필요 없어요!」〉(456) 실제로 수실로프의 빨래 솜씨가 몹시 서툴다는 사실은 숙련된 기술이라는 통상적인 개념과는 무관하게 그의 행위가 오롯이 돕고 싶다는 진실한 마음에서 비롯된 것임을 뒷받침한다. 〈그는 기술, 혹은 죄수들이 말하는 손재주가 변변치 못해서, 한두 코페이카를 나에게서만 얻어 쓰고 있는 듯이 보였다.〉(119) 만약 경제적인 목적을 위해 나선 것이라면 노련한 빨래 기술과 효율성은 돈벌이에서 필수적으로 요구되었을 것이다.

내가 그를 부른 것도 찾은 것도 아니었지만, 웬일인지 그 자신이 나를 발견하고서 내게 파견되어 왔으므로, 언제, 어떻게 그렇게 되었는지 기억조차 희미하다. 그는 내 세탁을 대신 해주었다. 이를 위해 그는 옥사 뒤에 일부러 큰 구정물 구덩이를 만들어 두고 이 구덩이 위의 관급통에서 죄수용 내의를 빨곤 했다. 이외에도 수실로프는 나를 즐겁게 해주기 위해서 스스로 수천 가지나 될 만한 일들을 생각해 내곤 했다: 내 찻잔을 준비하기도 하고, 여러 가지 심부름을 하려고 뛰어가기도 하고, 나를 위해 무엇인가를 찾아오기도 하며, 내 장화를 수선해 주기도 할 뿐만 아니라 내 장화에 한 달에 네 번 정도 약칠도 해주었다. 그는 마치 신만이 그에게 내린 임무를 알고 있다는 듯이 이 모든 일들을 열심히 정성껏 했다. 한마디로, 자기의 운명을 나의 운명과 결부시켜서 내 모든 일을 스스로가 떠맡았다. 그는 결코 〈당신은 셔츠가 그만큼 있어요, 당신의 웃옷이 찢어졌군요〉라는 식으로 말하는 법이 없었다. 그 대신 항상 〈지금 《우리는》 몇 벌의 셔츠가 있고, 《우리의》 웃옷이 찢어졌군요〉라고 말했다. 그는 그렇게 나의 눈을 바라보고는, 그것이 자기의 인생에서 중요한 의미를 가지고 있다는 듯이 생각했다.(118~119)

화자가 자신과 수실로프의 관계를 설명하는 위 인용 단락을 보자. 수실로프가 베푸는 이상스러운 호의의 동기는 고란치코프가 문장을 구사하는 방식에서 드러난다. 도스토옙스키는 첫 문장에서부터 자신이 주체가 되는 모든 행위를 부정하는 고란치코프의 두드러지는 진술 방식을 통해서 수실로프의 독특한 의식 구조를 강조한다. 수실로프가 행한 모든 일은 전적으로 자발적 의지에 따라 이루어졌던 것이다. 〈내가 그를 부른 것도 찾은 것도 아니었지만, 웬일인지 그 자신이 나를 발견하고서 내게 파

견되어 왔으므로, 언제, 어떻게 그렇게 되었는지 기억조차 희미하다.〉

감옥 생활 내내 고란치코프에게 무조건적으로 퍼주기만 하는 수실로프의 기이한 행동의 근저에는 〈너〉와 〈나〉에 대한 특별한 관념이 자리한다. 타인과 자신을 동일시하는 인식은 각자의 옷을 구분하지 않는 태도로 실현된다. 자기 옷에 대한 개념이 희박한 수실로프가 타인의 옷에 더 커다란 관심과 애착을 갖는 모순적인 현상은 자신보다 타인을 더 강하게 의식하는 정신의 표현인 것이다. 이를 이해하면 독자는 이제 수실로프의 빨래가 사실상 고란치코프만을 위한 것이 아니며 그는 여태껏 감옥에서 지내 오면서 누군가를 위해서 쉼 없이 빨래를 해왔을 것이라 짐작해 볼 수가 있다.

알레이와 수실로프가 옷을 다루는 것과 유사한 태도는 일심동체가 되어 커튼 제작 과정에 참여하는 모든 죄수들에게서 발견된다. 두 인물에게만 있는 특수한 속성처럼 보이는 것이 사실은 누구에게나 가능성으로서 내재하는, 인간 보편의 한 측면임이 확인되는 것이다.

고란치코프는 커튼이 달린 공연장에 들어서자마자 목욕탕에서 보았던 풍경을 떠올린다. 〈옥사의 앞쪽 절반의 비좁음이란 생각조차 할 수 없는 것이어서, 그것은 최근 내가 목욕탕에서 보았던 그 비좁은 북새통과 견줄 만한 것이었다. 입구의 덧문도 열려 있었는데, 그곳은 영하

20도가 넘는데도 역시 사람들로 붐비고 있었다.〉(245) 북새통을 방불케 하는 유사한 장면이 눈앞에 펼쳐진다는 점에서 공연장은 앞서 살펴본 목욕탕과 대구를 이룬다.

그러나 한 발짝 가까이에서 들여다보면 두 장소는 사람들로 가득 찼다는 외적인 현상만을 공유할 뿐 질적으로 완전히 다른 차원에 속해 있음을 알 수 있다. 탈의실에서 뼛속까지 스며드는 추위에 옷을 벗을 엄두조차 나지 않았다고 회상하던 화자는 공연장 입구에 〈영하 20도가 넘는〉 추위가 이어지고 있음에도 누구 하나 불평하지 않는 것에 강한 인상을 받는다. 그들에게 추위는 공연 참여를 힘들게 하는 장애물로 여겨지지 않는다. 목욕탕 문이 굳게 잠기고 죄수들이 목욕하는 내내 총을 든 감시병이 보초를 서던 삼엄한 풍경과는 달리, 1년 중 유일하게 공연일에만은 평소에 굳게 잠겨 있던 옥사의 문이 활짝 열린다. 죄수와 간수 누구라도 자유롭게 드나들 수 있도록 암묵적인 허용이 이루어지는 것이다.

두 공간의 이질성은 강제성과 자발성이라는 키워드를 통해 해명된다. 공연장 면면에 대한 디테일한 묘사는 이곳에서 모든 행위가 자발적으로 자유롭게 이루어지고 있음을 표현한다. 목욕탕은 강제로 끌려가 옴짝달싹할 수 없게 만들어진 〈지옥〉인 반면 공연장의 북새통은 죄수들이 스스로 찾아들어 생긴 결과이다. 목욕탕의 본질은 강제적으로 욱여넣어졌다는 사실 그 자체에 있지만, 공연

장의 비좁음은 자발적으로 한 행동에 따라 발생한 현상에 지나지 않는 것이다. 공연장에서 경험하는 정신적인 여정에 몰입한 죄수들에게 그들이 감각하는 혹독한 추위는 아무 의미도 가지지 않는다.

목욕탕 장면에서 육체성에 취한 집단의 모습을 다루었다면 이 대목에서는 정신적 존재로서 죄수들이 체험하는 공동의 변화를 제시한다. 인간의 양극단인 육체성과 정신성에 대한 작가의 탐구가 각각의 장소에서 집약적으로 구현되는 것이다.

무엇보다도 나를 놀라게 만든 것은 바로 막이었다. 막은 열 걸음 정도의 폭으로 옥사를 가로지르고 있었다. 막은 실제로도 놀랄 만한 그런 장식을 달고 있었고, 그 외에도 나무와 정자와 연못과 별들이 그림물감으로 그려져 있었다. 그것은 죄수들이 조금씩 주거나 기부한 낡고 새로운 아마포 조각으로 만들어져 있었다. 그것은 죄수들의 낡은 각반이나 셔츠를 한 장의 커다란 천에 겨우 잇댄 것이었으며, 마지막의 천 조각조차 모자라는 부분은 여러 곳의 사무소와 관청에 부탁해 구한 종이로 겨우 메워 놓았다. 우리들의 칠장이들 중에서는 브률로프라 불리는 A가 제일 뛰어났는데, 그들은 거기에 채색을 하고 그림을 그리는 데 무척이나 신경을 썼다. 그것의 효과는 놀랄 만한 것이었다. 그러한 치장은 제일 음침하고 잔소리가 심한 죄수들까지도 기쁘게 해주었는데, 그들은 연극을 보러 오자마자 마치 제일 열렬하게 학수고대를 했던 아이들처럼, 한 명도 예외 없이 그렇게 되어 버렸다. 모두가 몹시 만족해서 뽐내고 싶은 마음들이었으리라.(244)

커튼은 감옥에서 모두가 한마음으로 제작에 기여하는 유일한 물건으로서 여타 조건을 불문하고 모든 구성원이 동일한 변화의 여정에 참여하고 있음을 암시하는 상징물이다. 커튼 제작 과정을 묘사하면서 화자는 뛰어난 화가 A가 단독으로 창작 활동을 한 것이 아니라 모든 구성원이 기울인 정성이 모여 십시일반으로 완성했음을 명시한다. 한 예술가의 미적 감각에 따른 것이 아니라 모두가 지각하는 아름다움을 그림에 구현했다는 뜻이다. 그렇기에 〈한 명도 예외 없이〉 만족하는 커튼에 수놓인 그림은 예술품보다는 정신적인 공동 작업의 결과물에 더 근접하다고 평가될 수 있을 것이다.

커튼 만들기에 동원되는 〈아마포 조각〉은 일상성을 대변한다. 감옥에서 아마포는 가장 흔한 옷감 중 하나로 누구나 가지고 있으며 가장 쉽게 손에 넣을 수 있는 물건이다. 〈죄수들은 머리도 새로 깎고 희고 말끔한 수의를 입었다. 여름에는 규칙에 의해 아마포의 흰 상의와 바지를 입고 있었다.〉(367) 죄수들이 〈주거나 기부한 낡고 새로운) 흔해 빠진 아마포 조각들은 죄수들이 커튼을 제작하면서 최초로 하게 되는 체험의 핵심이 공동성과 포괄성에 있음을 환기시킨다. 평소 작은 천 조각 하나를 두고서도 아귀다툼을 벌이는 죄수들이 자신과 타인을 연결된 존재로 인식할 때 모든 일상의 원리는 정반대로 작동한다. 타인과 자신을 동일시하는 순간에 도달할 때 소유는 무의미해진다.

커튼을 만들기 위해 내놓는 아마포 조각을 자기만의 것으로 여기지 않는 태도는 죄수들이 가지는 일상적인 소유의 개념을 부정한다. 수감 도중 옥사 내 병원에 입원하게 된 고랸치코프가 공동 병상에서 생활하며 가장 충격을 받은 것 중 하나는 더러운 병원복의 실체이다. 죄수복이야 각자의 것이 있으므로 나름대로 위생적으로 관리할 수 있지만 공용의 환자복은 이야기가 다르다. 언제 빨았는지도 알 수 없이 죄수들의 오물과 약물 냄새가 풀풀 풍기고 이가 기어 나오는 환자복을 입는다는 것은 상상만 해도 꺼림칙하다. 얼핏 위생적인 것 같지만 가까이서 들여다보면 오물투성이인 환자복은 죄수들의 탐욕과 이기주의적인 마인드를 그대로 보여 준다. 자기 옷을 아끼기 위해 공용의 옷에 오물을 닦아 내고 이를 목격하는 옆자리의 죄수도 아무렇지 않게 지나치는 모습은 화자에게 역겨움과 혐오감을 유발한다. 〈재채기를 하고 나면 그는 곧바로 손수건을 유심히 들여다보며 손수건에 튄 가래침을 살피고는, 천천히 그것을 관급품인 자신의 갈색 환자복에 문질렀다. 그러고 나면 가래침은 고스란히 옷에 묻게 되고, 손수건에는 가래침에 의한 약간의 습기만이 남게 된다. 그는 일주일 내내 그런 짓을 반복하였다. 관급품인 환자복을 희생시켜 가며 자신의 손수건을 아끼려는 인색하고 게으른 그의 행동은, 뒤이어 그 옷을 누군가가 입어야 함에도 불구하고 다른 환자들에게서 아무런 질책도 받지 않았다.〉(276~277) 남이야 어떻게 되든 말든 자기 것만 아끼면 그만인 것이다.

이토록 자기 것과 남의 것에 대해 완고한 태도를 가진 죄수들이 기부한 천을 엮어 만든 커튼은 고랸치코프의 감탄을 자아낸다. 다른 죄수들과 마찬가지로 그도 공연장에 들어섬과 동시에 찬사를 쏟아내기 시작한다. 커튼에 대한 감탄은 공연을 관람하는 과정에서 민중 죄수에 대한 고랸치코프의 시선이 전변하게 될 징조이다. 특히 커튼을 지칭할 때 반복적으로 사용하는 〈장식물roskosh'〉이라는 단어는 고랸치코프가 옷가지를 바라보는 데 이전과 완전히 다른 기준을 적용하고 있음을 단적으로 보여준다. 이는 본래 화려하고 호화로운 치장 등을 뜻하기에 실상 누더기를 겨우 덧대서 이어 붙인 커튼의 실체와는 조금도 어울리지 않는 표현인 것이다. 지저분하고 낡은 죄수들의 옷을 바라보는 고랸치코프의 시선은 공연장에 들어서기 전과 후로 나누어진다. 사실 감옥에서 지내 오면서 그는 줄곧 죄수의 옷가지들이 끔찍하다고 여겨 왔다. 〈밀가루 전처럼 아주 얇은 요(펠트 천으로 만들고, 아마포로 가장자리를 꿰맨)와, 조잡한 양털로 만들어 아직 익숙해지지 않아 불편하기 짝이 없는 베개〉, 〈낡은 관급 천〉, 〈닳아빠진 물건〉, 〈닳아빠진 헌 옷〉.(131~132) 그러나 그가 옷감을 평가하던 미적이고 실용적인 가치는 이제 무의미해지게 된 것이다.

그 대신 공동체적 결속을 표상하는 구현물이기에 커튼만이 아름답게 여겨진다. 어떤 연구자는 공연 장면에서 신성하고 종교적인 의식이 아니라 세속 예술의 카타르시스를 통해 죄수들이 초월의 순간에 도달하는 것으로 묘사한 것이 흥미롭다고 지적하기도 한다.(Apollonio 2014: 356) 그러나 공연장 한가운데를 장식하는 공동의 커튼이 가지는 위상과 의미를 고려하면 이러한 해석은 분명 공연장을 세속적인 장소로 지나치게 단순화한 시각에 지나지 않는다.

죄수들이 공동의 목적을 위해 각자가 소유하는 옷을 내어 주는 행위에 대한 묘사는 염소 바시카에게 옷을 입혀 주는 대목을 통해 보충된다. 화자에 따르면 죄수들은 여러 동물들과 함께 생활하곤 했다. 고랸치코프는 우연히 눈을 뜨지도 못한 채 꼬물대는 갓 태어난 강아지를 감옥으로 데려오게 되었는데 얼마 지나지 않아 이 작은 생명을 먹이고 기르는 것이 그의 기쁨이 되었다. 하지만 고란치코프가 강아지에게 품게 된 사랑은 다른 죄수의 무참한 폭행으로 인하여 오래가지 못한다. 개털이 탐난 한 죄수가 위해 가죽을 얻기 위해 강아지를 죽여 버렸던 것이다.

나는 이 작은 영물을 말할 수 없이 사랑했다. 그의 운명은 기쁨으로만 가득 차 있다고 느껴졌다. 그러던 어느 화창한 날, 부인용 반장화의 제조와 가죽 재단을 하고 있는 네우스트로예프라는 죄수가 갑자기 이 개에게 특별한 관심을 갖게 되었다. (……) 그래서 가죽을 벗겨 재단하여 이것을 안에 대고 법무장관 부인에게 주문받은 겨울용 벨벳 반장화를 만든 것이다. 반장화가 완성되자 그는 내게도 보여 주었다. 모피는 훌륭했다. 가엾은 쿨탸프카!(378~379)

이런 식으로 감옥 안으로 들어온 동물들은 예외 없이 마지막에는 옷이나 장화를 만들어 착용하거나 판매하기 위하여 도살당해 감옥에서 사라져 갔다. 이 과정에는 육체성의 원칙이 강하게 개재한다. 의복을 제작하기 위한 목적에서 동물을 수단으로 활용하는 경우에 인간과 동물의 존재 의미는 육체적인 차원으로 한정된다. 오직 인간의 육체적 만족을 위하여 동물의 생명이 반복적으로 희생되는 것이다.

그러나 죄수들이 염소 바시카와 감옥에 함께 살게 되면서 특이한 현상이 관찰된다. 죄수들이 하나같이 바시카를 친구처럼 여기며 몹시 사랑하게 된 것이다. 다 함께 옷을 입혀 주고 장식해 주는 유일한 동물인 바시카로 인하여 감옥에서 일상화되어 있는 동물 착취의 원칙은 전복된다. 〈이따금 죄수들이 강변에서 노역을 하게 되면, 연한 버드나무 가지를 꺾기도 하고 나뭇잎을 모으기도 하고 둑에 핀 꽃을 따기도 하여 이 모든 것으로 바시카를 장식해 주었다. 뿔에는 가지와 꽃을 감아 주고 몸에는 둥글게 만든 화환을 걸어 주었다. 이렇게 하여 감옥으로 돌아오는 길에는 화려하게 장식한 바시카가 앞장을 서고 죄수들이 뒤를 따르면서 지나가는 사람들에게 자랑이라도 하는 듯했다. 염소에 대한 애정이 깊은 나머지 어떤 죄수는《바시카의 뿔을 금으로 칠해 줄 수 없을까?》하는 아이 같은 생각을 하기도 했다.〉(381) 자기들이 가진 것을 활용해 염소를 치장해 주면서 육체성에 구애받지 않는 동등한 존재로서의 교류가 이들 사이에서 이루어진다. 따뜻하거나 안락하게 해주기 위해서가 아니라 애정을 표현하기 위한 목적에서 염소에게 옷을 입혀 준다는 사실은 염소를 가축이 아닌 애정의 대상으로 여기는 죄수들의 시선을 반영한다. 이렇게 행위의 수단과 목적이 뒤집히면서 육체적인 존재로서 인간의 한계를 초월하는 행위의 실천이 이루어진다.

지옥에서 인간을 만나다

도스토옙스키는 본질적으로 인간을 육체성에서 벗어날 수 없는 존재로 보았다. 그리고 육체성과 정신성의 간극으로 인하여 고통당할 수밖에 없다는 사실에 인간성의 심연이 놓여 있다고 여겼다. 모든 생명체 중에서 인간은 유일하게 양자 사이에서 줄타기하며 존속할 수밖에 없는 존재이기 때문이다. 바꿔 말하면 누군가가 그로 인하여 수난당한다는 것은 그가 인간이라는 가장 확실한 증거가 된다. 시베리아의 감옥 생활 도중 작가는 육체성과 정신성의 극한을 위태롭게 넘나들며 이어지는 수없이 많은 죄수들의 삶을 생생하게 목격하였다. 그리고 이는 다종다양한 인물로 발전하여 『죽음의 집의 기록』 안으로 들어오게 된 것이다.

무엇보다 핵심은 작가가 인간을 고정된 존재로 보지 않았다는 데 있을 것이다. 한 인간이 어느 순간에는 육체성에 완전히 지배당해 이사이 같은 물신으로 나타나기도 하다가 또 갑자기 어느 순간에는 그리스도를 닮은 정신적인 존재로 변모하기도 하는 것이다. 이는 누구도 결코 예측하거나 단정할 수 없기에 작가는 여기에 인간의 신비가 있다고 보았다.

이러한 관점은 최후의 소설인 『카라마조프 씨네 형제들』에서 주인공인 큰아들 드미트리의 운명을 중심으로 작품의 주요 테마를 형성한다. 오늘날 독자의 입장에서 본다면 네 아들 중에서 드미트리는 주변에서 가장 쉽게 목격할 수 있는 유형으로 흔하디흔한 인간의 현실적인 모습을 보여 준다. 소돔의 이상과 마돈나의 이상 사이 어딘가에 서서 방황하고 수난당하는 드미트리와 우리 모두는 닮아 있다. 이때 드미트리의 소돔과 마돈나는 그가 지닌 육체성과 정신성의 양면을 각각 대변하는 상징과도 같다.

이러한 관념을 드미트리 같은 인물로 강력하게 구현하는 단계로까지 발전시키기 훨씬 이전에 집필된 『죽음의 집의 기록』을 얼핏 보았을 때는 이러한 생각이 몹시 미약한 수준으로 표현된 정도로 보인다. 그러나 지금까지의 논의를 바탕으로 우리는 죄수 집단에 특수성과 보편성의 프레임을 적용할 때 작가의 구상이 더욱 명약관화하게 드러남을 확인하였다. 이사이의 극대화된 육체성이 목욕탕 안을 가득 메운 죄수들에게서 발견되고, 수실로프와 알레이가 가진 극도의 이타적, 정신적 자질이 커튼을 제작하는 죄수들 모두가 공유하는 속성으로 일상화되는 순간이 도래하기도 한다. 우리 누구라도 언제 어디서든 이사이가 될 수 있고 수실로프, 알레이가 될 수 있는 것이다.

옷에 대한 태도를 중심으로 특수성이 보편성을 획득함으로써 한 인물의 이야기는 죄수들 전부, 나아가 인간 모두에 대한 것으로 확장되는 것이다. 표면적으로 이 소설의 구성만 놓고 보면, 각 장은 개별 스토리로서 단절된 이야기들을 병치해 놓았으며 인물 형상 역시 각각에 대한 단발적인 관찰 기록만을 나열해 놓은 것처럼 보인다. 그러나 간결하고 단순해 보이기만 하는 도스토옙스키의 서사는 이런 식으로 반복적인 패턴이 씨실과 날실과도 같이 촘촘하게 엮여 이룬 단단한 구성적 토대에 의해 지지되고 있는 것이다.

결국 도스토옙스키가 『죽음의 집의 기록』을 발표하고 나서 상당한 자신감과 만족감을 표현했던 근거는 단순히 다양한 인간을 보여 주는 차원을 넘어 인간 심연의 신비를 입체적으로 구현해 내는 데 두었던 자신의 궁극적인 목적을 달성했다는 사실에서 비롯되었을 것임을 짐작할 수 있다. 당시 독자들의 열화와 같은 성원에 대해 도스토옙스키가 보인 반응은 애초에 의도했던 예술적 목적이 달성되었음을 암시한다. 〈『죽음의 집의 기록』은 말 그대로 열광을 불러왔고, 그것으로 나는 문학적 명성을 되찾았다.〉(PSS 28: 115) 레프 톨스토이와 비평가 안넨코프 역시 이 작품을 두고 단순한 수기가 아니라 높은 예술적 성취를 이룬 훌륭한 작품이라 극찬했다.(Petrova 2020: 76, 재인용)

『죽음의 집의 기록』으로 거둔 예술적 성취는 도스토옙스키가 연달아 쓰게 될 위대한 후기 장편소설들의 등장을 예고하고 있는 듯하다. 유로디비적 인간부터 악의 원형이 되는 인간까지 감옥에서 목격한 드넓은 인간의 스펙트럼을 옷이라는 공통의 요소로 통합하는 데 성공한 작가는 육체적 존재인 인간의 고통과 모순을 설명하는 토대가 되는 그리스도교적 비전을 구현하는 다음 여정을 위한 발을 떼게 되는 것이다. 후기 작품 세계의 주요 테마 중 하나인 육체성과 정신성에 대한 관념의 바탕에는 정교회 신앙의 핵심인 〈강생 voploshchenie〉 개념이 자리하고 있다. 그뿐 아니라 『백치』와 『카라마조프 씨네 형제들』에서 미시킨과 알료샤를 육체성과 정신성을 지닌 인물로 창조하고자 시도한 사실은 강생 개념이 작가의 인물 창작 원리의 신학적 기초를 제공한다는 점까지도 분명하게 보여 준다. 〈인간이 절대로 접근할 수 없는 분이, 묘사될 수 없고 표현될 수도 없는 분이 인간의 육신을 취함으로써 묘사될 수 있고 표현될 수 있게〉 되기 때문이다.(Ouspensky 1992: 152) 후기 소설 창작의 중요한 축을 이루는 강생 개념을 체현하는 주인공들을 탄생시키기 위한 밑 작업이 일찍이 『죽음의 집의 기록』에서부터 시작되고 있었던 것이다. 이어지는 장에서는 앞서 이미 살펴본 바 있는 〈목욕탕〉이라는 공간에 초점을 맞추어 〈악〉의 문제를 천착해 볼 것이다.

II

악의 시간과 공간

이선영

악의 크로노토프

    지금까지 도스토옙스키가 『죽음의 집의 기록』에서 그려 내는 인간 내면의 선과 악의 문제를 옷의 상징성을 중심으로 살펴보았다. 이 장에서는 초점을 옮겨 도스토옙스키가 시베리아 감옥이라는 시공간적 배경을 통해 구현하는 악의 한 양상을 집중적으로 탐색하고자 한다.

    『죽음의 집의 기록』을 펼치는 순간 독자들은 서술자 고랸치코프를 따라 시베리아의 감옥으로 들어가게 된다. 독자들은 고랸치코프로부터 러시아 전역에서 시베리아로까지 유형 올 정도의 중범죄를 저지른 온갖 죄수 군상들에 관한 이야기를 듣는다. 그들은 하나같이 오늘날의 〈묻지 마 살인〉을 상기시키는 찬혹한 범죄를 저질렀다. 헤어진 연인의 새로운 남자를 계획적으로 죽인 죄수, 어린아이를 재미 삼아 살해한 죄수, 군대에서 우발적으로 상관에게 총을 쏜 죄수, 아내를 살해한 죄수 등 결코 가벼이 넘겨들을 수 없는 죄를 저지른 이들과 한 공간에서 생활한다는 것은 상상만으로도 끔찍하다. 고랸치코프는 몇몇 죄수에 대해서는 우리 옆에 사는 보통 사람인 양, 그것도 유순한 보통 사람인 양 묘사하는데 이러한 묘사는 한층 더 끔찍함을 자아낸다. 언젠가 사람을 죽인 적이 있는 그런 죄수들이 언제 또 돌변하여 같은 죄를 저지를지 모른다는 생각은 그들에 대한 막연한, 그래서 더 큰 공포심을 갖게 한다.

도스토옙스키가 묘사한 〈죽음의 집〉을 보며 끔찍함을 느끼기는 당대 문인들도 마찬가지였다. 이들은 하나같이 도스토옙스키가 그려 낸 감옥을 〈지옥〉이라 일컬었다. 그런 점에서 『죽음의 집의 기록』은 지옥을 그려 낸 고전인 단테Dante A.의 『신곡』을 연상시켰다. 19세기 러시아 문단에서 활발히 활동했던 작가이자 사상가 게르첸A. Gertsen은 당대 러시아 문학에 대한 비평에서 『죽음의 집의 기록』을 혼란스럽기가 지옥과도 같은 현실의 양태가 고스란히 담긴 소설로 평가하였다. 〈이 책은 단테의 지옥문에 새겨진 문구가 그러했듯 암울한 니콜라이 치세로 가는 문 위에 새겨져 영원히 빛날 것이다.〉(Jackson 1981: 6, 재인용) 이때 『죽음의 집의 기록』은, 동시대 저술가 밀류코프A. Miliukov의 언급처럼, 지옥이 관념 속만이 아닌 현실에도 얼마든지 존재할 수 있다는 점을 상기시킴으로써 인해 섬뜩함을 불러일으킨다. 〈우리는 작가에게서 더 끔찍한 지옥에 내려갔다 온 새로운 단테를 보는 듯하다. 그 지옥은 시인의 상상 속이 아닌 현실에 존재함으로 인해 더욱 끔찍하다.〉(Kasatkina 2007: 144, 재인용)

도스토옙스키의 지옥이 관념적이면서 동시에 현실적이라는 점은 두 작품의 원형 운동 모티프를 비교해 보았을 때 더욱 두드러진다. 원의 둥근 모양이 동양 문화권에서 조화를 상징하는 것과는 달리 서양 문화권에서 원은 악을 상징한다. 로트만Iu. Lotman이 『신곡』을 공간 기호학적으로 분석한 저술에서 지적하듯 영원히 반복되어 벗어날 수 없는 악의 굴레를 형상화하기 때문이다. 『신곡』의 상상된 지옥에서 형벌은 무한히 반복되는 순환적 움직임으로 표현된다. 죄인들의 살가죽은 벗겨지는 즉시 돌아났다가 다시 벗겨지고, 불타서 재가 된 죄인은 즉각 부활하여 다시 불에 던져진다.(Lotman 1992: 453~454) 형벌은 동일한 방식으로 무한히 반복되어 왔으며 마찬가지로 동일한 방식으로 영원히 반복될 것이다.

『신곡』의 뒤를 잇는 『죽음의 집의 기록』에서 원형 운동의 모티프는 사계절의 순환이라는 현실의 시간으로 표현됨으로써 한층 구체성을 획득한다. 『죽음의 집의 기록』을 구성하는 고랸치코프의 수기는 10년간의 유형 생활을 기록하고 있는데, 그 내용 대부분이 수감 첫해의 사계절을 기술하는 데 할애되고 있다. 이를 통해 감옥에서의 나머지 아홉 해가 첫해의 반복에 지나지 않았음을 유추할 수 있다. 일과 시간표나 노동의 종류가 그나마 조금은 달라지는 듯 보이지만 그마저도 기실 계절 변화에 대한 대응 차원에 불과할 뿐 외부로부터 단절되고 고립된 그곳에서 보통의 행위는 별다른 가치를 지니지 못한다. 이렇듯 『죽음의 집의 기록』에서 〈악〉의 모티프는 무한히 순환하는 시간을 통해 현실화되어 폐쇄되고 고립된 감옥이라는 공간적 특성과 맞아떨어진다.

『죽음의 집의 기록』의 배경이 지니는 이와 같은 시공간적 특성을 사실상 처음으로 예리하게 지적한 학자는 로버트 잭슨R. Jackson이다. 그는 〈죽음의 집〉 자체를 계절의 순환, 즉 반복이라는 악의 시간에 상응하는 공간으로, 그리고 그것에서부터 빠져나오는 것을 악으로부터의 탈피이자 부활로 구조화하여 설명한다. 〈『죽음의 집의 기록』의 기저에 자리하는 것은, 그 상징적 의미의 가장 깊은 층위에서 행위를 정의하는 것은, 한 해의 계절적 순환을 통해 표현되는 고통, 희생, 죽음, 그리고 부활의 기본적인 드라마다.〉(Jackson 1981: 40) 『죽음의 집의 기록』에서는 시간적 의미의 악인 반복 및 순환과 공간적 의미의 악인 지옥의 모티프가 결합하여 〈죽음의 집〉이라는 작품의 전체적인 배경을 형성한다.

이처럼 문학 작품에서 시간적 모티프와 공간적 모티프

가 한데 융합하여 표현된 것을 일컬어 〈크로노토프 khronotop〉라고 한다. 러시아의 문예학자이자 저명한 도스토옙스키 연구자 바흐친 M. Bakhtin이 정초한 개념인 크로노토프는 그리스어로 시간을 뜻하는 〈크로노스〉와 공간을 뜻하는 〈토포스〉를 합성하여 만든 말로, 우리말로는 〈시공간 복합체〉 정도로 표현할 수 있다. 크로노토프의 의미는 단순히 시간과 공간을 융합하여 표현한다는 것에 국한되지 않는다. 바흐친이 이 개념을 논하며 강조하는 크로노토프의 주요한 특징은 문학 작품에서 시공간을 융합하여 내보임으로써 독자로 하여금 비가시적인 것을 가시적으로 인식할 수 있도록 만든다는 점이다. 〈문학적, 예술적 크로노토프에는 공간적, 시간적 지표가 유의미하면서도 구체적인 총체 안에 융합되어 있다. (……) 시간의 지표는 공간에서 드러나고, 공간은 시간에 의해 파악되고 측정된다.〉(Bakhtin 1975: 235) 『죽음의 집의 기록』에서 변화를 초래하지 않는 정체된 시간은 감옥이라는 갇힌 공간에서 드러나고, 감옥의 고립된 공간적 특성은 순환하는 시간에 의해 파악과 측정이 가능해진다. 반복의 움직임이 악으로 귀결된다는 말은 추상적이어서 바로 이해하기 어려울지 모르지만 『죽음의 집의 기록』 속 감옥을 통해서라면 악의 관념을 구체적인 형태로 이해할 수 있게 된다

크로노토프 개념을 연구한 일군의 학자들 역시 크로노

토프 개념의 현재성과 구체성을 강조한다. 가령 모슨G. Morson은 크로노토프가 바흐친의 〈사건성〉 개념과 연관됨을 밝히며 〈바로 지금〉 일어난다는 점이 크로노토프의 핵심임을 지적하였다.(Morson 2010: 94) 홀퀴스트M. Holquist는 크로노토프 개념이 바흐친 이론 전반과 관련되는 양상을 검토하면서 바흐친의 크로노토프 개념은 구체적인 시공간과 반드시 연관됨을 역설하였다.(Holquist 2010: 31) 즉, 크로노토프는 문학 작품에서 시공간을 복합적으로 표현하는 것을 넘어 그 복합체가 구현한 관념을 독자가 실질적으로 인식하도록 만든다. 〈그 의미가 무엇이든 그것이 우리의 경험으로 들어가기 위해서는 일종의 시공간적 표현을, 즉 우리가 보고 들을 수 있는 기호의 형식을 취해야 한다. 이러한 시공간적 표현 없이는 가장 추상적인 사고조차 불가능하다. 따라서 의미의 영역으로 들어가는 것은 크로노토프라는 입구를 통해서만 가능하다.〉(Bakhtin 1975: 406) 반복하건대 추상적인 설명만으로는 파악하기 힘든 개념을 형상화하여 독자가 인식할 수 있게 만드는 데 크로노토프의 의의가 있다. 『죽음의 집의 기록』을 읽으면서도 독자는 정체된 시간, 고립된 공간에 내재하는 악을 감옥을 보며 실제처럼 인식하게 된다.

이쯤 되면 한 가지 의문이 제기될 수 있겠다. 반복되는 시간이 그렇게까지 나쁜 것일까? 사계절의 흐름에 따라 살아가는 것은 여느 인간이나 마찬가지 아닌가? 그렇다면 모든 인간이 악의 문제로부터 자유롭지 못하며 나아가 〈죽음의 집〉에 갇힌 파렴치한 죄수들과 매한가지라는 말인가? 이 말에 선뜻 동의할 독자는 아무도 없을 것이다. 『죽음의 집의 기록』에서 마주하는 죄수들과 자기 자신을 섣불리 동일시하기 꺼려지기 때문이다. 그 누구도 자기 안에 살인죄를 저지를 정도의 악이 씨앗의 형태로나마 존재한다고 인정하기는 쉽지 않다.

　그러나 도스토옙스키는 모든 인간은 악의 가능성을 지니고 있다고 생각했다. 이는 〈죽음의 집〉이 사실상 인생에 대한 비유나 다름없다는 점과도 연결된다. 모든 인간은 언젠가 죽는다는 점에서 〈죽음의 집〉이라는 감옥에 갇힌 수인이나 다름없는 운명이라는 사실을, 그리고 특히 도스토옙스키의 관점에서 보았을 때 죄와 악으로부터 완전히 자유로운 인간은 이 세상에 있을 수 없다는 사실을 상기해 보면 『죽음의 집의 기록』에서 제기하는 악의 문제는 곧 독자 개개인을 향하도록 의도된 것임을 알 수 있다. 앞서 언급한 바흐친의 표현을 빌리자면 도스토옙스키가 제시하는 〈죽음의 집〉의 크로노토프는 독자로 하여금 이를 체감하고, 이에 대해 사유하게 만드는 〈입구〉다.

　고랸치코프는 그 입구에서부터 독자를 악의 세계로 안내한다. 단테의 『신곡』에서 단테가 베르길리우스를 따라 들어가듯 도스토옙스키의 『죽음의 집의 기록』에서 독자는 고랸치코프를 따라 지옥의 세계로 들어간다. 고랸치코프는 실로 믿을 만한 안내자라 할 수 있겠는데, 무엇보다도 정체된 시간, 고립된 공간을 10년 동안 견디고는 마지막 출옥 장면에서 환희에 차서 족쇄를 깨는 행위가 상징하듯 그 악의 고리를 깨고 나왔기 때문이다. 그렇다면 우선 〈죽음의 집〉에 관해 이야기해 주는 고랸치코프라는 인물부터 살펴보도록 하겠다.

단테의 유산

『죽음의 집의 기록』이 고랸치코프가 쓴 수기로 구성되어 있다는 사실은 작품의 서문에만 언급되기 때문에 혹시나 서문을 읽지 않았다면 그의 존재를 아예 모를 수도 있다. 서문에서 제시되는 고랸치코프에 관한 정보를 짚어 보자면, 그는 시베리아에서 10년간의 유형 생활을 마치고 어느 시베리아 도시에 정착하여 살고 있다. 그 도시의 유지인 어느 관리의 집에서 가정 교사로 일하면서도 정작 거주지는 도시 변두리에 마련하고서 사람들과의 접촉을 매우 꺼린다. 그래서 아내를 살해한 죄로 복역했다는 소문을 제외하면 그에 관해서는 도시에 제대로 알려진 바가 거의 없다. 서문을 쓴 편집자가 말을 걸어 보아도 대부분 묵묵부답으로 일관했던 고랸치코프는 그 도시에서 사회 부적응자처럼 살았던 듯하다. 고랸치코프가 죽음을 맞이한 후 이 편집자가 그의 원고를 입수하여 적당한 손을 보고 책으로 출판한 것이 『죽음의 집의 기록』이다.

서문에서의 고랸치코프에게 주목해야 하는 이유는 본문에서 그가 보이는 모습과 상당히 다르기 때문이다. 서문에서 아내 살인범이라고 암시되는 것이 무색하게 본문에서 고랸치코프는 민중 출신 죄수들과는 결이 다른 죄수인 양 그려져 정치범이라는 인상을 주기도 한다. 또한 서문에서는 고랸치코프의 목소리가 거의 들리지 않는 반면 본문의 서사는 그가 이끌어 나간다. 본문에서 고랸치코프는 죄수들을 소개하다가도 관련된 다른 화제로 말이 새곤 한다. 그렇게 한참을 다른 이야기를 하다가 이내 주제에서 이탈했다는 것을 깨닫고는 〈나는 또다시 말을 너무 많이 하고 말았다〉라며 황급히 원래 화제로 돌아오곤 할 정도로 동료 죄수들에 대해 많은 생각을 하고 또 그것을 기록한 서술자이다. 고랸치코프의 이야기를 듣고 있노라면 그가 아내 살인범일지도 모른다는 사실이나 적어도 시베리아로 유형 올 정도의 중대한 죄를 지은 죄수라는 사실에 대해서는 잊게 된다.

그렇다면 상반된 두 모습을 어떻게 받아들여야 할까? 서문에서와 본문에서의 고랸치코프의 모습이 너무나도 달라서 어떤 연구자들은 이것을 도스토옙스키의 실수라고 받아들일 정도였다. 그런데 여기서 잊지 말아야 할 것이 당시 러시아에서 대부분의 소설은 잡지에 연재를 한 후 책으로 묶어 출판하는 것이 일반적이었다는 사실이다. 이는 두 모습 간의 괴리가 작가의 실수였다면 출판 과정에서 수정할 여지가 있었다는 것을 의미한다. 즉, 서문까지도 하나의 책으로 묶여 출간되었다는 사실 자체가 이러한 설정에 작가의 의도가 개입되어 있음을 뜻한다.

달라진 것은 고랸치코프 자체라기보다는 그의 신분과 배경이다. 서문에서 그는 도시의 자유인이고 본문에서 그는 감옥의 죄수다. 다만 의문이 생기는 지점은 고랸치코프가 지옥과 다름없는 감옥에서 벗어난 후 기쁨과 희망에 가득한 새로운 삶을 살지 못하고 오히려 음울한 모습으로 무미건조한 삶을 영위한다는 것이다. 그렇다면 이러한 상태의 고랸치코프에 대한 두 가지 해석이 가능하다. 하나는 형기를 마치긴 했지만 겉으로만 해방된 것일 뿐 죄수의 정신 상태에서 벗어나지 못했다는 것이고, 다른 하나는 음울한 그의 모습이 또 다른 심오한 의미를 지닌다는 것이다. 따라서 서문에서의 고랸치코프의 모습을 올바로 규명하기 위해서는 서문에 국한하지 않고 작품 전반을 토대로 한 보다 심도 있는 논의가 필요하다. 그리고 미리 밝히자면 고랸치코프를 제대로 파악하는 것이『죽음의 집의 기록』을 읽어 내는 핵심 코드 중 하나다.

그 과정을 밟아 나가기 위해 우선 분명한 사실부터 짚

고 넘어가자. 고랸치코프는 현실판 지옥인 감옥에서 10년을 견디고 돌아왔다. 그런데 감옥 안 장면에서는 서사를 이끄는 서술자의 모습을 보이는 것과 달리 감옥 바깥 도시에서는 그의 과묵함에 초점이 맞추어진다. 〈침묵〉을 기준으로 하여 대비되는 모습을 보이고 있는 것인데, 이러한 괴리를 해석하는 데 있어 단서가 될 만한 유사한 장면이 『죽음의 집의 기록』에 하나 더 등장한다.

바로 성탄절을 앞두고 죄수들이 목욕탕에서 단체로 목욕을 하는 장면이다. 이 대목에서 목욕탕은, 도스토옙스키가 꼭 그렇게 읽으라고 지침을 제시해 주기라도 하는 듯, 〈지옥과도 같다〉라고 직접적으로 언급된다. 『죽음의 집의 기록』 1부 9장에서는 성탄절 주간을 앞두고 죄수들이 목욕탕에 갈 기회를 얻는다. 다만 목욕탕이 사람 수에 비해 워낙 비좁은 탓에 수백 명의 죄수들은 서로 부대끼며 목욕을 해야 한다. 고랸치코프는 목욕탕에 들어서던 당시를 이렇게 회상한다. 〈목욕탕 문을 열었을 때, 나는 우리가 지옥에 들어왔다고 생각했다.〉(197) 〈지옥〉이라는 표현은 재차 강조된다. 〈증기는 계속해서 나오고 있었다. 이미 열기 정도가 아니라, 마치 지옥의 불과 같았다.〉(198) 〈만일 우리 모두가 다 같이 지옥의 불 가운데에 떨어지게 된다면, 그것은 이 자리에서 벌어지는 일들과 무척이나 흡사할 것이라는 생각이 들었다.〉(199)

19세기 러시아 문단을 대표하는 또 다른 대문호 투르

게네프I. Turgenev가 〈목욕탕 장면은 정말이지 단테의 것입니다〉(Jackson 1981: 353, 재인용)라고 이야기했을 정도로 지옥 그 자체를 연상시키는 이 목욕탕 장면이 주는 참혹한 느낌은 어떻게 요약해도 고스란히 전달하는 것이 불가능하므로 다소 길더라도 본문을 직접 인용하도록 하겠다.

생각해 보라. 가로세로 열두 걸음 정도의 길이가 되는 크기의 방에 한꺼번에 1백 명 정도, 최소한 80명 정도의 사람들이 모여 있는 것을 말이다. (······) 시야를 뒤덮는 증기, 그을음, 먼지, 그리고 어느 곳에도 발 디딜 틈 없는 비좁음. (······) 죄수들은 자기의 물통에 물을 끼얹으며, 앉지도 못한 채 갈고리처럼 등을 구부리고 있었다. 다른 사람들은 그들 사이에서 손으로 물통을 쥐고 선 채로 썻고 있었으므로 마치 돌출해 있는 벽돌처럼 보였다. 그들에게서 더러운 물이 곧장 밑에 앉아 있는 사람들의 빡빡 깎은 머리 위로 떨어졌다. 선반이나 선반 쪽으로 나 있는 모든 계단에서도 몸을 움츠리거나, 새우등을 하고서 썻고 있었다. (······) 선반 위에 있는 50여 개의 한증용 털이개가 일시에 오르내리고 있었다. 모두들 취한 듯이 몸을 철썩철썩 때리고 있었다. 증기는 계속해서 나오고 있었다. 이미 열기 정도가 아니라, 마치 지옥의 불과 같았다. 바닥을 질질 끄는 1백 개의 쇠사슬 소리에 맞추어, 이 모든 것들이 소리를 지르고 법석을 떠는 것 같았다……. 지나가려고 하는 사람들은 다른 사람의 쇠사슬에 얽히기도 하고 밑에 앉아 있는 사람의 머리에 부딪치기도 했을 뿐만 아니라 서로 욕을 해대고 부딪친 사람을 자기 뒤로 잡아당기기도 했다. 더러운 물이 사방으로 흘러내렸다. 죄수들은 모두 술에 취한 듯, 어떤 정신적인 흥분 상태에 있었다. 비명과 고함 소리도 울리곤 했다. 물이 들어오는 탈의장 옆 창문에는 욕설과 비좁음과 난투가 벌어졌다. 더운물은 그것을 주문한 사람들의 자리에 가기도 전에 바닥에 앉아 있는 사람들의 머리 위에 엎질러졌다. 혹시 있을지도 모를 무질서를 감시하기 위하여, 손에 총을 든 콧수염 더부룩한 병사의 얼굴이 창문이나 열린 문틈으로 비치곤 했다. 죄수들의 빡빡 깎은 머리와 붉게 달아오른 몸은 몹시 추하게 보였다. 붉게 달아오른 등허리에는 언젠가 맞은 몽둥이와 채찍의 상처가 선명하게 나 있어서, 지금 이 등허리들은 또다시 상처를 입고 온 것처럼 보였다. 무서운 상처들이었다! 그것들을 보자, 내 피에는 오한이 드는 것 같았다. 증기가 더 들어오자 그것은 짙고 뜨거운 구름처럼 온 욕탕 안을 덮었다. 모든 사람들이 고함을 지르고 깔깔거리기 시작했다. 증기의 구름 속에서 매 맞은 등허리와, 빡빡 깎은 머리, 불린 팔과 다리 들이 어른거리고 있었다. 이사이 포미치는 선반 제일 높은 곳에서 목청 껏 깍깍 소리를 치고 있었다. 그는 정신없이 한증을 하고 있어서, 어떠한 열기도 그를 만족시키지는 못할 것처럼 보였다.(197~199)

턱없이 비좁은 목욕탕에서 알몸으로 아우성치며 우글 거리는 몇백 명의 죄수들, 벌거벗은 그들의 발에 달린 족쇄가 부딪칠 때마다 나는 섬뜩한 소리, 온통 상처투성이인 시뻘건 등짝들, 숨이 턱턱 막힐 정도로 목욕탕을 가득 채운 뜨거운 증기와 여기저기서 수시로 쏟아지는 뜨거운 물 등으로 묘사되는 아비규환의 목욕탕이 지옥이나 다름없다는 데에 특별한 부연 설명은 필요하지 않다. 목욕탕의 맨 꼭대기에서 광기 어린 모습으로 한증을 하는 이사이 포미치가 지옥의 분위기를 한층 강화한다. 러시아에서는 목욕을 할 때 자작나무 가지로 몸을 두드리는 것이 일반적이라지만, 죄수들이 무아지경 속에서 시뻘겋게 달아오른 상처 입은 몸뚱이를 스스로 후려치는 장면을 보고 있노라면 누구라도 지옥을 떠올리지 않을 수 없다. 앞서 지적되었듯 고랸치코프가 묘사하는 목욕탕 장면은 독자의 시각, 청각, 그리고 촉각까지도 자극하여 경악을 금치 못하게 만든다.

우리는 여기서 목욕탕-지옥을 마주하고 고랸치코프가 보인 반응에 주목할 필요가 있다. 이 장면에서 그는 목욕탕에 들어서자마자 경악을 금치 못하며 옆에 있던 동료 죄수 페트로프에게 지옥에 가게 된다면 이 장소와 무척 흡사할 것이라는 생각을 입 밖으로 내뱉는다. 〈만일 우리 모두가 다 같이 지옥의 불 가운데에 떨어지게 된다면, 그것은 이 자리에서 벌어지는 일들과 무척이나 흡사할 것이라는 생각이 들었다. 나는 페트로프에게 이러한 생각을 전하지 않을 수 없었다. 그도 방을 둘러보고는 입을 다물고 있었다.〉(199) 그런데 그의 말을 찬찬히 뜯어보면 고랸치코프는 자기가 있는 곳이 지옥이 아니라고 생각한다는 사실을 알 수 있다. 그러니 지옥에 〈가게 된다면〉 이곳과 〈흡사할 것〉이라고 말할 수 있는 것이다.

고랸치코프의 반응은 그의 옆에서 가만히 침묵하고 있는 페트로프의 반응과 대비된다. 『죽음의 집의 기록』의 목욕탕 장면을 자세히 분석한 연구자 카사트키나T. Kasatkina는 이 장면에 대해 페트로프의 입장에서 다음과 같이 덧붙인다. 〈지옥에 있으면서 그곳을 지옥과도 같다고 하는 사람에게 어떤 말을 할 수 있겠는가.〉(Kasatkina 2007: 143) 이때의 고랸치코프는 자신이 죄인이라고 생각하지 않는 것이 분명하다. 그렇기 때문에 자신이 있는 곳이 지옥일 리 없으며 다만 〈지옥과도 같은 곳〉이라는 말을 쉽게 꺼낼 수 있다. 반면 페트로프가 지옥이라는 말을 감히 입에 올리지 못하는 것은 고랸치코프와 딜리 그는 지옥에 빠져 마땅한 자기 죄를 인식하고 있기 때문이

다.(Meerson 1998: 39~42)

　이런 점에 비추어 본다면 서문에서 고란치코프가 침묵을 유지하는 것이 자신의 지난 과오를 깨닫고 뼈저리게 반성했기 때문이라고 유추해 볼 수 있겠다. 도스토옙스키는 이와 같은 해석이 가능하도록 작품 속에 힌트를 하나 더 숨겨 두었다. 바로 또 하나의 〈목욕탕〉 장면이다. 이 목욕탕은 주의를 기울이지 않으면 기억하기도 힘들 만큼 아주 잠깐 언급되고 지나간다. 2부 4장 「아쿨카의 남편, 한 편의 이야기Akul'kin muzh, rasskaz」(이하 「아쿨카의 남편」으로 약칭)에서 어느 아내 살인범이 범행 후 몸을 숨긴 장소가 바로 목욕탕이었다.

　당시 죄수들을 위한 병원에 입원 중이던 고란치코프는 어느 날 밤 잠이 오지 않아 뒤척이다가 시시코프라는 죄수가 옆 침대의 죄수에게 아내를 살해하게 된 경위를 소상히 늘어놓는 것을 듣게 된다. 흥미로운 점은 이때 고란치코프의 반응이 앞선 목욕탕 장면에서와는 사뭇 다르다는 것이다. 그는 1부의 목욕탕에서는 〈지옥과도 같다〉는 말을 내뱉었던 것과 달리 시시코프가 이야기하는 목욕탕에 대해서는 아무 말도 덧붙이지 않는다. 동료 죄수들에 대해 쉼 없이 설명하던 그의 목소리가 여기서는 들리지 않는다. 고란치코프는 시시코프의 목욕탕 앞에서는 페트로프처럼 침묵을 지킨다. 고란치코프는 시시코프에 대한 기억만을 몇 마디 언급할 뿐 시시코프의 과거 이야기는 오로지 시시코프 본인의 말을 통해서만 전달된다. 지금까지의 논의를 종합하여 생각해 보았을 때 고란치코프의 이례적인 반응에 대해 가능한 설명은 한 가지, 적어도 이 시점에서 고란치코프는 아내 살인범인 자신도 시시코프와 다를 바 없는 죄인임을 깨달아 차마 아무 말도 덧붙일 수 없었다는 것이다.

그렇다면 목욕탕이 도대체 어떤 공간이기에 자꾸 죄수들과 연결되면서 고란치코프라는 한 인물을, 나아가 소설 전체를 해석하는 데 있어 결정적인 역할을 하는 것일까? 사실 도스토옙스키는 『죽음의 집의 기록』에서뿐만 아니라 다른 여러 작품에서도 목욕탕을 지옥에 대한 비유로 사용하곤 했다. 보다 정확히 이야기하자면 악의 크로노토프로 사용하곤 했다. 실제로 지금도 목욕탕은 악이라는 관념에 대해 인식하고 사유하게 만드는 크로노토프로 기능하고 있지 않는가. 그렇다면 도스토옙스키의 목욕탕 모티프에 관해 우선 살펴보자.

목욕탕

도스토옙스키의 작품에서 목욕탕은 언제나 악인과 연결된다. 『죽음의 집의 기록』을 시자으로, 첫 장편소설인 『죄와 벌』에서는 아내를 죽였다는 소문이 도는 스비드리가일로프가 〈목욕탕〉에 대해 언급하고, 마지막 작품 『카라마조프 씨네 형제들』에서는 아버지 표도르를 살해한 스메르댜코프가 〈목욕탕〉에서 태어났다. 그중에서도 스비드리가일로프는 목욕탕의 속성에 대해 직접적으로 언급하여 도스토옙스키가 그려 내는 목욕탕-지옥의 의미를 추측해 볼 수 있게 한다.

여전히 우리는 영원성을 한낱 이해할 수 없는 사상, 무언가 거대하고 거창한 것으로만 상상하고 있지요! 그런데 왜 반드시 거창해야만 할까요? 생각해 보시오, 그런 것들 대신에 그곳에 시골의 목욕탕과 비슷한, 그 을음에 찌든 작은 방 하나만 있고, 구석구석에 거미들만 가득하다면 말입니다. 이것이 영원의 전부라면 말이오.(423)

아무도 가지 않는 초라하고 지저분한 목욕탕과 같은 곳이 무한히 지속되는 영원의 전부라면 다름 아닌 바로 그 장소가 지옥일 것이다. 스비드리가일로프의 말 속에서 영겁의 시간은 비좁은 시골 목욕탕이라는 공간과 결합하여 악의 크로노토프를 형성한다. 영원이 비좁은 공간에 갇혀 만들어진다는 악이 무엇인지 그 추상적인 개념은 금방 이해되지 않더라도 거미줄이 쳐진 찌든 목욕탕은 상상만 해도 불쾌한 감정이 들면서 그곳에는 다가

가고 싶지조차 않다.

당대 러시아 독자였다면 목욕탕을 보고 한층 더 섬찟했을 것이다. 러시아 민속 전통에서 목욕탕은 악마의 공간으로 인식되기 때문이다. 비단 시시코프가 숨어든 목욕탕뿐만 아니라 러시아 시골에서 보통 목욕탕은 외떨어진 곳에 위치한다. 그리고 해가 진 후에는 악마가 사용할 차례로 간주되어 사람들은 낮에만 목욕탕을 사용하였다. 심지어 러시아 시골에서는 사람들이 낮에도 혼자 목욕탕에 들어가는 것은 꺼렸는데 러시아의 도깨비들 중 가장 적대적인 성향을 지닌 〈바니크bannik〉가 숨어 있는 위험한 곳이라고 생각했기 때문이다.(Ryan 1999: 51)

도스토옙스키가 목욕탕을 곧 악의 공간으로 간주했음은 『죽음의 집의 기록』 집필을 마친 이듬해에 문우 스트라호프N. Strakhov에게 보낸 편지를 통해서도 확인할 수 있다. 편지에서 작가는 훗날 『도박꾼Igrok』으로 이어진 집필 아이디어를 소개하며 목욕탕과 지옥을 동일한 범주하에 묶는다.

『죽음의 집의 기록』이 이때까지는 누구도 **생생하게** 묘사하지 않았던 죄수들을 그려 냄으로써 대중의 관심을 받았다면, 이 이야기는 룰렛 도박을 **생생하고** 세밀하게 묘사함으로써 분명 관심을 받을 걸세. (……) 나쁘지 않은 작품이 되겠지. 〈죽음의 집〉도 호기심을 자아

냈으니 말이야. 어찌 되었든 이건 특별한 종류의 지옥, 특별한 종류의 감옥 **목욕탕**에 대한 묘사일세.(PSS 28-2:51, 강조는 도스토옙스키)

『도박꾼』은 룰레텐부르크라는 가상의 도시 속 도박장을 배경으로 하는 소설로 목욕탕과 아무런 관련이 없는데도 여기서 굳이 목욕탕을 언급했다는 것은 도스토옙스키에게 목욕탕은 곧 지옥과 같은 악의 공간으로 뇌리에 박혀 있었다는 것을 의미한다.

『도박꾼』 집필을 둘러싼 상황은 목욕탕이라는 악의 크로노토프가 도스토옙스키의 사유 기저에 자리하고 있었다는 확신을 가능케 해준다. 〈도박꾼〉이라는 작품 제목이나 작품의 내용은 몰라도 작품을 둘러싼 일화는 한 번쯤은 들어 보았을 것이다. 1866년 당시 도스토옙스키는 악덕 출판업자와 맺은 선불 계약으로 인해 한 달 후에 원고를 넘기지 못하면 추후 발표하는 소설에 대한 저작권을 모두 출판업자에게 넘겨야 하는 상황이었다. 원고를 직접 쓰기엔 시간이 촉박할 정도로 상황이 긴급했던 탓에 도스토옙스키가 구술하면 속기사가 그것을 받아 적는 식으로 집필이 진행되었다(이때 함께 작업한 속기사가 훗날 도스토옙스키의 두 번째 부인이 된 안나 그리고리예브나이다). 한마디로 체계적으로 소설을 구상하고 집필할 여유 따위는 없는 상황이었다. 일각에서는 이 점으로 인해 앞서 1863년에 구상한 〈특별한 종류의 지옥, 특별한 종류의 감옥 목욕탕〉이라는 구상이 『도박꾼』에 그대로 반영되었다고 보기엔 무리라는 주장을 펴기도 한다.

하지만 『도박꾼』에 대한 메모와 완성된 소설 『도박꾼』 사이에 아무런 관련성이 없다고 보기엔 『도박꾼』을 집필하기 바로 전에 쓰인 장편 『죄와 벌』에 폐쇄와 고립을 함의하는 비좁은 공간이 여럿 등장한다. 가난한 사람들을 구제하기 위해서라면 그들의 고혈을 빨아먹는 벌레 같은 전당포 노파 한 명쯤은 죽어도 된다는 사상을 내세워 살인을 저지른 라스콜니코프는 흡사 관짝과도 같은 비좁은 다락방에 거주하며, 악인 스비드리가일로프는 엄청난 부자임에도 불구하고 비좁은 호텔방에 머문다. 이에 비추어 보았을 때 『도박꾼』에서 〈특별한 종류의 지옥, 특별한 종류의 목욕탕〉을 펼쳐 보이겠다는 애초의 구상은 『도박꾼』 집필에 돌입할 무렵까지 내내 작가의 기억 속에 남아 있다가 자연스레 『도박꾼』에 구현되었다고 보는 것이 타당하다.

시베리아의 거친 유형지를 배경으로 하는 『죽음의 집의 기록』과는 달리 『도박꾼』은 어느 유럽 도시의 현란한 도박장을 배경으로 하기 때문에 일견 두 작품은 결을 달리하는 듯 보인다. 그러나 두 작품 모두 변화 없이 반복되는 시간의 순환적 흐름이 배경으로 자리하며, 그것은 공간적 배경으로 가시화되어 크로노토프를 형성한다는 공통점을 지닌다. 앞서 이야기했듯 『죽음의 집의 기록』에서 감옥은 사계절이라는 순환되는 시간, 감옥이라는 고립된 공간이 융합된 악의 크로노토프다.

『도박꾼』에서는 룰렛 모티프가 이러한 정체되고 반복되는 시간을 가시화한다. 작품의 배경이 되는 도시의 이름부터가 룰레텐부르크로, 룰렛의 순환적 흐름이 공간적 배경과 결합되어 있다. 도스토옙스키는 이 소설에서 룰렛 모티프를 중요하게 여겨 스트라호프에게 보낸 편지에서 〈주인공의 생명력, 활력, 광포함, 대담성은 모두 룰렛으로 향한다〉(PSS 28-2: 51)라고 구상을 밝혔다. 애초에 소설의 제목으로 〈룰레텐부르크〉를 염두에 두었을 정도였다.

『도박꾼』의 주인공 알렉세이는 도박이 인생의 향방을 결정해 주기를 바라면서 룰렛 도박에 모든 것을 맡긴다. 그는 처음에는 폴리나라는 여인의 사랑을 얻기 위한 돈을 따려 도박에 매달린다. 폴리나가 떠나 버려 열정을 쏟을 대상이 사라져도 특별한 목적도 없이 그저 도박에 매달린다. 결국 알렉세이의 행위는 도박에 몰두함으로써 중요한 무언가를 이루어 가는 중이라는 환상에 사로잡힌 허황된 의미 추구에 불과하다. 그에게는 목표를 향해 열정을 쏟는 과정 자체가 중요하므로 그는 결과보다는 이기고 지는 진행 상황에 전율을 느낀다.(Rosenshield 2011: 220) 알렉세이는 도박으로 얻은 돈으로 블랑슈 양과 파리에 정착하지만 그것도 잠시뿐이다. 삶에 아무런 의미가 없다는 생각이 초래하는 공허함에서 벗어나고자 그는 제 발로 다시 도박장으로 향한다. 마지막 장면에서 도박으로 거액을 따내는 알렉세이의 모습은 소설 초반부의 그의 모습과 별반 다를 바 없다. 그 돈은 다시 룰렛 도박에 사용될 것임이 자명하다. 제자리를 맴도는 그의 시간을 원형의 룰렛, 그리고 그 명칭을 딴 도시 룰레텐부르크가 가시화한다.

이런 점에서 『죽음의 집의 기록』의 감옥과 스비드리가일로프가 말하는 목욕탕, 『도박꾼』의 도박장은 일맥상통한다. 감옥에서 되풀이되는 사계절, 목욕탕에 갇힌 영원의 시간, 알렉세이의 맹목적인 도박 중독에는 의미도 가치도 부재한다. 『도박꾼』의 세계가 그저 도박판에 그치지 않고 무책임과 무신론의 세계로까지 이어지는 것은 이러한 까닭에서다. 〈룰렛은 주인공을 실제 시간으로부터 이탈시키며, 룰레텐부르크는 인간이 도덕적 선택을 하고 삶에 대한 책임을 져야 할 의무로부터 벗어나는 세계, 신이 없는 기만적인 우주이다.〉(El'nitskaia 2007: 22) 그런 곳에서는 도스토옙스키가 훗날 『카라마조프 씨네 형제들』에서 무신론자 난봉꾼 표도르 카라마조프의 입을 빌려 표현한 대로 〈모든 것이 허용된다〉. 그 어떤 가치도 도덕도 들어설 수 없는 세계는 곧 책임도 의무두 신앙도 찾아볼 수 없는 악의 세계다. 이 점에서 영원의 시간을 〈목욕탕〉에 가둔 『죄와 벌』의 스비드리가일로프와 〈목욕탕〉에서 태어난 『카라마조프 씨네 형제들』의 스메르댜코프가 자살로 생을 마감하는 것은 필연적인 귀결이라 하겠다. 삶에서 아무런 가치를 발견하지 못하고, 그 상태에서 빠져나올 수조차 없다면 남은 것은 죽음뿐이다.

『죽음의 집의 기록』에서도 죄수들은 같은 행동을 반복한다. 몇몇 죄수들은 고리대금, 밀주, 도박 등으로 돈을 축적하는 특이한 행동을 보이기도 하지만 모은 돈을 언제 빼앗길지 모르므로 금방 탕진해 버려 원래 상태로 돌아간다. 1년에 몇 번 없는 축일도 매년 반복하다 보면 더 이상 새로울 것이 없어진다. 죄수들은 잠시나마 경건한 마음으로 성탄절을 맞이하고 오랜 시간 준비해 온 연극을 무대에 올리지만, 연극이 끝난 후 밤이 되면 옥사는 어느새 음주와 가무로 다시 난장판이 된다. 이따금 단체 행동을 통해 반항심을 표출해 보기도 하지만 그마저도 일시적일 뿐 감옥에서는 본질적으로 그 무엇도 달라지지 않는다. 이처럼 〈죽음의 집〉 전체를 정체된 시간이 지배하고 있다. 물리적인 방법으로 그곳에서 벗어나는 것은 불가능하다. 고란치코프가 탈옥수에 대해 이야기하는 대목에서 볼 수 있듯 감옥에서 이탈하려는 움직임은 오히려 더 긴 형기를 초래할 따름이다.

이처럼 〈정체와 고립의 악〉은 그 어떤 변화도 허용하

지 않는다. 감옥 안에 갇힌 죄수들은 자기 잘못을 돌아보기는커녕 사고와 행동을 조금이나마 변화시킬 수조차 없다. 결과적으로 〈죽음의 집〉은 회생 불가능한 악의 장소가 된다. 자신이 악을 행하고 있음을 아는 사람에게는 적어도 악으로부터 벗어나려는 결심을 해볼 여지라도 있겠지만, 자신의 행동이 악인 줄도 모르고 아무 생각조차 없는 사람에게는 그 어떤 개선의 여지도 존재하지 않기 때문이다.

『죽음의 집의 기록』에서 이러한 악의 특징을 응축하여 구현하는 크로노토프가 바로 시시코프가 숨어든 목욕탕이다. 외딴곳에 있어 아무도 찾지 않아 더럽고 지저분해진 협소한 이 목욕탕을 두고 로버트 잭슨은 〈도스토옙스키 지옥의 가장 깊은 층위〉(Jackson 1981: 71)라고 일컬었으며, 20세기의 저명한 문예 이론가 시클롭스키V. Shklovskii 는 이 목욕탕이 등장하는 「아쿨카의 남편」 장에서 〈절대 악〉이 제시된다고 지적하기도 했다.(Shklovskii 1974: 218) 주의 깊게 보지 않으면 지나치기 쉬운 작은 목욕탕에 대해 대체 왜 하나같이 거대한 악이 내포되어 있다고 하는 것일까? 그것은 주의를 기울이지 않으면 간과하기 쉽다는 바로 그 점으로 인해서다. 이는 목욕탕과 그곳에 숨어든 시시코프와의 유사성을 통해 설명된다.

홍미롭게도 시시코프는 자신이 숨어든 목욕탕과 닮아 있다. 무엇보다도 고란치코프는 시시코프가 별 특징 없는 사람이었다고 설명하면서 공간 묘사에도 사용되는 〈텅 빈pustoi〉(PSS 4: 166)이라는 표현을 사용한다. 시시코프는 〈별 특징이라고는 없는 그저 그런 사람이었다. 때때로 아무 말 없이 침울했다가는 난폭해지기도 하고, 다시 몇 주일씩 입을 다물기도 했다. 그러다가는 느닷없이 쓸데없는 온갖 일에 말참견을 하고 사소한 일에 흥분하여 이 옥사 저 옥사를 돌아다니면서 말을 전하고, 실없는 이야기를 지껄여 미친 사람 취급을 받기도 했다〉.(332) 고랸치코프의 소개에서 볼 수 있듯 그는 아무 생각도 줏대도 없이 내키는 대로 행동하는 인간이다. 순간의 감정과 기분에 따라서만 행동하면서 쉽게 울고 웃어 동료들에게 비웃음을 살 정도다. 동료 죄수에게 괴롭힘을 당해 울다가도 죄수들이 관심을 가져 주면 언제 울었냐는 듯 금세 기뻐하며 광대를 자청하여 노래를 부르는 그를 모두들 조롱하고 무시한다.

이런 인간이 저지른 범죄가 모두를 두려움에 떨게 할 정도로 사악하고 거대한 악일 리 없어 보인다. 시시코프의 범죄가 비열하고 추악하기 그지없기는 하다. 그는 힘없는 무고한 아내를 폭행하고 학대하다 종래에는 살해하였다. 그렇다고 그가 무슨 뜻을 가지고 범죄를 저지른 것은 아니다. 이 모든 죄악은 본능에 따른 동물적인 행동이었을 뿐이다.

시시코프의 이야기를 떠올려 보자. 시시코프와 어울려

다니던, 사실상 시시코프를 부하처럼 부리던 필카 모로 조프는 어느 날 갑자기 아쿨카의 아버지에게 동업 중단을 선언하고는 그의 딸 아쿨카를 문란한 여자라고 모함하기 시작하였다. 시시코프는 그저 필카를 따라 그녀를 조롱하고 거짓 소문을 퍼트리는 데 동참했다. 이로 인해 아쿨카는 별 볼 일 없는 시시코프에게 팔리듯 시집보내졌다. 시시코프는 처음에는 아쿨카와의 결혼을 자랑스레 여겼으나 이내 필카로부터 헤픈 여자와 결혼했다는 조롱을 받자 억하심정에서 아내를 무자비하게 구타하였다. 시시코프의 학대가 지속되던 어느 날 망나니처럼 살던 필카가 거액의 돈을 받고 부잣집 아들을 대신하여 입대한다는 소식이 전해진다. 필카는 떠나는 길에 발견한 아쿨카에게 달려가 무릎을 꿇고 용서를 빌고, 아쿨카도 자기를 용서해 달라며 눈물을 흘린다. 이 모습을 본 시시코프는 화를 주체하지 못하고 아쿨카를 숲속으로 끌고 간다. 그는 목을 베던 도중 아내의 목에서 치솟는 피를 보고 겁에 질려 아직 살아 있는 그녀를 버려둔 채 도망쳐 아무도 찾지 않는 목욕탕 선반 아래 숨어 있다가 발각되었다.

그런데 시시코프가 들려주는 이야기는 어딘가 어색하다는 인상을 준다. 필카는 왜 갑자기 아쿨카를 음해한 것이며, 둘은 왜 또 갑자기 눈물을 흘리며 화해하는 것일까? 아쿨카는 필카로 인해 고통을 당했으면서 왜 자신을 용서해 달라 말한 것일까? 이런 의문스러운 점들은 이야기가 시시코프의 입장에서 단편적으로 기술되었던 까닭에 발생한 현상이다. 다음과 같은 앞 이야기를 염두에 두면 이야기의 전개를 충분히 납득할 수 있다. 필카가 돌연 동업 중단을 선언하기 전에 사실 필카와 아쿨카 사이에 교감이 있었으나 아쿨카의 집에서 필카를 반대하여 필카가 앙심을 품고 아쿨카를 음해하는 소문을 퍼뜨린 것이다. 그러나 돌아올 수 없을지도 모르는 군에 입대하기 전에 마지막으로 그녀 앞에서 용서를 구하였고 아쿨카도 지난 정을 생각하여 용서를 구하고 또 용서한 것이다. 〈그를 세상 누구보다 사랑〉한다는(344) 그녀의 말이 이러한 추측을 뒷받침해 준다.

이상은 이야기를 주의 깊게 몇 번 읽어 보면 유추할 수 있는 배경이지만 전반적인 맥락을 파악할 능력이 없는 시시코프의 관점에서 상황이 파편적으로만 전달되었기 때문에 독자가 이야기를 금방 이해하기 어려웠던 것이다. 이렇듯 정황을 종합적으로 파악할 능력이 없는 시시코프를 통해 이야기가 단순화되기 때문에 「아쿨카의 남편」은 한층 더 끔찍하다.(Rosenshield 1987: 18)

시시코프의 행동에는 별다른 이유가 없다. 그는 내키는 대로 폭력을 행사했고 내키는 대로 살인을 저질렀다. 시시코프의 텅 빈 내면은 그의 말하기 방식에도 그대로 드러난다. 고란치코프의 회고에 따르면 시시코프는 평소에도 옥사를 돌아다니며 아무 말이나 전달하고 지껄이곤 하였다. 그는 멍하니 자기 세계에 빠져 있다가 때로는 열에 들떠 새로운 이야기를 시작하기도 하고 그러다 갑자기 이야기를 중단하기도 한다. 한마디로 그에게는 생각의 중심이 없고, 그 때문에 그의 말도 중구난방이다.

말을 할 때 시시코프의 관심은 그저 이야기꾼이 되어 잠시라도 주목을 받아 보는 데만 쏠려 있다. 그는 필카 앞에서도, 죄수들 앞에서도 노래를 불러 주목받는 것을 즐기곤 했다. 체레빈에게 이야기할 때는 〈기다려 보세요〉, 〈잠깐〉, 〈들어 보세요〉 등의 추임새를 반복하며 아내를 살해한 이야기를 단지 관심받기 위한 수단으로만 소비한다. 심지어 그의 이야기는 실제 사건에서 비롯된 것인지조차 불분명하다. 도스토옙스키가 감옥에서 들은 민중 죄수들의 이야기나 노래를 기록해 둔 「시베리아 노트Sibirskaia tetrad'」에 대한 연구에 따르면 시시코프의 이야기는 「시베리아 노트」에도 실려 있는 당대의 유행가 〈아쿨카의 남편〉을 본뜬 것이다. 시시코프가 전달하는 이야기와는 전혀 다르게 이 유행가의 주인공 아쿨카에게는 정부가 있는데, 시시코프의 이야기를 흘려듣던 체레빈이 뜬금없이 과거 자기 아내가 정부와 바람을 피웠던 이야기를 꺼낸다는 점은 시시코프의 이야기가 〈아쿨카의 남편〉 유행가를 그대로 따르고 있음을 방증한다.(Lundblad 2012: 292) 시시코프가 체레빈의 관심을 끌고 흥미를 유발하고자 널리 알려진 유행가에 끼워 맞춰 자기 이야기를 각색했다고 추정할 수 있다. 하지만 시시코프는 자기의 과거를 소재로 하는 이야기에서마저 필카와 아쿨카의 관계에 밀려 주인공이 되지도 못하고, 그렇다고 자기 이야기를 자기 말로 제대로 전달하지조차 못하였다. 마치 더러운 시골 목욕탕처럼 추잡한 그의 행동은 그리 큰 관심을 받지도 못한다.

중심 없는 그의 말하기가 보여 주듯 그의 행동에도 별다른 의미가 없다. 이러한 성향은 감옥에 들어오기 전에도 마찬가지였다. 바깥 세상에서 방탕하게 생활할 때도 시시코프의 방종에는 뚜렷한 이유가 없었다. 그와 어울려 다니던 필카의 방탕함에는 아쿨카와 이어질 수 없다는 데 대한 좌절, 이대로 살다가 돈을 탕진하고 나면 결국 팔리듯 군대에 가게 되리라는 무기력감과 같은 조금이나마 이해라도 해볼 수 있는 이유라도 있었지만 시시코프의 행동에는 뚜렷한 이유조차 없다. 아버지가 돌아가시고 가세가 기울어진 암담한 현실을 받아들이지 못한 현실 도피가 아니었을까 추측되지만, 정작 시시코프는 자신의 상황을 객관적으로 파악할 능력조차 가지고 있지 않아 보일뿐더러 현실 도피는 그의 생각 없음을 한층 더 부각시키기만 한다. 불미스러운 소문에 시달리는 아쿨카를 괴롭힌 것도, 그녀와 결혼한 것도, 처음에는 아내를 아끼다가 나중에는 아내에 대한 무자비한 폭력을 행사한 것도 남의 말과 소문을 따른 행동이었을 뿐이다. 시시코프의 줏대 없음은 그의 멍청하고 불안한 눈동자에도 여실히 드러난다.

소시오패스

소시오패스의 가장 큰 특징을 무감각이라 한다면 시시코프는 전형적인 소시오패스다. 도스토옙스키는 소시오패스라는 단어조차 존재하지 않던 시절에 이미 소시오패스의 원형을 창조했다. 소시오패스는 자신의 본능적인 감각을 제외하고는 아무것도 느끼지 못함으로 인해 타인에게 서슴없이 정신적, 육체적 해를 끼치고 종래에는 그 목숨까지 앗아 가는 악을 자행한다. 심지어 소시오패스는 자신의 죄악 역시도 감각하지 못하므로 그에게는 개선의 여지조차 없다. 시시코프의 경우 그는 아내를 심심해서 때렸다고 하는데, 이것은 맞을 만해서 때렸다는 변명과는 다른 차원의 끔찍한 언사다. 결국 그는 필카를 배웅한 사건으로 인해 자존심이 상했다는 이유로 살인을 저지르기에 이른다. 게다가 지난 이야기를 능청스럽게 늘어놓는 시시코프의 모습은 악에 대한 관념이 없는 자에게는 그 어떤 변화도 기대할 수 없다는 점을 재차 확인시켜 준다. 아쿨카에 대한 폭력을 멈춰 달라 호소하는 그녀의 부모에게 〈나 자신을 다스릴 힘이 없기 때문〉에 (342) 어쩔 수 없다고 말했던 시시코프에게서 자기 행동을 바로잡을 저력과 의지는 조금도 찾아볼 수 없다.

시시코프의 무감각이 초래하는 악은 그가 아쿨카를 죽이는 장면에서 극대화된다. 도스토옙스키는 시시코프의 말을 통해 무미건조한 어조로, 그래서 더욱 끔찍하게 아쿨카가 당한 고통을 서술한다. 시시코프가 아쿨카의 목을 베다가 목에서 솟구치는 피에 겁을 먹고 도망가 버리는 바람에 아쿨카는 목이 반쯤 잘린 상태로 장시간 방치되었다. 심지어 그녀는 그 상태로 살기 위해 몸부림치며 짧지 않은 거리를 기어다니다가 길에서 숨을 거두었다. 게다가 「아쿨카의 남편」에서 아쿨카의 큰 눈이 정교 이콘에서 강조되는 성인의 큰 눈을, 그녀가 살해당하는 방식이 그리스도교 번제의 희생양 이미지를 연상시킨다는 점을 고려하면 시시코프가 저지른 범죄는 신성 모독의 차원으로까지 확장되며 〈무감각〉이 초래하는 악의 참상을 극대화한다.

하지만 시시코프는 아무런 죄의식 없이, 오히려 신나게 지난 이야기를 무용담처럼 늘어놓는다. 고란치코프는 당시의 상황을 이렇게 전달한다. 〈한 사람은 침대에 반쯤 누워 고개를 들고 상대방의 목을 향한 채 열심히 이야기하고 있었다. 그는 꼭 하고 싶었던 것처럼 열의를 가지고 흥분까지 해가며 이야기하는 듯했다.〉(332) 살인 전과를 신나게 이야기하는 시시코프의 모습은 별다른 설명을 덧붙이지 않아도 소시오패스의 전형 그 자체이다.

자신의 행동이 죄인지 아닌지 생각조차 할 수 없는 그에게 자신이 벌을 받는 중이라는 생각은 당연히 없을 것이다. 그러니 그는 형기를 마치고 나서도 언제 어디서든 범죄를 저지를 가능성이 크다. 심지어 한 번 해보았으니 다음 살인은 더 쉬울 수도 있다. 그와 같은 사람이 또다시 우발적인 범행을 저지른다 해도 크게 놀랍지 않을 것이다. 이렇게 무감각한 사람이 바로 옆에 있는 것은 상상만으로도 몸서리가 난다. 다른 죄수들과 비교해 보아도 종교적 신념 때문에 교회를 불태워 사람들을 죽게 만든 구교도 노인이나 배신한 연인에 대한 분노로 연인의 새로운 남자에게 총을 쏜 장교와는 다른 의미로 시시코프는 한층 더 섬뜩하다.

이러한 시시코프와 비교하면 시시코프의 이야기를 듣고 아무 말도 할 수 없었던 고란치코프에게는 아직 악을 인식할 수 있는 감각이 살아 있었다. 고란치코프는 비록 1부의 목욕탕에서는 잠시 죄를 망각하였으나 자기와 똑같은 범죄를 저지른 죄수의 이야기를 듣고는 자기 역시 지옥에 있어 마땅한 악인이라는 점을 깨달을 수 있었다. 『죽음의 집의 기록』 서문에서 고란치코프가 아내 살인범으로 특정되지 않고 아내를 살해했다는 소문만 무성했던 것은 소문이 잘못 나서도 아니고, 고란치코프가 일부러 자기 죄를 숨겨서도 아니며, 차마 자기 죄를 이야기하고 다닐 수 없을 정도로 지난 죄를 뼈아프게 반성했기 때문이다. 시시코프가 끝내 자기 잘못을 조금도 깨닫지 못하고 무감각한 아내 살인범으로 남아 있다면 고란치코프는 그 상태에서 벗어났다고 할 수 있다. 그리고 그 시작점은 악을 마주하고 감각함으로써 자기 죄를 깨닫는 계기가 되었던 시시코프의 목욕탕, 정체와 고립의 악을 구현하는 크로노토프 앞에서였다.

20세기 러시아 사상가 베르댜예프N. Berdiaev는 도스토옙스키의 작품에서 〈무감각〉이 내포하는 악을 꿰뚫어 보았다. 그는 도스토옙스키의 작품 세계를 고찰한 『도스토옙스키의 세계관Mirosozertsanie Dostoevskogo』에서 작가가 그려낸 악의 극단 중 하나로 〈니치토제스트보nichtozhestvo〉를 꼽았는데, 바로 이 특성이 악의 〈무감각〉과 연결된다. 이 개념을 한국어가 아닌 러시아어로 제시하는 이유는 〈니치토제스트보〉를 하나의 단어로 번역하기가 불가능하기 때문이다. 러시아어로 〈부정(不正)〉의 의미를 나타내는 〈니ni〉와 〈무엇〉을 의미하는 대명사 〈치토chto〉가 합쳐져 만들어진 이 단어는 〈아무것도 없다〉, 〈공허하다〉, 즉 〈텅 비어 있다〉라는 뜻뿐만 아니라 〈보잘것없다〉, 〈하찮다〉는 뜻까지도 내포한다.

하나같이 시시코프를 설명하기에 적합한 특성이다. 내면이 텅 비어 아무런 생각도 줏대도 없는 시시코프는 모두에게 무시당하고, 고랸치코프의 기억 속에서도 흐릿한 보잘것없고 하찮은 존재였다. 이러한 특성이 어떻게 악의 극단으로까지 치닫게 되는지에 관한 실질적인 사례는 시시코프의 경우를 통해 앞에서 살펴보았다. 베르댜예프의 논의는 그 악의 심오한 차원을 사유할 수 있게 해준다.

베르댜예프는 도스토옙스키에게 있어서의 악을 〈자유〉 개념과 결부하여 설명한다. 〈악의 문제와 범죄의 문제는 도스토옙스키에 있어서 자유의 문제와 직결되고 있다. 자유가 없이는 악을 설명할 수 없다. 그것은 자유의 길에서 나타난다.〉(베르댜예프 1979: 95) 이 말을 이해하기 위해서는 베르댜예프가 자유를 두 종류로 나눈다는 것부터 살펴보아야 한다. 베르댜예프가 나누는 두 자유를 본능적인 자유와 주체적인 자유라 구분할 수 있겠다. 하고 싶은 대로, 마음대로 행동하려는 상태가 전자에, 구속이나 제약을 받지 않고자 하는 의지가 후자에 해당한다.

이를 선악의 개념과 연결 지어 보면 자유를 추구하는 인간의 본성이 극단에 이를 때 그것은 〈전횡svoevolie〉으로 변질되어 악과 범죄를 초래할 위험이 있다. 이러한 자유 개념에 따르면 어떠한 범죄도 자기 자유에 따른 결과라고 주장하면 그만이다. 시시코프도 내키는 대로 아내를 폭행하였고, 내키는 대로 아내를 살해하였다. 그러나 아이러니하게도 악에서 벗어나 선으로 향하는 길 역시 자유를 통해서만 가능한데, 강요받은 선이 아닌 스스로 직접 선택한 선만이 진정한 선으로서 유의미하기 때문이다. 〈그[도스토옙스키]는 또한 자유가 없으면 선 또한 존재하지 않을 것이라는 사실과 선도 마찬가지로 자유의 아들이라는 사실을 이해하고 있었다. 생의 비밀, 인간의 운명의 비밀은 모두 이와 같은 사상에 달려 있는 것이다. 자유는 비합리적이며 따라서 선과 악을 다 같이 만들 수 있는 이유가 바로 여기에 있는 것이다.〉(베르쟈예프 1979: 95)

복잡하고 어려워 보이는 논의이지만 곱씹어 보면 예리한 지적이다. 악에서 벗어나려면 자신의 죄를 스스로 깨닫고 악으로부터 해방되기를 스스로 결심하는 수밖에 없다. 그것에서부터 악에서 벗어나는 여정이 시작된다. 그 어떤 처벌도 죄인을 본질적으로 바꾸어 놓을 수는 없다. 그 어떤 신념이나 종교도 마찬가지다. 외부적 요인은 변화를 만들어 낼 수도 있는 계기로만 작용할 뿐이다. 도스토옙스키가 그린 〈죽음의 집〉에 희망이 없다고 한다면 바로 이 때문이다. 죄수들에게 처벌이 주어지긴 했지만 그들 내면에 자신의 죄악을 돌아볼 능력도 가능성도 없다는 점으로 인해 그곳은 지옥이 된다.

이 지점에서 시시코프의 목욕탕이 악의 심연인 이유가 설명 가능해진다. 생각도 줏대도 없고 악에 대해서도 무감각한 인간, 자기 행동이 죄인지를 끝내 깨달을 수 없는 인간은 전자의 자유만을, 즉 본능적인 자유만을 추구할 수 있을 뿐이기 때문에 악에는 쉽게 빠져들지만 일말의 의지도 발휘할 수 없는 그가 악으로부터 벗어나기는 불가능에 가깝다. 내면이 텅 빈 인간은 외부로부터의 악에 휘둘리고 빠져들기 쉬운 동시에, 한번 빠져들고 나면 악으로부터 빠져나올 수도 없다.

『죽음의 집의 기록』의 감옥이 지옥인 것은 이런 회생 불가능한 악을 담지한 죄수들로 가득하기 때문이다. 그곳은 시시코프 이외에도 사고와 판단력을 결여한 소시오패스로 가득하다. 〈마치 자기의 죄를 결코 하나도 이해할 수 없다고 생각하는 것 같〉은(55) 아킴 아키미치, 〈금수 같은 무감각〉(34)을 보였다는 귀족 출신의 부친 살인범 등 죄수들은 대부분 자기 죄를 반성하기는커녕 제대로 인식하지조차 못한다. 시시코프의 이야기를 듣는 체레빈은 폭행에 대해 별다른 문제를 제기하지 않은 채 다만 아내를 이따금 부드럽게 대해 줄 필요도 있다는 한층 더 경악스러운 반응을 보인다. 〈모두에게 하찮은dlia vsekh nichozhen〉(PSS 4: 61) 존재로 취급당하는 수실로프는 사실 경미한 범죄를 저질렀음에도 옷가지 몇 벌과 푼돈에 이름을 바꿔치기당하여 죄에 비해 무거운 벌을 받는 중인데, 그 정도 판단력도 없는 그에게서 반성이나 회개를 기대하기는 무리다. 심지어 깨끗하고 맑은 영혼의 소유자로 묘사되는 시로트킨마저도 어린아이를 재미 삼아 죽였다는 가진과 가까이 지낼 정도로 악에 무감각하다. 이들 외에도 감옥은 도박으로 돈을 잃고 다시 땄다가 이내 잃기를 반복하는 〈무분별하고 경솔하여 판단력이 없는〉(33) 죄수들로 넘쳐난다. 『죽음의 집의 기록』의 감옥이 지옥인 것은 죄수들이 저지른 범죄의 참혹함 때문만이 아니라 그 참혹함과 악을 자각하지 못할 정도의 무감각 때문이다. 악에서 벗어나기를 선택할 수 없는 이들이 모인 시베리아 유형지가 바로 현실에 존재하는 지옥이다.

　비슷한 양상을 「아쿨카의 남편」의 전 장인 2부 3장에서도 찾아볼 수 있다. 고란치코프가 감옥에서 관찰한 폭력에 관해 길게 서술하는 이 대목은 사실상 「아쿨카의 남편」 장을 위한 예비 서사라 해도 과언이 아니다. 관리자인 제레뱌트니코프 중위와 스메칼로프 중위는 노래와 시의 운율에 맞추어 죄수들에게 더없이 경쾌하게 체벌을 가한다. 이 장면이 무서운 것은 동료 죄수들이 다 함께 유쾌한 웃음을 터뜨린다는 것이다. 심지어 서술자 고란치코프조차 그 분위기에 잠식되어 있는 듯 보인다. 오로지 서사의 경계 바깥에 있는 독자들만이 모두 한통속인 그들에게 기이함을 느끼게 된다. 감옥의 죄수들에게는 이미 처벌이 처벌로 통하지 않는다. 처벌에 대한 감각이 없는 그들을 두고 회개나 갱생을 논하는 것은 어불성설이다.

　고란치코프가 방문했던 목욕탕도 마찬가지이다. 시시

코프가 숨어든 목욕탕에 비해 많은 사람이 들어가기 때문에 커 보일지 모르지만 이 장소가 〈비좁다〉는 점은 반복해서 강조된다. 〈다른 하나는 주로 대중들이 이용하고 있는 곳으로 낡고 더럽고 비좁은 목욕탕이었는데, 우리가 간 곳은 바로 이 목욕탕이었다〉(194), 〈목욕탕이 좁아서 그렇게 할 수밖에 없었다. 그럼에도 불구하고, 목욕탕은 너무나 비좁아(……)〉(194~195), 〈어느 곳에도 발 디딜 틈 없는 비좁음〉(197) 등. 이렇게 사람이 우글거리는 목욕탕에도 도스토옙스키의 여타 목욕탕과 같은 종류의 악이 내재하는데, 이는 악을 초래하는 고립이 비단 물리적 차원에 국한되는 것이 아님을 시사한다. 다시 말해 육체적으로는 많은 사람들과 함께일지라도 정신적으로 고립되어 있으면 그것은 사실상 지옥에 있는 것과 마찬가지이며, 오히려 정신적 고착 상태에 빠진 사람들이 밀집한 그곳이 진정 아비규환의 지옥인 것이다.

정신적으로 고립된 무감각한 죄수들이 외딴 시베리아 감옥에 방치된다면 누구의 관심도 받지 못하는 가운데 그들 안에 존재하는 악은 곰팡이처럼 소리 없이 증식하여 더 끔찍한 악을 낳을 것이다. 도스토옙스키는 자신을 돌아보지도 반성하지도 못하고 누군가로부터 구제받지도 못하는 회생 불가의 악을 외딴곳에 버려진 더러운 목욕탕과 그곳에 숨어드는 시시코프를 통해 형상화한다. 생각 없이 본능에 따라 살다가 죄를 저지르고, 그 죄악을 자각할 수 없어 더 이상의 반성도 거듭남도 불가능한 시시코프에게 아무도 찾지 않는 더럽고 비좁은 시골 목욕탕은 적합한 장소이다. 도스토옙스키는 실제로도 『죽음의 집의 기록』을 읽는 독자의 관심을 끌지 못하는 시시코프의 목욕탕을 그 장소에 걸맞은 시시코프를 위한 악의 심연의 장소로 마련하였다.

침묵과 고독

논의가 여기까지 오면 고랸치코프가 시시코프의 이야기에 아무런 평가도 할 수 없었던 이유를 납득할 수 있게 된다. 이때의 고랸치코프의 침묵에는 독자의 관심이 쏠리도록 의도되어 있다. 아내의 목을 반쯤만 베어 버린 시시코프의 이야기는 고랸치코프의 수기에서 소개되는 범죄 중 가장 잔인한 범주에 속함에도 이 이야기는 고랸치코프의 마무리 짓는 말 없이 시시코프에게 적당히 맞장구를 쳐주던 체레빈의 대꾸로 돌연 마무리된다. 게다가 체레빈의 말을 끝으로 2부 1장부터 네 장에 걸쳐 이어지던 병원 서사는 마무리되고 다음 장부터는 「여름철Letniaia pora」이라는 전혀 다른 종류의 새로운 이야기가 시작되므로 예기치 못한 이야기의 중단은 더욱 두드러진다. 이 지점에서 독자가 고랸치코프의 침묵이라는 특이점을 간과

하고 넘어가기는 어렵다.

고랸치코프의 이례적인 행동을 파악하기 위해서는 작품 속 그의 또 다른 침묵을 상기해야 한다. 바로 서문에서의 침묵이다. 서문을 쓴 편집자에 따르면 고랸치코프는 원체 사람들과 잘 어울리지 않았을뿐더러 타인과 꼭 교류해야 하는 상황에도 마지못해 대화에 응하였고 그 외의 상황에서는 사람 자체를 멀리하여 아예 사람들이 없는 도시 변두리에서 살았다.

고랸치코프가 보여 주는 침묵과 은둔은 도스토옙스키 작품의 침묵 모티프를 분석한 연구자라면 예외 없이 언급하는 정교 헤시카즘의 특징이다. 독방에서 홀로 말없이 기도함으로써 신성에 다가간다는 헤시카즘의 수행법은 그 어떤 말로도 신성을 표현할 수는 없다는 부정 신학 전통과 맥이 닿아 있다.(Grillaert 2011: 50~55) 달리 말해 헤시카즘의 침묵과 은둔은 물리적으로는 고립일지 모르나 정신적으로는 신성을 향한 열림이다. 그리고 헤시카즘이라는 용어 자체가 그리스어로 〈정적〉, 〈침묵〉을 뜻하는 〈헤시키아hesychia〉에서 유래했을 정도로 수행 과정에서의 침묵은 헤시카즘의 본질이다. 헤시카즘 수도사들은 독방에서 홀로 말없이 기도하고 수행하는 가운데 신성에 다가갈 수 있다고 믿는다.

도스토옙스키는 러시아에서 헤시카즘 운동이 부활한 19세기 중엽부터 헤시카즘에 관심을 두고 관련 서적을 접했을 것으로 추정된다.(Grillaert 2011: 59~61; 64~66) 이 사실과 함께 도스토옙스키가 유형 시절 성서를 탐독하고 그리스도교에 침잠했다는 사실로 미루어 보아 고랸치코프의 침묵에서도 헤시카즘 모티프가 미약하긴 해도 분명히 감지된다고 볼 수 있다. 이 점은『죽음의 집의 기록』이후의 작품에서도 유사하게 등장한다.『악령』의 티혼 장로나『카라마조프 씨네 형제들』의 조시마 장로 모두 불필요한 말은 삼가는 인물로 그려지며, 그러한 모습은 같은 작품의 사이비 성자나 페라폰트 신부의 기행과는 대조적으로 묘사된다.

생소한 개념일 수 있는 헤시카즘에 대해 설명하는 이유는 여기서 고랸치코프의 침묵이 보기보다 심오한 의미를 지니는 설정이라는 사실을 거듭 강조하기 위해서다. 이러한 맥락을 염두에 두면 서문에서 고랸치코프가 보이는 침묵과 은둔은 수동적인 고립과 단절이 아니라 세속적인 공간으로부터의 자발적인 탈피를 의미한다. 뒤에서도 지적이 반복되겠지만, 서문의 배경이 되는 시베리아 도시는 세속성에 잠식된 공간이기 때문이다. 이곳은 시베리아 험지에서 얻을 수당과 뇌물에 눈이 먼 관리들, 딸을 어엿한 숙녀로 키워 부유한 가문에 시집보내겠다는 그들의 욕망 등이 팽배한 공간이다. 혹시 편집자 서문을 읽으면서 이 점이 와닿지 않았다면 그것은 소설 세계에 접근하는 데 매개 역할을 하는 편집자 역시 이들과 한통

속이기 때문이다. 그런 그의 눈에는 사람들과 어울리지 않는 고랸치코프가 이상해 보이는 것이 당연하다. 그러나 물리적으로 고립된 것은 고랸치코프일지 모르나 정신적인 층위에서 고립된 것은 도시의 사람들이다. 편집자는 〈인생의 수수께끼를 풀 수 있는〉(10) 사람만이 이 도시에서 살아갈 수 있으며 그렇지 못한 사람들은 이곳에 오래 머무르지 못한다고 이야기한다. 편집자의 관점에서 보자면 고랸치코프는 인생의 수수께끼를 풀지 못하고 결국 세상을 떠났다. 그러나 관점을 달리하면 고랸치코프는 인생의 수수께끼를 풀었기 때문에 그 도시에서 오래 살 수 없었다. 고랸치코프의 침묵과 은둔은 오히려 그가 고립에서 벗어나 있었음을 보여 준다.

고랸치코프는 자신이 정신적으로 거듭날 수 있었던 이유를 감옥에서 홀로 스스로를 돌아보았기 때문으로 설명한다. 그는 수기의 마지막 장에서 지난 수감 생활은 자신을 부단히 돌아보고 반성하는 시간이었다고 고백한다. 이때 그는 반성할 수 있었던 배경으로 다름 아닌 〈고독〉을 꼽는다.

단 하나, 부활과 갱생과 새로운 생활에 대한 강렬한 갈망만이 나를 지탱할 수 있게 해준 힘이었음을 기억하고 있다. 그리고 나는 결국 참아 냈다. 나는 기다렸다. (……) 수많은 동료가 있었음에도 불구하고 이 시기에 나는 극도로 고독했고, 결국은 이 고독조차 사랑하게 되었다는 것을 기억한다. 정신적으로 고독했던 나는 나의 지난 전 생애를 되돌아보았고, 아무리 사소한 것이라도 모든 것을 다시 취해서 나의 과거를 깊이 음미해 보고 용서 없이 엄격하게 자신을 평가해 보았으며, 심지어 어떤 때는 이러한 고독을 나에게 보내 준 운명에 감사할 정도였다. 이러한 고독이 없었다면 자신에 대한 어떠한 반성도 지난 생애에 대한 엄격한 비판도 없었을 것이다.(434~435)

감옥에서 고란치코프가 어떤 내면의 변화를 겪었는지 수기에 구체적으로 제시되지는 않는다. 부활이나 갱생이란 개념이 한두 문장으로 설명할 수 없는 것임을 생각하면 구체적인 체험의 형태로 기술될 수 없는 것은 어찌 보면 당연하다. 주목해야 할 분명한 사실은 감옥에 들어갈 때와 감옥에서 나올 때 고란치코프의 모습이 다르다는 점이다. 그리고 이는 그 스스로가 이야기하듯 감옥에서 홀로 내면을 들여다보고 스스로를 돌아보는 시간을 가졌기 때문에 가능한 변화다. 출옥 후 말을 아끼는 그의 모습은 수기의 시작에서 스무 해의 형기를 채우고 나가는 죄수가 〈말없이〉(21) 옥사를 돌며 인사할 뿐이었다는 대목과 중첩된다. 이렇듯 변화의 계기를 맞은 죄수에게서는 모두 침묵과 고독이 강조된다.

이상의 논의로 미루어 보아 고랸치코프가 「아쿨카의 남편」에서 시시코프의 이야기를 들을 때 보이는 침묵은 단순한 말 없음이 아니라 고도로 정교화된 응답이다.(Oeler 2002: 530) 이는 곧 시시코프와 같은 죄와 악을 자기 안에서도 발견해서 아무 말도 덧붙일 수 없다는 표현에 다름 아니다. 고랸치코프는 자신을 빼닮은 시시코프를 비난할 수도, 죄를 지은 그를 비난하지 않을 수도 없어 입을 다물기를 택한다. 고랸치코프와는 달리 자기 죄를 깨닫지 못하고 과거 범죄에 대해 떠들어 대는 시시코프는 자신도 죄인이면서 죄인이라 생각하지 못하고, 지옥에 있으면서 지옥이라 생각하지 못하는 과거 고랸치코프의 모습을 닮아 있다. 고랸치코프가 시시코프의 이야기를 듣고 그 어떤 말도 덧붙이지 않은 이유가 여기에 있다. 자신과 같은 죄로 수감된 죄수의 이야기를 들으며 자기 죄를 자각하였으므로 같은 처지에 있는 시시코프에 대해 아무런 평가도 할 수 없었던 것이다.

사실 고랸치코프는 그저 이야기를 엿듣는 입장이기 때문에 독자와도 같이 이야기에 응답할 필요성으로부터 자유로운데, 그런 그가 침묵하는 순간 독자는 그가 독자처럼 언제든 이야기로부터 이탈할 수 있다는 바로 그 사실에 주의를 기울이게 된다.(Schur 2013: 585) 고랸치코프는 원한다면 시시코프 이야기를 듣고 느끼는 죄책감을 외면해도 무방하다. 아무도 그 사실을 알아차리지도 못하고, 그렇기 때문에 그를 비난하지도 않는다. 이는 비단 시시코프에 대해서뿐만이 아니다. 감옥에서 아무리 많은 죄수들을 만나고 그들에게서 자기 자신을 발견하게 되더라도 돌아보지 않으면 그만이며, 그들을 무지한 농민 출신 죄수라 여겨 자신과는 다른 부류로 생각하고 멀리할 수도 있다. 실제로 폴란드 출신 귀족 죄수들은 농민 죄수들을 가리켜 가까이하기 싫은 불한당이라 일컬으며 그들과 거리를 두었다. 그러나 고란치코프는 돌아봄을 택했다. 서문에서 그가 보이는 침묵은, 그 과정이 상세히 제시되지는 않아도, 감옥 안에서 많은 반성과 변화가 있었음을 방증한다. 그는 감옥에서 물리적으로는 고립되어 있던 것인지 모르나 정신적 차원에서는 고립으로부터 벗어났으며, 출옥 후 어쩔 수 없이 살게 된 세속적인 도시에서는 차라리 스스로를 고립시켜 정신적 해방을 얻기를 택했다.

고란치코프는 1부의 목욕탕 장면을 떠올리며 〈참지 못하고Ia ne uterpel〉(PSS 4: 99) 이곳이 지옥과도 같다는 말을 해버렸다고 회상하는데, 이는 훗날의 그가 당시 그 말을 참아야 했다는 것을, 혹은 참는 편이 더 나았다는 것을 감지하고 있음을 의미한다. 악에 대해 무감각하지 않았고, 홀로 반성하며 자신을 돌아보고 악을 떨쳐 버리기를 선택할 수 있었던 까닭에 고란치코프는 정신적 고립 상태에서 벗어나 거듭날 수 있었다.

거리 두고 바라보기

결국 고란치코프가 부활의 계기를 맞을 수 있었던 것은 시시코프의 이야기를 통해 자신이 악인이라는 점을 깨달을 기회를 얻음으로 인해서였다. 악의 심연에 빠진 사람이 그곳에서 빠져나올 수 있는 첫 번째 계기를 맞은 것이다. 고란치코프는 자신 역시 죄를 지었다는 점을 깨달을 기회를 얻었고, 다른 죄수들처럼 무감각하지 않았기에 그 점을 깨달을 수 있었다. 그것을 깨달았다고 하여 바로 거듭나는 것은 아니지만 그 시작이 될 계기를, 새로운 국면을 맞을 시작점을 포착할 수 있었다. 그리고 이는 자신과 비슷한 처지를 바깥에서 바라볼 기회를 얻음으로써 생겨난 것이었다.

이 지점에서 시시코프의 이야기를 듣는 고란치코프와 〈죽음의 집〉에 관한 이야기를 접하는 독자의 모습은 중첩된다. 고란치코프와 독자 모두 목욕탕-지옥 크로노토프를 통해 악이라는 관념을 인식하게 되었다. 바흐친의 말대로 크로노토프라는 입구로 들어옴으로써 추상적인 관념을 감각적인 실체로 받아들이게 되었다. 문학 작품을 통해 자기 상태에 대한 반성적 인식이 가능해진 상황인데, 흥미롭게도 바흐친은 크로노토프 개념을 논하기 전부터 초기작에서 시간과 공간을 인식의 문제와 연결 지으며 이를 미적 활동의 범주에 포함하였다.

바흐친은 초기작 「미적 활동에서의 작가와 주인공Avtor i geroi v esteticheskoi deiatel'nosti」에서 자기 삶에 대한 총체적 접근을 위해 자신의 시공간적 경계 바깥의 시선을 취해야 함을 역설하였다. 자신의 시간적 경계라 함은 자신의 삶이다. 인간이 그 경계를 넘어선 곳, 즉 상상된 자기의 죽음 이후에서 자기 삶을 바라볼 때에야 자기 삶 전체에 대한 온전한 인식이 가능해진다. 생애 내부의 관점을 통해 지금의 삶을 총체적으로 인식하는 것은 근본적으로 불가능하기 때문이다.(Bakhtin 1979: 27) 풀어 말하자면 내가 지금 겪는 일이 인생에서 어떤 의미를 지닐지는 인생이 모두 끝나 봐야 알 수 있을 것이다. 공간적으로는 나의 육체 외부의 시선을 가져와야 내 모습을 내 시야가 닿지 않는 곳까지 총체적으로 파악할 수 있다. 가령 나의 뒷모습을 온전히 보는 것은 내 공간적 경계 바깥의 시선을 취했을 때야 가능하다.(Bakhtin 1979: 91) 여기서 뒷모습이라는 것은 비유적인 표현이다. 결국 나 자신을 온전히 파악하려면 내가 가지지 못한 나에 대한 관점을 가지는 것이, 거리를 두고 바라보는 것이 필요하다.

이것을 실현하는 대표적인 미적 활동이 바로 소설 읽기다. 바흐친이 제시하는 〈미적 활동에서의 작가와 주인공〉이라는 모델을 인식 행위에 적용해 보면 〈작가〉는 나 자신, 〈주인공〉은 타인으로 비유된다. 일시적으로 타인의 시공간적 관점을 취해 나 자신을 바라보고, 다시 자신의 인식으로 돌아와 성찰하는 과정은 미적 활동이자 또 자기 자신에 대한 돌아봄을 가능케 하는 윤리적 활동이다. 바흐친에게 있어 미적 활동이 윤리적 활동에 상응한다고 지적되는 것은 바로 이런 이유에서다.

이때의 핵심이 바로 〈거리〉다. 바흐친은 작품 속 인물에 감정 이입하는 것은 미적 활동이 아니라고 힘주어 말한다. 바흐친이 언급하는 오이디푸스의 예시에서, 예언에서 벗어나고자 했으나 결국 아버지를 죽여 버리고 만 오이디푸스의 운명에 슬퍼하기만 해서는 그것은 비극일 수 없다. 오이디푸스의 감정과 동화되었다가 그것으로부터 벗어나 거리를 두고 인물을 바라보았을 때에야 이 인물의 비극에 대한 총체적인 인식이 가능해진다.

악에서 벗어나기 위해서도 악의 굴레에 빠진 자신의 사태를 객관적으로 볼 수 있는 〈거리〉가 있어야 한다. 일정 거리를 두고 스스로를 관망할 때에야 악의 굴레에서 빠져나오지 못하는 자신의 상태를 깨달을 수 있기 때문이다. 고랸치코프의 경우를 생각해 보면 그는 시시코프의 이야기를 들으며 거리를 두고 자신의 죄를 돌아볼 기회를 얻었다. 객관적으로 자신의 사태를 볼 기회를 얻은 것이다. 바로 그랬기 때문에 그는 1부의 목욕탕에서처럼 자신은 지옥에 있지 않다고 생각하기를 멈추고 2부의 목욕탕 앞에서는 침묵하였다.

도스토옙스키는 독자들이 「아쿨카의 남편」 장을 읽으

며 시시코프와 고란치코프를 겹쳐 보도록 다분히 의도하였다. 도스토옙스키는 이 장의 제목을 〈아쿨카의 남편, 한 편의 이야기〉라고 지음으로써 〈아내를 살해한 남편〉 시시코프의 존재가 간과되지 않도록 의도하였다. 그리고 아내 살인범은 곧 고란치코프의 정체성이기도 하다. 작품 내내 서술자이던 고란치코프는 이 장면에서는 청자가 됨으로써 잠시 외부의 시선에서 자기 자신을 바라볼 기회를 얻었다.

정리하자면 고란치코프가 「아쿨카의 남편」의 목욕탕에서 침묵하는 것은 1부 목욕탕에서 그가 〈지옥〉이라고 직접 언급하는 것과 대비된다. 『죽음의 집의 기록』 서문에서 고란치코프가 보이는 고립과 침묵이 그의 거듭남을 표지한다는 점을 상기할 때 그가 1부에서와는 달리 시시코프의 목욕탕을 두고 아무 말도 하지 못하는 것은 시시코프의 이야기를 들으며 자신의 죄를 거리를 두고 바라볼 수 있게 됨으로써 정신적 고립으로부터 탈피할 수 있는 계기를 맞았음을 의미한다.

침묵하는 고란치코프와는 대조적으로 시시코프는 과거 범죄를 과시하듯 떠벌리는데, 이는 죄에 대한 생각과 판단이 불가능할 정도의 〈무감각〉에서 비롯된 것이다. 줏대 없이 본능에 따라서만 행동하는 그에게는 자신과 거리를 두고 과거의 죄를 돌아볼 능력조차 없다. 바로 이 때문에 시시코프는 영원히 악에서 벗어나지 못하는 절대 악의 현현으로 자리매김한다. 무감각하기 때문에 그것으로부터 벗어날 수조차 없는 구제 불가한 악을 배태하는 시시코프의 형상은 그가 아내 아쿨카를 끔찍하게 살해한 후 숨어든 더럽고 비좁은 목욕탕의 형상과 중첩되면서 그곳을 도스토옙스키 지옥의 정수로 만든다. 외딴곳에 자리하여 아무도 주의를 기울이지 않는 장소, 전통적으로 악마의 형상과 결부되는 더럽고 비좁은 목욕탕은 그 자체로 시시코프의 좁은 시야, 짧은 생각, 〈무감각〉과 일맥상통한다.

두 서술자에 관한 비교 분석을 종합해 보자면, 1부 목욕탕에서는 자기 죄를 자각하지 못했던 고랸치코프가 악의 굴레에서 벗어나는 것은 그가 시시코프와 시골 목욕탕에 내재한 악을 자기 안에서도 발견함으로써 시작되었다. 즉, 그는 지옥의 정수를 마주하고 그 안에서 자기 자신을 바라보았음으로 말미암아 악으로부터 벗어날 첫발을 내딛을 수 있었던 셈이다. 그러나 자신에게 내재하는 악을 보았다 해서 모두 같은 선택을 하는 것은 아니다. 지난 범죄를 술회하면서도 일말의 반성조차 할 수 없는 시시코프를 통해 이를 확인할 수 있다. 「아쿨카의 남편」의 목욕탕이 구현한 악을 앞에 두고 그들은, 베르댜예프식으로 말하자면, 각기 다른 종류의 자유로 나아간 것이다. 〈무감각한〉 인간 시시코프는 악으로 향하는 본능에 따르는 자유에 안주할 수밖에 없었고, 그와 달리 죄와 악에 무감각하지 않았던 고란치코프는 악으로부터 벗어나기를 선택할 자유의 길을 택하고 끝내는 그 끝으로 나아갔다.

논의가 여기에 이르기까지 적지 않은 독자들이 도스토옙스키가 의도한 바를 알아차렸을 것이다. 이미 많은 독자들이 시시코프의 목욕탕 이야기를 들었던 고란치코프와 『죽음의 집의 기록』의 목욕탕을 읽는 자기 자신을 중첩하여 보았으리라 생각한다. 그렇다면 이제 초점은 고란치코프가 시시코프의 이야기를 들었던 것처럼 『죽음의 집의 기록』을 통해, 특히 목욕탕-지옥 크로노토프를 통해 악의 양상을 마주한 독자에게로 맞추어지게 된다. 감옥에 등장하는 온갖 죄수들, 자신의 행동에 줏대도 판단도 반성도 불가능한 그들은 나와는 다른 사람이라고 생각하였는가? 어느 순간엔 악을 초래하는 무감각이 나에게도 있는 것 같아 섬찟함을 느꼈더라도 그것을 외면하지는 않았는가?

『죽음의 집의 기록』은 어둡고 암울하다. 그 안에는 어떠한 희망도 없어 보인다. 소설을 끝까지 읽으면 종래에는 죽을 운명인 인간에게도 아무런 희망은 없어 보인다. 하지만 도스토옙스키가 절망을 이야기하려 이 소설을 집필하지는 않았다. 『죽음의 집의 기록』을 읽으며 아무런 희망도 찾을 수 없었다면 그것은 〈죽음의 집〉에는 그 어떤 가능성도 존재하지 않기 때문이 아니라 가능성은 책이 아닌 바로 독자 내면에 존재하기 때문이다. 이제 시선을 책으로부터 자기 자신에게로 돌릴 차례다. 도스토옙스키는 독자가 자기 안에서 희망을 끄집어내어 악에서 벗어나기를 선택하도록 요청한다. 고랸치코프의 길을 갈 것인가 시시코프의 길을 갈 것인가. 악의 크로노토프 앞에 선 독자 앞에 두 갈래 길이 놓여 있다.

물론 고랸치코프의 길로 향하는 발걸음을 떼기는 결코 쉽지 않다. 반복해서 강조하듯 인간 본성에 내재한 악은 그것을 떨쳐 내려는 인간의 발목을 잡는다. 그 어떤 인간도 악의 문제로부터 자유로울 수 없음은 〈권태〉의 문제를 통해 보다 구체적으로 제시된다. 시베리아의 감옥을 우리 인생에 대한 비유로 비추어 볼 수 있도록 하는 〈권태〉의 문제를 이어서 살펴보자.

III

죽음의 집, 지루한 집

김하은

슬픔의 집

지금까지 우리는 계속해서 인간 안에 선과 악의 면면이 공존하고 있음을 다루었다. 옷의 상징성을 통해 악은 모두에게 내재되어 있으나 인간은 또한 자발적인 선택을 통해 그 악을 벗어던질 수도 있는 선한 의지가 있는 존재임을 확인하였다. 또한 아쿨카를 살해한 그녀의 남편 시시코프를 통해 악이 깊이 배어들어 그것이 습관이 되었을 때 인간은 악에 철저하게 무감각한 소시오패스가 된다는 사실도 살펴보았다. 특히 아쿨카 살해범인 시시코프는 정작 일말의 참회의 조짐도 보이지 않은 채 자신의 범죄를 과시하며 떠벌리기 급급했던 반면, 그 이야기의 청중이었던 고랸치코프는 아쿨카의 살해 이야기를 듣고 자신의 범죄를 떠올려 부활의 가능성을 얻게 되는 장면에서 우리는 악에 대한 무감각이 가공할 만한 악의 증상이었음을 목도하게 된다. 지금까지의 논지를 꼼꼼히 좇아온 독자라면, 이 시점에서 마음속에 한 가지 의문점이 피어오를 것이다. 대체 어떻게 인간은 악에 대해 무감각해질 수 있단 말인가? 무엇으로 인해 인간은 자신 안에 내재된 선한 모습을 발전시키기보다 악으로 치우쳐 자신을 스스로 지옥 같은 목욕탕에 가둔단 말인가? 이 질문에 대한 답을 구하고자 지금부터 악의 근원이 될 수 있는 인간의 본질적인 정서를 조명하고자 한다.

1849년, 도스토옙스키는 진보적인 귀족 청년들이 모였던 반정부 성향의 〈페트라솁스키 서클〉에 가담했다는 죄목으로 교수형을 언도받았다. 그리고 그는 죽음의 문턱에서 황제의 사면을 받아 극적으로 목숨을 구제받은 뒤, 1850년 혹한의 겨울 시베리아에서 유형 생활을 시작하게 된다. 바로 이때의 시베리아 유형 생활과 내적 갱생의 경험이 그의 자전적 소설 『죽음의 집의 기록』에 고스란히 담기게 된다.

이러한 배경하에 탄생한 소설 『죽음의 집의 기록』은 〈인간 연구 백과사전〉이라고 부를 수 있을 만큼 인간의 전형과 본성을 속속들이 파헤치는 작품으로 평가받고 있다. 일례로, 이 소설의 남다른 깊이와 넓이는 동시대 위대한 작가 톨스토이가 철학자이자 문학 비평가였던 스트라호프에게 보낸 1880년 9월 26일 자 서신에서 확인할 수 있다. 톨스토이는 〈푸시킨을 포함한 모든 현대 문학 작품 중 이보다 더 훌륭한 작품을 보지 못했다〉고 평하면서 〈진실되고 자연적이며 그리스도교적인 소설의 관점이 경이롭다〉고 감탄했다.

범죄 종류별로 저마다의 대표자가 있을 만큼 각종 범죄를 저지른 범죄자들 150여 명과 함께 〈하나의 무더기〉가 되어, 돼지우리와 같았던 하나의 막사에 갇힌 채 4년의 유형 생활을 견뎌 냈던 도스토옙스키는 인간 심연에 대한 깊은 관찰을 통해 인간이 가진 악의 민낯을 속속들이 간파할 수 있었고 이를 여과 없이 작품에 담았다. 그러나 작가의 인간에 대한 발견은 여기에 그치지 않았다. 그는 한 인간이 악할 수도 동시에 선할 수도 있다는 점을 몸소 체감하면서, 극악무도한 범죄자들 사이에서 고통당하면서도 인간이 가진 선의 본질을 탐구하는 일에 매진했다.

4년간 감옥에 있으면서 나는 마침내 도둑들 사이에서 인간들을 구별해 내기 시작했습니다. 정말 내 말을 믿을 수 있겠는지요? 그곳에도 생각이 깊고 강하며 아름다운 사람들이 있었습니다. 거칠고 딱딱한 껍질 안에서 금을 발견하는 것이 얼마나 기쁜 일인지요. 하나 둘도 아니고 무수히 많이 말입니다. 어떤 이들은 도저히 존경할 수 없는 사람들이고, 어떤 이들은 정말 아름

다운 모습들이었습니다.(모출스키 2001: 207~208)

　그런데 이 소설에 대한 호평을 믿고『죽음의 집의 기록』의 책장을 여는 독자들은 이 책을 읽는 내내 정작 찜찜하고 불편하고 음침한 어떤 하나의 〈정서〉와 계속 마주하게 된다. 그것은 서문의 시베리아 마을 사람들과 주인공 고랸치코프를 비롯한 수용소 내 수인들까지, 소설 속 모든 인물을 관통하고 있는 〈깊은 슬픔〉, 〈우수〉, 〈음울함〉, 〈지루함〉의 기분이다. 물론, 소설의 주요 배경이 수용소인 만큼 무겁고 우중충하고 암울한 분위기가 주를 이룰 것이라는 것은 충분히 예상 가능한 일이다. 그러나 이런 예상에도 불구하고 소설 속 모든 등장인물들을 예외 없이 사로잡고 있는 이 강력한 우울함에 독자는 적잖이 당황할 수밖에 없다.

　도스토옙스키가 그린 〈죽음의 집〉에는 우수에 잠기지 않은 사람은 없다. 심지어 고랸치코프가 〈아름다운 사람〉이라고 칭송해 마지않았던 알레이마저도 우수에 침잠해 있는 것을 볼 수 있다.

　그 역시 바로 그 순간에 무척이나 괴로워하고 있다는 것을 발견할 수 있을 정도로 그의 얼굴에서 **추억의 고통과 우수**를 읽을 수 있었다.(106, 강조는 필자)

130

작품에서 〈우수〉를 가리키는 단어로 주로 사용된 러시아어는 〈토스카toska〉이다. 『러시아어 대사전*Bol'shoy tolkoviy slovar'*』에 보면, 이 단어는 〈무겁고 비탄에 빠진 감정, 심적 불안, 슬픔, 낙담, 심적 괴로움의 상태, 지독한 권태〉의 뜻으로 사용되는데, 특히 일상 회화에서는 여기에 더하여 〈단조로운 상황, 무위, 주변에 대한 흥미 상실로 인해 나타나는 권태, 낙담의 상태〉 등의 의미로 폭넓게 사용된다. 〈토스카〉가 갖는 의미는 250여 명이 1년 365일 내내 한 막사에 갇혀서 정해진 일과표에 따라 강제로 격리된 삶을 살아가는 수인들에게 나타남 직한 정서에 대한 실로 정확한 표현이 아닐 수 없다. 그런데 의아한 것은, 작가가 수인들뿐 아니라 서문에 묘사된 시베리아 마을 사람들, 즉 이러한 정서와는 비교적 거리가 멀 것 같은 자유인들의 삶을 묘사하면서도 지루함, 따분함, 슬픔, 음울함, 우수 등의 표현을 계속해서 사용한다는 점이다.

우수, 슬픔, 지루함 등의 상태는 다른 표현을 빌리자면 〈기쁨이 없는 상태〉로 표현할 수 있다. 옛 사막의 교부 중 한 명인 성 요한 즐라토우스트(성 요한 크리소스토모스)는 이러한 기쁨이 없는 상태를 가리켜 〈트리스티아tristia〉의 상태라고 정의했다. 그리스도교 교부들이 해석했던 트리스티아는 〈거대한 슬픔과 고통〉의 상태를 뜻한다. 그리스도교 교리에 따르면 지나친 슬픔은 인간을 안전한 절망에 빠트릴 수 있고, 완전한 절망은 곧 모든 것에 대한 의미를 잃고 부정하도록 만든다는 점에서 여덟 개의 대죄 중 하나인 〈아케디아acedia〉와 밀접하게 연관된다.(R. Kuhn 2017: 47~48) 흥미로운 점은, 이 아케디아가 중세 기독교 사회에서 수도승들의 권태를 지칭하는 죄이자 치명적인 악으로 여겨졌다는 점이다.

단테의 『신곡 – 지옥 편』 제3곡에서는 지옥에조차 발들이지 못한 〈슬프고 지친 영혼〉들이 영원한 〈슬픔의 강가〉에서 거대한 벌과 파리 떼에 쏘이며 영원히 고통받는 장면이 나오는데, 바로 이 영혼들의 상태가 〈아케디아〉의 상태로 묘사된다. 〈치욕도 명예도 없이 살아온 사람들〉, 〈정녕 살아 있지도 않았던 그들〉, 다시 말해 뜨거운 적도 차가운 적도 없었던 이 사람들은 종국에 〈슬픔의 강가〉에서 영원토록 형벌을 받게 된다.(단테 2022: 31) 이 장면은 결국 아케디아가 〈슬픔〉 그리고 슬픔에서 파생된 갖가지 양태들과 연관되어 있음을 간접적으로 시사하고 있다.

이러한 맥락에서 볼 때, 우리는 〈깊은 슬픔, 우수, 음울함, 지루함〉이 하나의 정서인 〈권태〉로 치환됨을 확인할 수 있다. 다시 말해, 『죽음의 집의 기록』에 등장하는 모든 우수에 잠긴 인물들은, 수용소에 갇힌 수인들이건 자유로운 시베리아 마을 사람들이건 하나같이 권태에 사로잡혀 있다고 상정할 수 있다. 소설 속 인물들이 권태에 사로잡혀 있다는 것은 우선적으로 권태의 전형적인 증상들을 나타내는 여러 표현을 통해 알 수 있다. 인물들이 소개될 때마다 그들에게는 늘 앞서 열거한 슬픔, 따분함, 무료함 등의 수식어가 끊임없이 따라붙는다.

물론, 자유를 박탈당한 수인들의 삶이 권태로울 수밖에 없다는 점은 자명하다. 또한 궁벽한 오지인 시베리아의 어느 작은 마을 사람들의 삶 또한 권태와 거리가 먼 삶일 수 없다는 것도 유추 가능하다. 하지만 여기서 우리가 주목할 점은 소설 속 인물들이 겪는 권태가 작가에 의해 다분히 부정적으로 묘사되고 있다는 점이다.

지루함의 악

이러한 작가의 부정적인 관점은 서문에서부터 체감된다. 우선, 서문의 시베리아 마을은 변화가 전무하며 발전이 없는 정체된 곳으로 소개된다. 〈사람들은 단순했고 자유주의와는 거리가 멀었다. 예로부터 전해져 온 제도들은 시대의 흐름에 따라 더욱 성스러워지고 견고해졌다.〉(9) 이 마을에는 수 세기에 걸친 전통과 법칙이 그대로 보존되어 있다는 점도 작가에 의해 유독 강조된다.

자유주의와 같은 진보적 사상과는 거리가 먼 마을 주민들은 그런 전통과 권력에 순응하며 살고 있다. 여기서 순응하면서 산다는 것은 쇄신과 변화를 추구하기보다는 결국 그들이 정체되고 단조로운 그러한 일상에 스며들어 있다는 것을 뜻한다. 이러한 권태로운 환경에 놓인 사람들은 매우 현세적이고 현실적이며 그래서 때로는 비인간적인 삶의 태도를 드러내기도 한다. 시베리아 주민들이 일상에 익숙해진 정도는 상상을 초월한다. 유배지의 특성상 범죄자들이 출옥한 뒤 마을로 유입되어 정착하는 것이 다반사인 시베리아의 환경에 너무나도 익숙해진 주민들은 살인을 비롯한 중범죄에 대하여서도 완전히 무감각한 지경에 다다른 상태이다.

유형 이민 출신의 선생들을 시베리아의 도시들에서는 자주 만날 수 있었지만, 사람들은 이들을 **경멸하지 않았다**.(11, 강조는 필자)

그에게는 러시아에 결코 **하류의 사람들이 아닌 번듯한 친척들**이 있을 것이라고 추측했으며, 그러나 유형을 받자마자 그가 고집스럽게 그들과의 모든 관계를 끊어버렸고, 그래서 한마디로 그가 자기 자신을 **학대하고 있다는 것**을 나는 알았던 것이다. 더욱이 우리 모두는 그가 결혼한 지 채 1년도 지나지 않아서 질투 때문에 자기 아내를 살해하고 자수를 했다는(그래서 그의 형량은 극히 경감되었는데) 이력을 알고 있었다. 그런 범죄들을 사람들은 항상 **불행으로 간주했고**, 그래서 **동정을 보**

이기까지 한다.(13, 강조는 필자)

어떻게 하면 고란치코프라는 사람을 활용하고 써먹을 수 있을지를 고민하는 인격을 가진 사람들이 숭고한 휴머니즘의 정신을 실현하기 위해 범죄자들을 감싸 주었다고 보기는 어렵다. 마을 사람들이 범죄자들을 그저 운수가 나빠서 범죄를 저지를 수밖에 없었던 〈불행한〉 사람들이라고 생각하며 연민을 가지고 아무런 거리낌 없이 포용하는 것은 어떤 행위가 범죄인지 아닌지를 구분하는 최소한의 도덕적 판단력마저 무감각해진 주민들의 상태를 드러내는 대목으로 해석하는 것이 더 타당하다.

더 나아가 마을 사람들과 〈색다른〉 모습을 가진 고란치코프에게 〈흥미 zainteresovalsya〉를 느꼈다는 이유로 본인 의사와는 관계없이 다짜고짜 관계를 맺으려 몰아치는 서문의 화자의 모습, 약 한번 쓰지 못하고 죽은 고란치코프에 대한 동정은커녕 무언가 재밋거리가 없을까 하여 돈 몇 푼을 쥐여 주고 고인의 물품을 취득하는 모습 등에서 재미와 쾌락의 추구에 치우친 인간의 부정적인 모습 또한 찾아볼 수 있다.

결국 『죽음의 집의 기록』의 서문에서 제시된 시베리아의 마을은 이후 소설 본문에서 묘사될 〈죽음의 집〉인 수용소에 비견되는, 다만 수용소 밖에 위치할 뿐인 또 다른 〈죽음의 집〉의 형상을 나타낸다. 모스크바에 힘을 빌릴 만한 〈번듯한 친척들〉이 있는데도 그들을 이용하지 않는 고랸치코프의 도덕성을 경솔함으로 치부해 버리는 곳, 이해타산에 의해서만 관계가 맺어지며, 개인의 안위와 사리사욕만이 행동의 동기가 되고, 살인을 비롯한 범죄에 대하여 무감각한 사람들이 사는 이 도시는 사실상 아무렇지 않게 서로 훔치고 폭력을 행사하며, 서로를 배반하면서도 아무런 거리낌 없이 또 웃고 어울려 지냈던 죄수들의 수용소와 진배없다.

홍미로운 것은, 인간이 개인의 홍미와 쾌락, 욕망과 사리사욕, 속물적 방법을 통한 부의 축적 등에 치우쳤을 때 이러한 도덕적 무감각이 주로 야기된다는 것이다. 그런데 인간이 이러한 행동을 추구하게 되는 동인은 우선적으로 권태와 연관되어 있다. 지루하고 단조로우며 따분하고 반복되는 일상과 환경에서 어떻게든 벗어나려 앞서 열거한 방법 등으로 일탈을 꿈꾸는 것이 인간의 본성이기 때문이다. 즉, 이미 서문에서 권태를 어떻게든 타파하고자 안간힘을 쓰는 인간의 〈기분 전환〉을 위한 행위가 부정적인 결과로 귀결되는 모습이 본문에 선행하여 제시되고 있는 것이다.

도스토옙스키는 권태를 단순히 지양해야 하는 정서나 부정적인 느낌으로 묘사하는 데 그치지 않고 〈악〉의 개념으로 확장하여 묘사한다. 예를 들어, 자신의 부인 아쿨카를 잔인하게 죽인 시시코프의 고백을 살펴보자.

또다시 그 **습관**이 나타났습니다. 서 있는 게 꼴 보기 싫다거나 걸음걸이가 마음에 안 든다거나 하는 트집을 잡아서 어떤 날은 아침부터 저녁까지 때리기도 했어요. 때리지 않으면 **무료했어요.** 때리는 일이 **습관이 되어 버렸지요.**(342, 강조는 필자)

습관, 반복, 단조로움, 판에 박힌 삶 등은 모두 권태를 지시하는 특징들이다. 삶이 무료해서 아내를 때려야만 살 수 있었다는 시시코프의 고백은 결국 그가 찌들어 있던 권태가 얼마나 심각했는지를 암시한다. 시시코프의 권태는 폭력에 대한 무감각으로 연결되면서 종국에 아내를 살해하는 행위로 귀결되는 가장 비인간적이고 악한 모습을 단적으로 드러낸다.

그런가 하면, 서문에 묘사된 고랸치코프의 권태로운 삶은 사뭇 다른 느낌으로 다가온다. 모두와 거리를 둔 채 다를 것 하나 없는 똑같은 일상을 반복하며, 잠도 자지 않고 무언가를 사색하는 결코 즐겁지 않은 인생을 살다 죽은 고랸치코프의 삶의 마지막 모습은 분명 권태롭다. 게다가 수용소를 벗어나며 갱생과 부활을 찬양했던 고랸치코프의 모습과 모순되기까지 하다. 권태로운 것은 분명하나, 그렇다고 해서 고랸치코프는 권태를 벗어나기 위해 다른 사람들이 손쉽게 선택하는 세속적인 일탈을 꿈꾸지도 시도하지도 않는다. 그저 먹고살기 위해서 최

소한의 일을 하며, 최소한의 사람들과 교류하고 혼자만
의 고독 속에서 살다 홀로 죽는다. 권태에 빠진 삶을 사
는 건 매한가지이나, 그의 권태로운 인생 말미는 시시코
프와 다른 수인들의 그것처럼 악으로 연결되지는 않는
다. 이미 앞에서도 언급되었듯이, 적어도 출옥 이후 보여
준 고란치코프의 삶의 모습을 통해 우리는 그가 자신의
인생에 대하여 참회했음을 유추할 수 있다. 더 나아가 어
린 카챠가 그의 죽음을 애도하며 울 정도로 귀감이 되었
던 고란치코프의 말년에 대한 묘사는 그의 권태로운 삶
이 다른 수인들의 그것과는 다른 결론에 도달했음을 암
시하는 단초를 제공하며, 그 의미는 이후 이어지는 저자
들의 글을 통해 좀 더 명확히 확인될 것이다.

　지금까지 살펴보았듯이, 『죽음의 집의 기록』의 기저에
자리한 정서는 바로 권태다. 프랭크의 지적처럼, 도스토
옙스키가 고란치코프의 시선을 통해 수인들의 심리를 분
석하는 일도 드물며, 심지어 수인들이 자신들의 이야기
를 풀어놓는 장면에서도 그들의 감정 등 내면 묘사보다
는 사건에 중심을 두면서 오로지 순수하게 장면과 배경
에 대한 묘사에 치중하기 때문에(Frank 2022: 69) 그 기
저에 깔린 권태라는 정서가 사실 직관적으로 체감되지는
않는다. 하지만 〈하나의 광경〉 또는 그림으로서 소설에
담긴 시베리아 마을과 수용소 그리고 수인들의 총체적인
모습은 결국 그 깊숙한 곳에 자리한 인간의 실존적 문제

를 더욱더 절실하게 인지하도록 돕는 이정표가 되고 있다. 다시 말해, 도스토옙스키는 작품의 등장인물과 시공간을 통해 다양한 권태의 양상을 제시하고 있으며, 더 나아가 권태가 악이 될 수 있음을 경고하고 있다.

그렇다면 기껏해야 지루함이나 무료함으로 대변되는 이 권태를 벗어나기 위해 인간이 취하는 행동을 도스토옙스키는 왜 이 정도로 강력하게 경고하고 있을까? 이 글에서는 도스토옙스키가 권태에 대하여 남긴 단서를 찾아 그의 권태에 대한 철학을 살펴봄으로써 작가의 인간 탐구의 여정을 좇아가 보고자 한다.

한낮의 악마

예로부터 권태는 철학가들에 의해 중요한 탐구의 대상으로 간주되었다. 파스칼B. Pascal, 키르케고르S. Kierkegaard, 쇼펜하우어A. Schopenhauer, 칸트I. Kant, 하이데거M. Heidegger 등 인간의 본질을 사색했던 철학자들은 권태의 긍정적 측면과 부정적 측면을 저마다의 관점에서 풀이하며 권태가 인간의 행동을 유발하는 주요 동기 중 하나임을 피력하곤 했다.

권태가 죄악 중 하나로서 신학적 철학적 성찰의 대상이 되었던 것은 바로 중세 기독교 사회에서다. 중세 기독교 사회에서 권태는 가장 치명적인 여덟 개의 악 중 하나인 〈아케디아〉로서 주목을 받았다.

아케디아의 어원은 그리스어 〈ἀκηδία〉로, 부정의 뜻을 담은 〈a-〉와 〈걱정하다〉 또는 〈마음 쓰다〉의 뜻을 가진 〈케도스kedos〉란 말이 합쳐져 탄생한 합성어이다. 원어를 그대로 직역하자면 아케디아는 〈마음 씀이 없음〉을 의미한다.

중세 시대에는 아케디아가 〈무관심, 둔감함, 비호감, 피로, 무력감, 거부감, 존경하지 않음〉 등의 의미를 지니는 단어로도 기능했다. 하지만 아케디아를 앞서 열거한 의미만으로 국한하기는 어렵다. 또한 아케디아를 권태의 등가어로 간주하기도 어렵다. 권태 또한 아케디아로 인해 파생되는 현상 중 하나이기 때문이다. 다만, 아케디아는 게으름, 나태, 무기력함, 무관심과 밀접한 관계가 있으며, 그러한 점에서 이 글에서 다루고자 하는 권태의 속성과 부합하기에 보다 더 포괄적인 의미역을 가진 단어로서 살펴보려는 것이다.

아케디아라는 개념은 초기 기독교 시대였던 4세기경 이집트 사막에서 16년 동안 은수(隱修) 생활을 보낸 신학 이론가이자 수도자인 폰투스의 에바그리우스에 의해 본격적으로 그 의미가 확장되었다. 에바그리우스는 자신이 쓴 『여덟 가지 대죄에 대하여 Of the Eight Capital Sins』에서 수도자들의 고행을 방해하는 여덟 가지의 악 중 하나로서 아케디아를 가장 길고 자세하게 다루었는데, 특히 「시편」 91편 6절에서 차용한 〈한낮의 악마〉라는 표현으로 아케디아를 지칭했다.

아케디아는 〈한낮의 악마〉라고도 한다. 이는 그 어떤 악마보다도 사람의 숨통을 강하게 조인다. 이 악마는 4시과(오전 10시경) 즈음에 수도자를 덮쳐 8시과(오후 2시경)가 될 때까지 그의 영혼을 붙잡고 괴롭힌다. 처음에는 태양이 아예 멈춰 선 것처럼 보이게 하여, 낮이 한 50시간은 되는 것처럼 느껴지게 한다. 그러면 은둔하는 수도자는 하염없이 창문을 바라보다가 급기야는 좁은 방을 뛰쳐나가 태양을 바라본다. 9시과(오후 3시경)가 되려면 시간이 얼마나 남았는지 확인하려는 것이다. 그러고서 그는 혹시 주위에 동료 수도자들이 있는지 이리저리 살핀다. 게다가 이 악마에게 사로잡히면, 자신이 머무르는 곳과 자신의 삶 자체와 해야 할 일을 전부 멀리하게 된다. 수도자는 벗들이 소원해졌다고 느끼고 아무도 자신을 위로해 주지 않는다고 생각한다. 만약 이때 누군가가 수도자를 방해하기라도 하면, 악마가 그의 분노에 불을 붙인다. 그뿐만 아니라 수도자를 마구 뒤흔들어, 삶에 필요한 것을 쉽게 찾을 수 있고 지금보다 훨씬 더 수월하고 이득이 되는 일에 종사할 수 있는 다른 어떤 곳을 갈망하게 만든다. 악마는 신을 기쁘게 하는 데 있어 장소가 문제 되지 않는다고 수도자에게 귀띔한다. 어디서나 신을 섬길 수 있다고 말한다. 게다가 여기에 수도자의 가족들과 과거의 삶에 대한 추억도 덧붙인다. 악마는 수도자의 눈앞에 그의 금욕적인 삶의 숱한 고난을 고스란히 펼쳐 보이면서, 그의 여생이 얼마 남지 않았음을 강조한다. 온갖 농간을 동원하여 수도자가 은둔 생활에서 탈출하도록 만든다.(투이 2011: 147~148)

모든 수도자들을 괴롭혔던 〈한낮의 악마〉는 그 어떤 악마보다 사악하게 사람의 숨통을 죄었고, 특히 오전 10시부터 오후 2시 사이에 수도자를 붙잡고 괴롭혔다고 한다. 태양이 정점에 다다른 이 시간에 갇힌 수도자는 멈춰 버린 것 같은 시간을 못 참고 암자를 뛰쳐나가게 되며, 자신의 삶 자체와 해야 할 일 전부를 멀리하게 된다. 아케디아에 사로잡힌 수도자는 자신이 머무르는 장소를 벗어날 수만 있다면 그 어떤 악마의 농간에도 동조할 준비가 되어 버리며, 결국 그렇게 수도 생활에 실패하고 만다는 것이다.

아케디아는 단순한 게으름, 나태함, 지루함을 가리키는 것이 아니다. 사막의 교부들이 경고했던 아케디아는 생명의 기운이 모두 다 빠져나가 사라져 버린 것과도 같은 상태, 모든 것이 지겨워져 매사에 관심이 없고 무언가를 하려는 열의조차 없는 상태이다. 에바그리우스가 아케디아를 가리켜 〈가장 사악한 악〉이라고 규정했던 이유는 이 상태를 벗어날 수만 있다면 수도자가 악마의 온갖 유혹에 쉽게 동조해 버리며, 결국 수도자의 생활을 영위할 수 없는 지경에 다다랐기 때문이었다.

아케디아가 죄악들 중에서 유독 사악한 악으로 구별되었던 또 다른 이유는 아케디아의 상태가 결국 다른 죄악들을 초래하는 것 말고도 인간을 신으로부터 멀어지게 만들거나 더 나아가 신과 그 창조물을 거부하게 만든다는 사실과 관계가 있다. 신과 신의 창조물을 대할 때면 마땅히 기쁨을 누려야 하는데, 그러지 못하는 상태가 바로 아케디아인 것이다. 따라서 신학적 관점에서 본 아케디아의 악함은 인간의 구원을 가로막고 사람을 지옥에 빠트린다는 데 있다.

아케디아를 경고했던 사막의 교부들이 아케디아를 〈한낮의 악마〉라고 지칭했던 것은 무엇보다 아케디아가 유발되는 시공간과도 연관되어 있다. 사방이 똑같은 광경인 데다 태양을 피할 곳조차 없는 사막에서의 10시부터 2시까지의 시간은 매우 더디게 가는 시간, 4시간을 50시간처럼 느껴지게 하는 시간이었기에 이 시간이 수도자들에게는 가장 견디기 힘든 시간이었음은 이해 가능하다. 여기에서 유추할 수 있는 것은 늘어지는 시간, 정체된 시간, 단조로움, 반복성 등이 권태를 유발하기에 좋

은 조건을 형성한다는 것이다. 단조로움, 정체, 반복성의
관점에서 보았을 때,『죽음의 집의 기록』은 권태를 연구
하기에 더할 나위 없이 탁월한 작품일 수밖에 없다. 사방
이 폐쇄된 공간에 갇혀 자유를 박탈당한 채 지정된 장소
에서 주어진 일과표대로만 쳇바퀴 돌듯 살아갈 수밖에
없는 곳이 곧 수용소이기 때문이다. 또한 대도시와는 거
리가 먼 외딴 지역의 작은 시베리아 마을도 권태를 다루
기에 적합한 장소가 아닐 수 없다. 먼저, 소설의 배경이
되는 시베리아 마을에 대한 묘사를 주목해 보자.

궁벽한 시베리아의 오지, 스텝과 산들과 혹은 **전인미답의
숲**들 사이에는 **이따금씩 작은 도시**들이 눈에 띈다. 1천 또
는 많아야 2천 정도의 주민들이 사는 **목조로 된 초라한 도
시**, 그래서 도시라기보다는 모스크바 근교의 **아름다운
촌락**들과 더욱 닮은 그런 도시들 말이다.(9, 강조는
필자)

소설 서문의 첫 문장에서 제시되는 소설의 배경 중 하
나인 시베리아 마을의 묘사는 소설의 공간을 이해하는
데 매우 중요하다. 우선 위 인용문에 등장하는 〈오지, 산
과 목초지, 작은 도시, 목조 건물, 아름다운 촌락〉 등의
단어로 우리는 이곳이 발달된 대도시나 활기찬 중심지가
아닌 지방의 소도시 또는 시골 마을임을 연상할 수 있다.

대도시가 역동성, 새로움, 분주함, 큰 규모와 웅장함, 빠르게 흐르는 시간 등의 이미지와 함께 연상되는 것이라면, 시골은 느긋함, 익숙함, 아담함, 더딘 시간, 한가로운 일상 등의 이미지와 연계되곤 한다. 바흐친은 이러한 러시아 지방의 특별한 공간적 의미를 〈지방 소도시의 크로노토프〉로 규정한 바 있다.

케케묵은 일상을 가진 지방 소시민 도시는 19세기 소설에서 사건이 전개되는 가장 인기 있는 장소 중 하나였다. 이러한 지방 소도시는 여러 종류로 나타나는데, 그중에는 매우 중요한 목가적 소도시도 있다. (……) 이러한 도시들은 주기적인 일상적 시간을 가진 장소이다. 여기에는 사건은 없고 오직 반복되는 〈있음〉만 있다. 이곳에서 시간은 점진적인 역사적 진행을 유실하게 되고, **하루라는 원, 일주일이라는 원, 한 달이라는 원, 인생이라는 원** 등 좁은 원을 따라 움직인다. 이곳에서는 하루가 결코 하루가 아니며, 1년이 1년이 아니고, 삶이 삶이 아니게 된다. **매일매일 똑같은 일상적 행동**이 반복되며, 동일한 주제의 대화, 동일한 단어 등등만이 있을 뿐이다. (……) 이러한 시간의 상징들은 단순하고 지극히 물질적이며 일상적 공간들과 밀접하게 유착되어 있다. 이를테면, 도시의 작은 집들과 방들, 지루한 거리들, 먼지와 파리들, 클럽들, 당구장 등등의 일상적

공간들과 말이다. 이곳의 **시간은 무사건적이며, 그렇기 때**
문에 사실상 정체된 듯하다. (……) 그 시간은 **밀도 높고, 진**
득할 뿐 아니라 공간을 기어다니는 시간이다.(Bakhtin
1975: 396~397, 강조는 필자)

위의 글을 통해 우리는 『죽음의 집의 기록』에 등장하
는 시베리아 오지는 물론, 수용소라는 공간까지 바흐친
이 설명하고 있는 지방 소도시의 공간성과 정확히 부합
함을 확인할 수 있다. 지방 소도시가 갖는 특유의 공간적
정체성과 폐쇄성은 오늘이 내일 같고 내일이 오늘 같은
똑같은 일상의 반복을 강조하기에 적합하다. 작품 속에
서도 반복성과 무변성이 계속해서 강조되고 있는데, 이
를테면 서문의 시베리아 마을은 〈오래되고, 견고하고 수
세기 동안 검증된 일상〉(PSS 4: 5)에 따라 살아가며, 수용
소는 〈수년이 흘러도 똑같은 울타리 틈과 똑같은 토성과
똑같은 보초들〉(PSS 4: 9)을 보며 살아가는 곳으로 묘사
되고 있다.

저녁 무렵, 오후의 노역이 끝나고 피곤하고 지쳐서
감옥으로 돌아왔을 때, 또다시 걷잡을 수 없는 깊은 슬
픔이 나를 온통 휘감았다. 앞으로도 〈얼마나 많은 수천
의 이러한 나날들이 더 있을 것인지〉 나는 생각했다.
〈모든 것이 그와 같고, 모든 것이 동일한 그런 나날들

말이다!〉(154~155)

　반복되는 날들에 대한 고란치코프의 탄식은 수용소 생활의 권태로움을 역력히 보여 준다. 이렇듯 폐쇄되고 정체된 공간에서의 시간은 〈좁은 원〉을 따라 흐르며, 순환 운동만을 반복할 뿐이다. 이 공간에서는 하루, 일주일, 한 달, 1년 등의 소위 말하는 역사적 시간의 구분이 사실상 무의미하며 사람들은 사는 것이 아니라 그저 하루하루를 〈있을byvayut〉 뿐이다.

　이러한 지방 소도시가 가진 정체된 시간성은 소설의 구조에서도 완연히 그 모습을 드러내고 있다. 화자는 제1장부터 제4장까지 무려 네 장을 할애하여 수용소에 들어간 첫날의 인상을 묘사하고 있다. 제5장부터 제6장까지는 첫 한 달간에 대한 묘사를 이어 가고, 제7장부터는 수용소에서의 첫 한 해 동안의 이야기가 에피소드별이나 인물별로 제시된다(목욕탕, 성탄절, 연극, 부활절, 루치카, 페트로프 등). 그다음으로 제2부가 펼쳐지고 다음 해의 사건들이 요약되어 제시된다. 하지만 2부에서는 1부에서처럼 시간의 연속성이 명확하게 나타나지는 않는다. 수용소에서의 마지막 해를 묘사하는 마지막 장에서 독자는 10년이라는 세월이 흘러 출옥을 앞두고 있다는 화자의 말에 화들짝 놀랄 수밖에 없다. 그만큼 소설을 읽는 동안 시간의 흐름도 계절의 변화도 즉각적으로 체감되지 않으며, 이는 반복적인 대상에 대한 동일한 묘사가 유발하는 효과로서 나타난다.

이와 같은 소설 구조를 가리켜, 모출스키K. Mochulskii는 〈찬란히 빛나는 전경(첫날)과 함께 정교한 세부 묘사가 행해지고, 배경(첫 한 달)은 약간 희미한 색조로 채색되며 일반 배율로 묘사된다. 도면들이 멀리 물러날수록 더 보편화된다. 다차원적 구성은 작가의 의도에 부합한다. 감옥은 고정되어 있다〉(모출스키 2001: 265)라고 말하며 감옥의 정체성이 강조되는 형식임을 언급하고 있다.

특히 고란치코프의 〈말년〉, 수용소에서의 〈첫날〉, 〈첫 달〉, 〈첫해〉, 〈다음 해〉 그리고 〈10년〉이라는 소설의 시간 배열은 바흐친이 언급한 것처럼 역사적 시간의 흐름에서 벗어나 있다. 권태로운 시간은 화자의 기억 속에서 역사적 시간의 흐름이 아닌 하나의 〈총제적 인상〉으로서만 남아 있다는 점도, 권태가 시간과 맺는 관계를 여실히 보여 준다.

그러나 다른 기억들은 **힘겹고 단조로우며 숨 막히는 듯한 하나의 총제적 인상**을 내게 남기며, 서로 뒤엉켜 그늘을 드리우고 있는 듯하다.(40, 강조는 필자)

권태는 짧은 순간을 무한히 늘릴 수도 길고 긴 시간을 하나의 덩어리로 축약할 수도 있는 속성을 지닌다. 〈시,

분, 초)로 측량 가능한 물리적 시간이 똑같다 할지라도 그 시간을 겪어 내고 살아 내는 인간의 주관적인 느낌은 전혀 달라질 수 있다. 이 주관적인 시간 감각은 주어진 각자의 상황과 맥락, 각자의 감정과 인식, 삶의 방식 등에 따라서 개개인에게 다르게 나타난다. 고로 주관적인 시간을 가늠할 만한 정확한 도량은 존재하지 않는다. 이를테면, 철도역에서 여행을 떠나기 위해 표를 끊고 정확한 시간에 당도하는 기차를 설렘 가득 기다리는 사람에게는 1분 1초가 길게만 느껴질 것이고, 곧 당도할 기차에 사랑하는 연인을 떠나보내야 하는 사람에게는 같은 1분 1초가 너무나도 빠르게만 느껴질 것이다. 이미 이렇게 시간을 느끼고 있는 사람에게 과학적으로 객관적으로 〈여러분이 기다리는 시간은 동일한 30분입니다〉라고 설득한들 그들이 인지하는 이 주관적인 〈시간 느낌 vremyachuvstvovanie〉을 지우기에는 역부족일 것이다. 다시 말해, 권태는 이 〈시간 느낌〉에 매우 예민한 정서이다. 그리고 인간은 바흐친이 언급한 것처럼 이 〈밀도 높고, 진득할 뿐 아니라 공간을 기어다니는〉 무한대로 늘어나는 권태의 시간 느낌이 주는 버거움을 매우 불편해한다. 그래서 늘 권태에서 벗어나고 싶어 한다.

『죽음의 집의 기록』의 크로노토프를 살펴봄으로써 우리는 권태가 무엇보다 〈시간성〉과 밀집한 관계를 맺고 있음을 알게 되었다. 결국 순환과 반복 그리고 정체는 시

간과 관련된 현상들이다. 따라서 『죽음의 집의 기록』에
나타난 권태의 문제를 다루기 위해 우리는 권태와 시간
의 관계를 보다 면밀히 살펴보아야 할 것이다.

워커홀릭

하이데거는 권태의 시간성에 주목한 대표적인 철학자
이다. 그에 따르면 인간은 누구나 죽음으로 생을 마감하
기에 유한한 시간을 보유하고 있다. 생을 유지하려면 인
간은 시간을 최대한 아껴야 한다. 그러나 인간은 자신에
게 주어진 시간을 아낄 수도 없고, 더 나아가 시간을 소
모하지 않으면서 삶을 진행하는 방법도 능력도 보유하지
못한다. 다시 말해 인간은 자신에게 허용된 시간만을 살
아간다.

하이데거에 따르면, 인간은 이렇게 개개인에게 주어진
이 유한한 시간을 저마다의 방법으로 〈시간화vremenenie〉
한다. 여기서 시간화란 주어진 유한한 시간에 대하여 인
간이 저마다 취하는 태도를 일컫는다.

권태는 현존재의 시간성zeitlichkeit, vremennost'에서부터
솟아 나온다. 그러니까 권태는 우리의 고유한 시간성
이 스스로 시간화하는 하나의 매우 특정한 양식과 방

식에서부터 위로 올라온다고 우리는 미리 어림잡아 말할 수 있겠다. (……) 즉 권태가 가능한 까닭은 오직, 개개의 사물과 그리고 더 원칙적으로는 각각의 현존재가 그 나름대로의 시간을 가지고 있기 때문이라고 말이다.(하이데거 2001: 218)

현존재가 시간을 주관적으로 대하고 사용한다는 점이 하이데거가 주장한 시간화의 핵심이다. 하이데거는 인간이 이토록 권태를 회피하고 싶어 하고 불편해하는 이유가 인간의 유한성과 연관되어 있다고 주장했다. 다시 말해, 도저히 스스로의 힘으로는 어떻게 할 수 없는 존재의 무력감이, 유한성이 바로 인간의 본질이라는 것이다. 그리고 이러한 인간의 유한성은 우선적으로 인간이 가진 제한된 시간에 의해 결정된다. 인간은 누구나 끝이 있는 시간을 갖는다. 모두가 죽음으로 삶을 마감하기 때문이다.

인간이 가진 시간성이라는 맥락하에서 볼 때 권태는 죽음과 일맥상통한다. 죽음이 나와 타자의 경계를 허물며, 탄생-성장-노화에 이르는 인간의 변화무쌍한 삶의 시간을 무화시켜 버린다면, 권태도 마찬가지다. 권태에 빠진 사람은 모든 게 다 그저 그렇다고 느끼며 모든 것에 심드렁하다. 그 전까지 자신을 사로잡았던 의미 있는 일들이 권태 속에서는 무의미하게 된다. 또한 권태 속에서 인간은 시간이 매우 더디다는 느낌, 심지어 멈춰 버린 것 같은 느낌을 받게 된다. 그런 측면에서 권태는 〈사이비 죽음〉과도 같다. 사람들이 권태라면 질색하며 벗어나려고 발버둥 치는 이유도 궁극적으로는 권태와 죽음이 닮았기 때문이다.

그렇기에 인간은 권태를 느끼게 되면 최선을 다해 그 상태로부터 벗어나려고 노력한다. 인간은 자신을 옭아매는 시간을 벗어나거나 통제하기 위해서 행동을 취하게 되는데, 이러한 모든 행위를 가리켜 하이데거는 〈시간 보내기vremyaprovozdenie〉라고 일컫는다.[1]

하이데거에 따르면 벗어날 수도 통제할 수도 없는 주어진 시간을 견디지 못하는 인간은 결국 그 〈긴 시간〉을 제압하기 위해 〈시간 보내기〉에 전념하게 된다. 여기서 〈시간 보내기〉란 마냥 늘어지는 긴 시간을 단축하기 위해, 정체된 시간을 쫓아 버리기 위해, 또는 흘러가는 시간을 나의 것으로 붙잡아 두기 위해 자신을 의도적으로 어떤 행위로 내모는 것을 일컫는다.

1 독어 Zeitvertreib는 〈시간〉을 뜻하는 명사 Zeit와 〈시간을 보내다〉, 〈몰아내다〉의 의미를 갖는 동사 vertreiben이 합성된 단어로, 한국어로는 주로 〈시간 죽이기〉 또는 〈시간 보내기〉 등으로 번역되었다. 이 글에서 참고한 하이데거 2001에서도 〈시간 죽이기〉로 번역되었고, 〈시간 죽이기〉, 즉 〈killing time〉이 훨씬 더 보편적인 표현임에도 불구하고 이 글에서는 인간이 시간을 계속해서 흘려보내야 하는 존재이며, 이는 권태가 유발되는 시간의 유한성과 밀접하게 연관되어 있다는 것을 강조하기 위해서 〈시간 보내기〉로 표현하였다. 이후 이 글에서 사용하는 하이데거의 권태 개념은 Khaidegger 2013: 133~252, 하이데거 2001: 134~283을 참조하여 정리하였음을 밝힌다.

『죽음의 집에 기록』에서도 이 막강한 긴 시간과 힘겨루기를 하는 갖가지 방식들이 관찰된다. 수인들은 아무것도 하지 않는 게으름, 뜬소문과 험담, 음주, 도박, 심지어는 폭력, 살인, 탈옥을 감행함으로써 이 시간들을 정복하기 위해 사투를 벌인다. 그렇게 모두가 행동이나 무행동으로 권태를 마주하고 있다. 그중에서도 도스토옙스키가 묘사하는 아킴 아키미치의 행동은 사뭇 흥미를 자아낸다. 아킴 아키미치가 자신이 처한 권태에 대해서 취하는 주요 전략은 다름 아닌 〈규칙적이고 질서 정연하게 삶을 살기, 열심히 일하기〉뿐이기 때문이다.

아킴 아키미치가 하지 못하는 손일이란 아무것도 없었다. 그는 목수이자 제화공, 구두 직공이었고, 칠장이이자 도금공이었으며 자물쇠공이었는데, 그는 이 모든 것을 감옥에서 익혔다.(55)

그[아킴 아키미치]는 10시, 11시까지 일을 했고, 도시로부터 꽤 괜찮은 보수를 받고 주문받은 중국식 채색 등을 칠하고 있었다. 그는 등을 아주 잘 만들었고, 눈 한번 떼지 않고 체계적으로 일을 했다. 일이 끝나면 제자리에 정돈을 하고, 자기의 요를 깔고, 신에게 기도를 한 다음 단정하게 자리에 누웠다. 생각해 보면, 그는 단정함과 정돈을 소심한 현학주의에까지 연장시키

고 있는 것 같았다.(101)

소위보 출신이었던 그가 손으로 하는 모든 기술이란 기술을 수용소에서 익히게 된 배경에는 수용소 일상의 반복적인 메커니즘 속에서 제압할 수 없었던 〈긴 시간〉을 죽이기 위한 그의 몸부림이 자리하고 있다. 게다가 그의 이러한 규칙적인 생활이 현학주의를 연상시키는 강박의 증상까지 유발하고 있음을 알 수 있다.

세 번째는 아킴 아키미치였는데, 나는 이 아킴 아키미치 같은 기인을 본 적이 없다. 나의 기억 속에 그는 아주 강렬한 인상을 남기고 있다. 큰 키에 피골이 상접할 만큼 마른 그는, 우둔하고 한심할 정도로 무식하면서도 설교는 무척이나 좋아하고, 독일 사람처럼 빈틈이 없었다.(53)

물론, 여러 소일거리를 찾고 기술 배우기를 좋아하는 아킴의 행동은 넘쳐나는 지적 호기심의 결과로도 읽힐 수 있지만, 작가가 계속해서 아킴 아키미치의 〈생각 없음〉과 〈무식함〉을 언급하며, 죄수들이 그의 우둔함을 비웃었다는 묘사를 거듭 반복하는 것으로 보아, 자신의 일과를 온갖 일들로 채워 나가는 아킴의 행동은 하이데거가 언급한 전형적인 〈시간 보내기〉의 패턴으로 판단할 수 있다.

사실 아킴 아키미치는 꽤 지독한 권태에 사로잡힌 인물이다.

아킴 아키미치도 축제일을 열심히 준비하고 있었다. 그에게는 가족에 대한 **아무런 추억이 없었다.** 그는 고아로 남의 집에서 자랐으며, 겨우 열다섯이 되자마자 힘겨운 군 복무를 시작해야 했기 때문이다. **그의 인생에는 어떤 특별한 기쁨도 있을 수 없었는데,** 그것은 그가 조금이라도 자기에게 주어진 임무에서 벗어나는 것을 두려워하면서 자기의 **인생을 규칙적이며 단조롭게만 보내 왔기 때문이다.** (……) 그는 안달을 하거나 흥분하지도 않고, 쓸데없는 우울한 추억으로 당황하지도 않은 채, 일단 만들어진 **이 영원한 의식과 의무를 수행하기 위해** 필요한 조용하고 단정한 품행으로 축제일을 맞을 준비를 하고 있었던 것이다.(213, 강조는 필자)

아킴 아키미치는 사람들이 심심하고 지루할 때면 시간을 보내기 위해 쉽게 늘어놓는 추억조차 없으며, 〈특별한 기쁨〉 또한 느껴 본 적이 없다. 그의 인생은 지극히 단조로웠고, 매우 규칙적이었다. 규칙적이었다는 것을 다른 각도에서 보면 곧 무수히 반복되는 똑같은 행위들로 일상이 채워졌었다는 의미다. 그에게 축제일을 준비하는 것은 의식과 의무에 해당되는 일일 뿐 실상 성탄절이라는 축제가 가진 의미 자체는 그에게 아무 의미가 없다. 아킴 아키미치는 〈영원한 의식과 의무〉를 수행하기 위해 오로지 현재를 살아갈 뿐이다.

그런데 여기서 〈영원〉이라는 단어에 주목할 필요가 있다. 아우구스티누스는 영원을 가리켜 〈항상 머물러 있는 시간이자 영원한 현재〉(어거스틴 2021: 391)라고 정의한 바 있다. 또한 그는 시간을 과거, 현재, 미래라는 세 가지의 시간으로 구분하는 것은 타당치 않으며, 시간을 구분할 수 있다면 〈과거 일의 현재〉, 〈현재 일의 현재〉, 〈미래 일의 현재〉라는 세 가지의 시간으로 구분하는 것이 옳다고 주장하면서, 과거 일의 현재는 〈기억〉으로, 현재 일의 현재는 〈직관〉으로, 미래 일의 현재는 〈기대〉로 명명하고 있다. 아우구스티누스의 시간 구분을 기준으로 아킴 아키미치를 해석한다면 그는 오로지 직관으로 현재를 살아가는 인간임에도 불구하고 영원한 의식을 수행하기 위해 부단히도 노력하는 상당히 모순적인 시간성을 가진 사람인 것이다. 심지어 아킴 아키미치에게는 〈추억〉조차 없는데, 추억이라는 것은 과거에 지나간 일에 대한 기억이기에 결국 아킴에게는 과거라는 시간마저 부재함을 의미한다. 또한 평생을 감옥에서 살 것처럼 갖춰 놓고 살면서 자유의 삶이 도래할 미래를 꿈꾸지조차 않는 아킴은 미래마저 상실한 상태이다.

156

결국 흘러가는 시간을 사는 유한한 인간이면서도 과거도 미래도 없으며 오로지 현재에만 집중하며 현재만을 살아가려고 발버둥 치면서 〈영원〉을 좇는 아킴의 모습은 불가능한 것을 가능한 것으로 만들려는 몸부림과 다름 없다.

그들은 (항상 머물러 있는) 〈영원〉과 결코 〈머물러 있지 않는 시간〉은 서로 비교가 되지 않음을 알게 될 것입니다. 그들은 긴 시간이란 동시적으로 존재할 수 없는 여러 사건(운동)의 계속적인 흐름(경과)이 긴 것이라는 것, 영원에는 아무것도 지나가는 것이 없어 모든 전체가 동시적으로 현재적이라는 것, 그리고 시간이란 항상 지나가는 것으로서 동시적으로 존재하지 못하는 것임을 알게 될 것입니다. 그들은 또한 과거란 항상 미래에 의해 밀려나고, 미래는 항상 과거를 뒤쫓지만, 과거와 미래는 둘 다 영원한 현재 안에서 창조되고 흐르게 됨을 알게 될 것입니다. (어거스틴 2021: 391)

아우구스티누스는 과거도 없고 미래도 없는 존재는 신일 수밖에 없음을 피력하고 있다. 그런 점에서 도스토옙스키 또한 같은 생각을 견지하고 있다. 도스토옙스키에게 있어서 시간의 유한함에 갇히지 않으면서 전체로서 현전하는 존재는 신뿐이었다. 인간은 과거와 미래의 지배를 받지 않고 항상 머물러 있는 현재, 곧 영원을 누릴 수 있는 존재가 될 수 없기 때문이다. 이러한 맥락에서 볼 때, 현재를 다양한 일과 〈시간 보내기 거리〉로 빽빽하게 채워 머물러 있는 시간으로 연장하려는 아킴 아키미치는 라스콜니코프, 이반 카라마조프의 계보에 속하는 인신의 또 다른 변주로 해석할 수 있다. 바로 여기에서 그의 권태가 왜 악이 될 수 있는지 우리는 그 이유를 천착할 수 있다.

　좀 더 상세히 아킴 아키미치의 권태와 그 특유의 시간 보내기 방법을 살펴보도록 하자. 여기서 우리는 한 가지 의문점을 가질 수밖에 없다. 아킴이 흘러가는 시간을 붙잡아 두기 위해『죄와 벌』의 스비드리가일로프나『악령』의 스타브로긴,『백치』의 로고진처럼 〈변태적인 쾌락과 흥분의 추구로 귀착〉(석영중 2021: 72)한 것도 아니고, 곤차로프의 〈오블로모프〉처럼 나태와 게으름으로 〈쓸모없는 잉여 인간〉이 된 것도 아니고, 다른 수인들처럼 술과 도박을 일삼으며 시간을 탕진한 것도 아닌 열심히 일하기와 규칙적인 삶을 살기를 실천한 것뿐인데, 과연 이것을 가리켜 권태에 대한 부정적인 대응 방식이라고 부를 수 있을까? 오히려 비교적 건전한 방법으로 권태를 타파하는 것이 폐쇄되고 강제된 수용소의 삶 속에서 인간이 할 수 있는 최선의 방책이지 않을까? 하지만 아킴 아키미치에게 이유 없는 증오심을 느끼면서도 그런 증오심을 느끼는 것에 대해 매번 자책했던 고랸치코프의 태도 (413)를 보면, 아킴 아키미치의 〈일중독〉은 권태를 타파하기 위한 건전한 방법으로서 나타나고 있지 않음을 볼 수 있다.

아킴의 문제는 현존재인 그에게 주어진 유한한 시간, 결코 한곳에 머물지 않으며 흘러가는 시간을 어떻게든 그의 곁에 붙잡아 두려는 데에서 발견할 수 있다. 흘러가는 저 시간을 〈나의 계속되는 현재〉로 만드는 것만이 목적이 되는 행위에서 인간은 의미를 찾기 어렵다. 그것은 유한한 인간의 본질에 어긋나는 행위이기 때문이다. 여기에 인간이 권태로부터 벗어나기 위해 끊임없이 〈오락〉을 찾는다고 주장했던 파스칼B. Pascal의 개념을 확장해 적용해 본다면, 아킴 아키미치의 일중독, 지나친 규칙 및 질서에 대한 강박증 등은 권태로부터 벗어나기 위한 그의 〈오락〉의 또 다른 형태로 간주할 수 있다.

우리를 비참에서 위로해 주는 유일한 것은 오락거리이다. 그러나 오락이야말로 우리의 비참 중 가장 큰 것이다. 왜냐하면, 우리 자신을 생각하지 못하게 주로 가로막고 우리를 모르는 사이에 파멸시키는 것이 바로 이것이기 때문이다. 오락이 없으면 우리는 권태를 느낄 것이고 이 권태는 우리에게 거기서 빠져나올 더 확실한 방도를 찾게 할 것이다. 그러나 오락은 우리를 즐

겁게 하며 모르는 사이에 죽음에 이르게 한다.(파스칼 2013: 87)

시소예프T. Sysoev는 〈권태에 대한 반응 중에는 지극히 병적이고, 강박적이며, 분주한 행동이 포함되며, 이러한 행동은 행동을 하는 주체가 자신을 불치의 《피로》에 시달리게 하는 《무의미》로부터 해방될 때까지 계속된다〉(Sysoev 2019: 113)고 주장한다. 권태를 잊기 위해, 길고 긴 시간의 공허함 속에서 자신을 무언가로 채워 나가기 위해 의도적으로 자신을 분주하게 하고, 정신을 다른 곳에 쏟게 만드는 모든 행위에도 결국은 유효 기간이 있으며, 그 유효 기간의 끝에는 〈무의미〉가 있다.

대체로 그는 **생각을 많이 하는 것을 좋아하지 않았다.** 사실의 의미는 결코 그의 뇌리를 자극하는 법이 없는 것 같았지만 일단 그에게 제시된 **규칙은 성스러울 정도로 정확하게 수행하고 있었다.** 만일 그에게 내일 아주 정반대되는 일을 하라고 한다면, **그는 전날 그가 반대되는 일을 했던 것과 같은 공손함과 세심함을 가지고 그 일을 했을 것이다.**(213, 강조는 필자)

오늘 몰두해서 성심을 다해 했던 일을 내일 완전히 뒤집으라는 지시를 받아도 군말 없이 동일한 〈공손함과 세심함〉으로 그 일을 수행할 수 있는 사람은, 뒤집어 보면 시간을 보내기 위해서라면 〈어떤 일이든〉 할 수 있는 사람에 해당된다. 시간을 보내는 것이 유일한 목적인 행위의 결과나 의미는 정작 시간을 보내는 당사자의 관심 밖에 놓여 있다. 따라서 그 행위가 어떤 것이든, 그 행위의 결과가 어떻게 되든 아무런 상관이 없게 된다. 그뿐만 아니라 규칙만이 있을 뿐 그 어떤 개성도 갖지 않는 아킴 아키미치의 권태는 몰개성화로 귀결될 수 있는 가능성도 담지하고 있다. 바로 여기에 이러한 시간 보내기의 윤리적 문제점과 위험성이 도사린다.

시간을 보내는 행동의 무의미가 주는 공허함으로 인해 오락거리(그것이 소일거리든, 살인이든, 모함이든, 학대나 폭력이든)의 유효 기간이 끝나면 인간은 더욱더 자신을 충족시킬 만한 강력한 대체재를 찾게 된다. 이와 관련하여 석영중은 〈권태의 존재론적 본질은 이렇듯 허무와 맞닿아 있으며, 허무 속의 인간은 자신의 세계와 신을 부정하며 결국 그 가장 깊은 심연에서 자신을 죽이거나 타인을 죽이고 그럼으로써 그리스도교적인 의미에서 신을 죽인다〉(석영중 2021: 71~72)고 언급한다. 그리고 바로 이 지점에서 죄악시되었던 중세의 아케디아가 권태와 중첩된다.

실제로 소설 말미에서 아킴 아키미치를 묘사하는 중요한 키워드가 다름 아닌 〈무관심〉이라는 것은 권태에 사로잡혀 일중독으로 살았던 아킴 아키미치가 종국에는 이 〈무의미〉의 상태에 처해 있음을 방증한다.

이 부류는 완전히 무관심한 죄수들이었다. 완전히 무관심하다는 것은, **자유로운 상태에서 살든 감옥에서 살든 그들에겐 마찬가지란 말이다.** 물론 우리에겐 있지도 않은 일이고, 있을 수도 없는 일이지만, 아킴 아키미치는 예외였다. 그는 심지어 마치 평생을 감옥 안에서 살 것처럼 갖추어 놓고 살고 있었다.(412, 강조는 필자)

수인이라면 누구나 인지하는, 아니 인지할 수밖에 없는 자유 생활과 수감 생활의 차이점조차 깨닫지 못하는 아킴 아키미치의 극도의 무관심과 무신경은 결국 모든 것에 대한 무감각으로 치달으며, 더 나아가 그를 비인간화하고 있다. 아킴 아키미치가 고란치코프에게 〈헤아릴 수 없을 만큼 세찬 우수와 슬픈 기분〉(412)을 전염시킬 수 있었던 까닭도 여기에 있다.

그러나 나는 (……) **살아 있는 인간의 말을 듣고 싶었던 것이다. 함께 우리의 운명을 한탄이라도 하고 싶었다.** (……) [그는] **모든 것을 마치 물이 방울방울 떨어지듯 일률적이고 기계적인 목소리로 이야기하는 것이다.** (……) [그는] 훈장을 받았다는 사실을 이야기하면서도 거의 **아**

무런 감정이 없는 듯했다.(412~413, 강조는 필자)

그것은 그의 **단정한 품행**이 그의 다른 모든 인간적인 품성과 특징과 모든 정열과 바람, 나쁜 것과 좋은 것들을 **흡수**하고 있는 것처럼 보였기 때문이다.(213, 강조는 필자)

이와 같은 무신경과 무감각은 권태로운 사람에게 특징적으로 나타나는 증상이다. 〈영이 육을 지배한〉 희대의 살인마 오를로프, 짐승 같은 가진, 태형 따위에 두려움조차 느끼지 않는 페트로프나 아이를 살해했던 코레네프 등의 묘사 장면에서도 어김없이 〈무신경, 우둔함, 무감각, 냉담함, 무관심〉의 키워드들이 사용되는 것을 보았을 때, 아킴 아키미치의 무신경 또한 마찬가지로 위험한 악으로 발전될 수 있는 것임이 간접적으로 드러나고 있다.

이에 대해 스벤젠L. Svendsen은 〈지루함은 인간성을 무너뜨린다. 사람의 삶을 삶다운 것으로 만드는 의미를 빼앗아 버리기 때문이다. 지루함의 과격함은 자살로도 극복할 수 없을 정도고 오로지 무언가 절대 불가능한 것, 그러니까 아예 존재하지 않는 것 혹은 아예 태어나지 않는 것으로만 극복될 수 있을 정도〉(스벤젠 2005: 39)라고 언급했다. 문제는 이렇게 비인간화가 진행되고 있는 사람은 그 어떤 존재로도 변할 수 있다는 점이다. 아킴 아키미치는 이미 사람을 죽였다. 그리고 그는 자기의 죄를 알

고 있음에도 진정 무엇이 그의 죄인지 인지하지 못하는
상태에 놓여 있다.

그는 자기의 행동이 옳지 않았다는 것을 전적으로
인식하고 있었고, 그것도 공후를 총살하기 전부터 이
미 알고 있었으며, 또한 화평을 서약한 공후들은 마땅
히 법에 따라 처벌해야 한다는 것도 알고 있었다고 내
게 말하기도 했다. 그러나 이러한 것을 알고 있었음에
도 불구하고, 지금 그의 모습을 보면, 그는 마치 자기
의 죄를 결코 하나도 이해할 수 없다고 생각하는 것 같
았다.(54~55)

이렇듯, 아킴 아키미치는 감당할 수 없는 〈시간〉이 강
제적으로 주어짐으로 인해 심각한 권태의 상태에 놓여
있었다. 그 시간들을 보내기 위한 사투 끝에 아킴이 종착
하게 된 일중독과 규칙에 대한 강박은 본질적으로 그 시
간을 내 것으로 만들고자 하는 탐욕의 결과이지 근본적
으로 권태를 해결하는 방법은 아니었다.

일과 여가

이제는 다른 유형의 시간 보내기를 하이데거의 설명을

빌려 살펴보자. 하이데거는 이 유형의 시간 보내기를 설명하기 위해 지인의 저녁 식사에 초대받은 사람의 권태를 예시로 제시한다. 여기에 저녁 식사 자리에 초대받은 한 사람이 있다. 그는 지인들과 대화를 나누고, 맛있는 음식을 먹으며, 웃고 즐기는 가운데도 계속 냅킨을 만지작거리고, 습관적으로 담배를 피워 대며, 하품을 하는 등 전형적인 지루함의 증상들을 나타낸다. 저녁 모임을 만족스럽게 마치고 집으로 돌아간 이 사람은 불현듯 자신이 그 자리를 지루해하고 있었다는 사실을 깨닫게 된다. 그렇다면 이때의 지루함은 시간의 테마와 어떻게 연관되어 있는 것인가?

하이데거에 따르면 그 연관성은 시간을 대하는 태도에서 드러난다. 이 경우 사람은 유한한 시간 중 어느 특정 시간을 자신이 의도한 목적과 행위에 〈내어 준다〉. 다시 말해, 자신이 의도한 행위를 위해 흘러가는 시간을 자신의 곁에 옭아매어 〈시간을 멈추는 길〉을 선택한다. 즉, 이 저녁 자리에서의 시간만큼은 여전히 흐르고 있는 전체 시간 속에서 그 자신에게만 멈춰진 시간인 셈이다. 이때 이 당사자가 갖는 시간 느낌은 결국 〈정체〉이다.

하이데거는 시간을 이렇게 멈추는 행위가 결국 시간을 더욱 근원적으로 잡아 두는 것이라고 주장하고 있다. 즉 이렇게 함으로써 우리는 우리에게 이 시간을 귀속시킨다. 우리는 우리에게만 귀속된 시간을 전체 시간으로부터 우리에게 할당하고 있다. 우리가 우리에게 〈시간을 내는〉 이유는 그 시간을 우리에게 허용하기 위해서다. 이렇게 우리에게 시간을 허용함으로써 우리는 전체 시간 중 〈지금〉이라는 시간을 어떻게든 최대한 늘려 보려고 노력한다.

이때 나타나는 시간 보내기의 방식은 〈저녁 식사〉 그 자체이다. 내가 나에게 시간을 허용했다 해서 내가 시간을 제어할 수 있었던 것이 아니며, 따라서 시간은 여전히 유한한 것이기 때문에 이 과정에도 권태는 어김없이 자리한다. 그리고 이때의 권태는 전자보다 훨씬 더 큰 권태를 몰고 온다. 이때의 시간 보내기가 전자보다 훨씬 더 큰 공허감을 가져다주기 때문이다. 일시적으로 시간을 통제하기 원했고, 시간의 우위에 있기를 원했던 까닭에 그것이 실패했을 때 훨씬 더 큰 무력감이 밀려오는 것이다.

나의 의지와 나의 노력과 관계없이 무정하게 흘러가 버리는 저 절대적인 시간의 연속성을 회피해 보려는 이 두 번째 시간 보내기의 형태는 『죽음의 집의 기록』에 묘사된 성탄절 장면에서 관찰된다. 이때의 시간 보내기는 나에게 〈시간을 내어 주고〉, 흘러가는 시간의 연속선에서 〈지금〉이라는 순간을 늘려 보려 노력하는 일에 집중된다. 문제는 내가 아무리 의식적으로 이 순간을 늘려 본들 절대적 시간 자체는 늘어나는 것이 아니며 멈춰지는 것도 아니라는 사실이다. 내가 나에게 허락한 그 시간에 집중함으로써 인간은 목적했던 대로 자신의 공허함을 채울 수 있는 만족은 얻었을지언정 인간의 존재와 더불어 실존하는 권태를 해소하지는 못한다. 오히려 시간을 자신에게 멈춰 두려 했던 만큼, 또는 흘러가는 시간으로부터 도피하려 했던 만큼 더 짙은 공허감이 밀려오게 된다.

성탄절 장면을 주목해 보자. 성탄절을 맞이하여 죄수들은 그동안 매일 밤 열어 왔던 마이단(도박의 종류)도 치워 버린다. 이전까지 서로에게 무관심 일색이었던 사람들이 서로에게 안부를 묻기도 한다. 또한 동료들과 같이 나눠 먹을 음식을 마련하기 위해 돈을 모아 돼지고기를 사서 요리를 하기도 한다. 이렇게 수인들 각자는 나름의 방법대로 축제 준비에 전념한다. 하지만 죄수들은 자신들이 스스로에게 내어 주기로 작정한 미사의 시간이 종료되자마자 걷잡을 수 없이 밀려오는 공허감에 술을 마셔 대기 시작한다. 그리고 그날의 끝은 한바탕의 아귀다툼으로 마무리되고 만다.

그사이 벌써 저녁 어스름이 깔리기 시작했다. **슬픔과 우수와 악취가 취기와 방탕 사이에 뒤섞여 어렴풋이 나타나고 있었다.** 한 시간 전만 해도 웃고 있던 사람이 끝을 볼 듯 술을 마시고 나서는 어딘가에서 흐느끼고 있었다. 또 어떤 사람은 얼굴이 하얗게 질려서 간신히 두 발로 버티고 서서는 옥사마다 비틀거리며 돌아다니다가 싸움을 걸기도 하였다. 술기운이 올라도 시비를 걸지 않는 사람들은 친구들 앞에서 자기의 감정을 토로하고, 취기의 슬픔을 털어놓으려고 쓸데없이 친구들을 찾아다녔다. 이 불쌍한 사람들은 모두가 다 즐거운 마음으로 이 대재일을 보내고 싶었던 것이다. 그러나, 맙소사! **그러한 사람들에게 이날은 슬프고 힘겨운 날이 아닌가. 모든 사람들은 결국, 이날을 마치 어떤 희망에 속아서 보낸 것과 다름없었다.**(225, 강조는 필자)

태어나는 순간부터 분명한 끝을 향해 살아야 하는 인간은 자신이 처한 유한성 그리고 그 유한성의 원천이 되는 시간의 흐름에 부단히도 맞서려고 한다. 시간을 붙잡아 두고, 시간을 멈추고, 또 그럴 수 있다고 믿는 거짓된 〈희망에 속아서〉 계속해서 주어진 시간들을 그렇게 탕진하게 된다. 바로 여기에서 오는 공허함과 절망이 곧 덧없음, 지루함, 무력감과 연계되어 인간에게 끊임없이 권태의 기분을 일깨워 준다. 그러면 인간은 그 기분을 또다시 없애기 위해 시간과의 사투를 벌이는 것이다. 그러니 〈슬프고 힘겨운 날이 아닌가〉라는 화자의 고백은 인간의 삶에 대한 가장 정확한 지적이 아닐 수 없다.

초월적 권태

하이데거는 『형이상학의 근본 개념들: 세계-유한성-고독』에서 시간성과 권태를 연관 지어 권태를 〈무엇으로 인한 지루함〉, 〈무언가를 함으로써 오는 지루함〉, 〈비인칭 지루함〉, 이렇게 세 가지 유형으로 구분한다. 필자는 이 글에서 〈무엇으로 인한 지루함〉에 아킴 아키미치의 권태를, 〈무언가를 함으로써 오는 지루함〉에 성탄절을 맞이했던 수인들의 권태를 각각 견주어 권태가 담지한 악의 가능성을 해석하였고, 이를 통해 도스토옙스키가 무엇을 경고하는 있는지를 조명했다. 이제 마지막으로 하이데거가 〈비인칭 지루함〉이라고 지칭한 권태의 유형을 페트로프라는 인물을 통해 살펴보고자 한다.

〈비인칭 지루함〉이란 지루함을 느끼는 개인이 가진 그 어떤 원인, 상황, 필요에 따른 것이 아닌 아무 명분 없이 도래하는 지루함이며, 더 나아가 인칭으로 대변될 수 있는 개성이 부재한 상태를 가리킨다. 〈비인칭 지루함〉은 앞서 살펴본 권태의 유형과 달리 시간에 대하여서 전혀 다른 태도를 취한다. 이 경우, 인간은 자신에게 허용된 시간의 선상에서 아예 이탈한 상태에 있다. 다시 말해, 그는 시간의 바깥에 서서 그 시간 속을 관망하려고 한다. 그러나 시간의 흐름에서 벗어난 인간은 존재 자체가 성립되지 않는다. 시간 속에 있을 때라야 인간은 존재할 수 있기 때문이다. 자신의 〈존재함〉을 떠나 버린 상태의 인간은 존재하지 않으므로 개별 주체로서의 자기 자신에게 아무런 관심이 없다. 따라서 세 번째 권태 속에서 인간은 그 어떤 존재로서의 가치를 가질 수 없다. 한마디로 그 자체가 〈비인칭화〉된다.

『죽음의 집의 기록』에도 이러한 권태에 빠진 인물이 등장한다. 바로 페트로프라는 인물이다. 도스토옙스키는 하이데거가 예로서는 설명할 길이 없다고 언급한 이 〈비인칭 지루함〉을 페트로프라는 인물을 통해 매우 직관적으로 그려 내고 있다.

페트로프는 내가 있는 옥사와 **동떨어진 특별실**에 살고 있었기 때문이다. 우리들 사이에는 **아무런 관계도 있을 수 없는 것처럼 보였다.** 공통점이 하나도 없었으며, 있을 수도 없었다.(164, 강조는 필자)

나는 그가 항상 나와 함께 감옥에서 살고 있는 것이 아니라 마치 **어딘가 멀리 떨어진 도시에 살고 있어서** 새로운 소식을 알고 싶어서 나를 방문하기도 하고, 또한 우리 모두가 어떻게 살고 있는가를 보기 위하여 지나는 길에 감옥을 들른 것처럼 생각되었다.(165, 강조는 필자)

위의 두 인용문에서 페트로프를 설명하는 데 있어서

가장 강조되는 특징은 바로 〈동떨어짐〉, 즉 단절성이다. 페트로프를 설명하는 데 할애된 두세 페이지의 분량에서 작가는 계속해서 페트로프가 다른 세계에서 살고 있는 것 같다는 언급을 반복하고 있다. 고랸치코프는 그가 살고 있는 세계가 〈완전한 무위 속〉이라고 언급하며, 계속해서 그가 아무 일도, 아무것도 하지 않고, 모든 것에 무관심하여 모든 것에 냉담하다는 것을 거듭 강조한다.(171)

페트로프는 또한 무서운 체형을 받을 때도 아무런 고통을 느끼지 못한다. 자기가 좋아하는 고랸치코프의 물건을 훔칠 때도 죄책감이라는 것이 없으며, 모두가 들떠 있는 축제일에도 별다른 감흥을 느끼지 못한다. 이 정도까지의 묘사만 보더라도 페트로프가 매우 심각한 권태의 상태에 놓여 있음을 알 수 있다. 그의 이러한 권태의 상태는 우선적으로 그의 시선에서 체감된다.

그러나 그의 시선은 조금 이상한 점이 있었다. 용기와 어떤 조소의 그림자가 담겨 있는 집중된 시선이면서도, **눈앞의 대상을 넘어서 저 먼 곳을 응시하는 그런 시선**이었다. 마치 그의 코앞에 있는 **대상의 뒤편에서 무엇인가 다른 것을, 그리고 더 먼 곳을 바라보려고 애쓰는 것 같았다.**(166, 강조는 필자)

도스토옙스키는 시간의 강에서 이탈하여 그 강 속을

관조하는 인간이 가질 법한 시선을 매우 명확하게 묘사하고 있다. 시간성을 지닌 현존재의 밖에서 존재하길 원하는 인간은 곧 그 자체로서 자기 자신을 부정하는 인간이다. 자신을 부정하는 인간에게 존재함은 아무런 의미를 가질 수 없다. 모든 것에서 의미를 알지 못하는 사람은 거꾸로 말하면 모든 것이 어떻게 되든 상관없는 사람임을 뜻한다. 이를 입증하듯, 고랸치고프는 페트로프를 감옥에서 가장 〈단호한reshitel'yi〉 사람이라고 말한다.

> 페트로프라는 사람은 아마도 제일 **결단력이 있으며 겁이 없는 자**로, 자기 자신에 대한 어떠한 억제도 모르는 인간이라는 확신이 들기도 했다.(169, 강조는 필자)

우리말 〈결단력이 있다〉로 번역된 러시아어 〈레시텔니reshitel'nyi〉는 〈단호한, 결정할 수 있는〉의 의미로도 해석이 가능하다. 여기서 페트로프의 결단력은 심도 있는 고민과 성찰을 통해 결정을 내릴 수 있는 능력을 말하는 것이 아니다. 그는 그저 내키는 대로, 원하는 대로, 마음먹은 대로만 행동하는 사람이다. 따라서 〈생각하지 않음〉에 그의 결단력의 원천이 있다. 페트로프의 대화 방식을 보면 그의 이러한 〈생각하지 않음〉이 여지없이 부각된다.

「당신께 나폴레옹에 관해 물어보고 싶어서 그럽니

다. 그자가 바로 우리 나라에 1812년에 왔던 사람이 아닌가요?」

(……)

「맞습니다.」

「대통령이라고 하던데, 그자는 어떤 사람이지요?」

그는 언제나 **빨리, 단속적으로, 마치 가능하다면 무엇인가에 대해 금방 알아야 한다는 식으로** 물어보곤 했다. 그는 마치 **최소한의 망설임도 용인하지 않는다는 듯이,** 아주 중요한 어떤 사건을 조사하는 것처럼 물었다.

(……)

내가 그런 이런 것이라고 설명을 하고 나면, 페트로프는 내 쪽으로 귀를 기울이면서 재빨리 알아차리고 완전히 이해를 하기라도 한 듯 신중하게 듣고 서 있었다.

「음, 그런데 알렉산드르 페트로비치 씨, 한 가지 더 묻고 싶은데, 팔이 발꿈치까지 닿고 사람만큼이나 키가 큰 그런 원숭이가 있다고들 하던데 사실인가요?」

(……)

「열대 지방에 살고 있어요. 수마트라라는 섬에 있습니다.」

「그게 아메리카에 있는 거지요? 그곳에서는 사람들이 위아래가 바뀐 채로 거꾸로 걸어다닌다고 하던데요?」

(……)

「아 참! 그런데 나는 바로 작년에 아레피예프 부관에게서 빌린 라발리에르 백작 부인에 관한 책을 읽었습니다. 그것은 사실인가요, 아니면 꾸민 이야기인가요? 뒤마라는 사람이 썼다는데요.」

「당연히 꾸며 낸 이야기지요.」

「그래요. 안녕히 계십시오. 고맙습니다.」(167~168, 강조는 필자)

중요한 사건을 조사하는 것처럼 캐묻는 페트로프의 질문들을 살펴보면 실상은 아무런 〈의미〉가 없는 대화임을 인지할 수 있다. 그가 하는 질문들은 나폴레옹에 대한 질문부터 원숭이, 원주민, 뒤마의 소설에 대한 질문에 이르기까지 질문을 던지는 데에만 목적이 있는 질문들이다. 게다가 맥락도 두서도 없는 질문들을 던져 놓고는 그는 정작 고란치코프의 답변 내용 자체에는 일말의 관심도 보이지 않는다. 매우 기형적이며 부자연스러운 이 대화 말고는 페트로프와 〈거의 아무런 말도 나누지 않았다〉(168)고 고란치코프는 기술하고 있다.

작가는 계속해서 질문을 던지는 페트로프의 속도를 의도적으로 강조하고 있는데, 이들 수식어는 모두 그가 뱉는 말의 속도가 빠르다는 데 초점이 맞춰져 있다. 말도 안 되는 쓸모없는 질문만을 던져 대는 아둔한 페트로프가 빠른 두뇌 회전에 힘입어 어떤 말에든지 단속적으로 빠르게 반응할 수 있었던 것이 아니라는 것은 자명하다. 그가 이토록 빠르게 파편적인 질문들을 던질 수 있었던 것은 〈아무 생각이 없었기 때문〉이다.

페트로프가 빠를 수 있었던 이유, 겁이 없고 결단력이 있을 수 있었던 이유는 바로 그가 인간이 구축한 도덕적 세계와 보편적 질서에 연연하지 않을뿐더러 그러한 질서에 대해 생각조차 하지 않았기 때문이다. 〈생각 없음〉은 무섭다. 생각 없는 인간은 무엇이든 될 수 있고 할 수 있기 때문이다. 실제로 그는 마음에 내켰기에 고란치코프 같은 사람의 발을 닦으며 시중을 들어 줄 수 있었다. 또한 내키지 않았기 때문에 태형을 가하려는 소령을 죽이려고 결심했다. 그냥 원했기 때문에 살인도 저질렀다. 깊은 권태에 사로잡혀 자신의 시간을 더 이상 〈시간화〉하지 않는 페트로프는 오로지 욕구만 있는 고깃덩어리로 전락하고 만다. 자신의 시간성을 부정하는 현존재는 결국 한 번도 진정으로 살아 본 적이 없는 존재가 된다. 무관심과 무행동 일변도로 한 번도 진정한 삶을 살아 본 적 없어 사탄에게마저 지옥 출입을 부정당하며 지옥 문턱에서 벌레들에게 끊임없이 고통당하는 벌을 받는 단테의 지옥에서 묘사되는 그 죄인들 중 하나가 바로 페트로프의 모습인 것이다.

시간 안에 있어야만 살아갈 수 있는 존재가 시간 밖으

로의 도피를 꿈꾸며 시간 속을 관망하길 원할 때 자기 부정이 초래된다. 그리고 그것만큼 인간을 비인간화하는 길은 없다. 독실한 그리스도교 신자였던 도스토옙스키의 입장에서 보았을 때, 시간을 부여한 절대적 존재자가 신이라고 한다면 시간으로부터의 도피만큼 신의 영역에 도전하는 일은 또 없을 것이다. 자기 부정과 신이 창조한 세계에 대한 부정, 바로 여기에 도스토옙스키가 지적하고 있는 권태의 가장 큰 위험성이 똬리를 틀고 있는 것이다.

시간 없음

역사적으로 권태는 제왕이나 귀족 들과 같이 먹고사는 문제에 시달리지 않는 계급에 속한 사람들의 낭만적인 전유물로 간주되기도 했다. 그런가 하면, 사람들은 권태가 촉발하는 게으름과 나태를 비생산성과 연결 지으며 반드시 척결해야만 하는 악덕 중 하나로서 다루기도 했다. 권태는 늘 인간과 더불어 있었음에도 불구하고 권태를 인간의 실존적 문제로 간주하고 연구했던 시도들은 중세와 낭만주의 시대에 주로 집중되었었고, 그 이후로는 사실상 오늘날에 이르기까지 드물었던 것이 사실이다.

오늘날에 이르러서는 권태 자체에 대한 문제의식보다는 권태가 유발하는 우울증이나 권태를 몰아내기 위한 〈시간 보내기〉 방법들에 대한 중독증 등 주로 병증에 집중된 연구가 활발해졌다. 또한 권태 몰아내기, 즉 다양한 〈시간 보내기〉 방법의 개발에 초점을 둔 여러 연구들도 비약적으로 증가하고 있다. 그러나 이렇듯 나날이 심화해 가는 〈시간 보내기〉의 방법과 도구 들이 더욱 무시무시한 괴물이 되어 오늘날 현대인들의 삶을 도리어 위협하고 있는 현실을 우리는 또한 목도하고 있다. 일례로, 오늘날 현대 사회가 가진 시간 보내기의 대표적 도구들인 마약과 게임은 재미와 쾌락을 추구하는 도구이자 여가를 보내고 권태를 달래기 위한 수단으로서 나날이 발달되고 있으나, 지나친 경우 중독증을 일으키거나 잘못된 가치관이 정립되는 계기를 제공함으로써 각종 범죄의 원인이 되거나 정서 발달을 저해하고, 더 나아가 인간의 생명에도 위협적인 영향을 미치고 있다.

이러한 맥락을 고려할 때, 권태를 실존적 문제로 파악하고, 더 나아가 권태가 악으로 발전될 수 있는 인간의 취약한 상태라는 것에 주목했던 도스토옙스키의 작품이 지닌 의미는 크다. 도스토옙스키는 자신의 작품을 통해 권태는 죽음과도 같은 실존적 차원의 문제이지 극복하고 해결할 수 있는 문제가 아님을 피력하고 있다.

결국 〈죽음의 집〉은 우리가 사는 세상에 대한 은유이

자 우리가 속한 세상의 축소판이다. 아킴 아키미치의 일 중독, 죄수들의 게으름, 페트로프의 극도의 무감각, 시시코프의 폭력을 비롯한 수인들의 도박, 도둑질, 험담, 이간질, 과도한 음주, 폭력, 살인 등은 권태에 맞서 싸워 보려는 또는 회피해 보려는 우리네 인간들의 다양한 시간 보내기의 방법과 그 결과를 함축하고 있다.

한층 더 나아가 도스토옙스키는 일과 여가, 머리를 비우고 생각하지 않는 시간을 갖는 행위 등이 그 행위만이 목적이 되었을 때 어떤 결과를 야기하는지 적나라하게 보여 주고 있다. 19세기 작가가 오늘날 바쁜 현대인들이 번아웃을 피하기 위해 선택하는 이러한 권장 사항들이 인간에게 위험할 수도 있다는 경종을 울리고 있으니, 도스토옙스키가 가히 예언자라는 타이틀에 걸맞은 통찰력을 갖고 있었다는 데 새삼 동의할 수밖에 없다. 결국 권태에 맞서 싸우려는 모든 시도들이 결국에는 부질없고, 오히려 인간으로 하여금 더욱 깊은 허무를 체감토록 한다는 것도 결국 우리 모두에게 해당되는 이야기인 것이다.

지금까지 우리는 권태가 악으로 발전되는 다양한 양상을 살펴보았다. 특히 권태와 시간의 연관성을 설명하기 위해 하이데거의 〈시간성〉을 근거로 제시하였다. 시간성은 모든 인간에게 주어진 만큼 인간은 시간화에 큰 영향을 받는 권태의 문제를 모두 안고 있다. 권태의 시간성에 초점을 두었기에 이 글에서는 하이데거의 권태 이론을 기준 삼아 권태의 개념을 정리하였다. 물론, 하이데거가 권태를 인간 행동의 〈위대한 전조〉로 간주했던 베냐민W. Benjamin과 공통점을 갖는 주장을 하고 있고 이와 반대로 도스토옙스키는 권태를 〈악의 전조〉로 경고하고 있다는 점에서 하이데거와 도스토옙스키의 관점 간에는 큰 차이점이 있는 것도 사실이다. 그러나 인간의 유한한 시간의 관점에서 하이데거가 이론적으로 분류한 권태의 유형과 그런 유형을 서사적으로 등장인물을 통해 풀어낸 도스토옙스키의 권태에 대한 생각이 일치하고 있기에 이 글에서는 하이데거의 권태 분류와 시간성을 일부 차용하여 권태를 해석하였다.

다만, 『죽음의 집의 기록』에서도 긍정적인 권태라 부르기는 힘들지만 악으로 연결되지는 않는 권태의 모습이 제시되어 있다는 것에 주목할 필요가 있다. 그것은 바로 서두에서 언급했던 고랸치코프의 권태로운 말년에 대한 묘사이다. 인생 말미의 고랸치코프는 주어진 시간 속에서 삶을 살아 내고 있었다. 그는 권태를 벗어나려고도 회피하려고도 하지 않았고 묵묵히 권태 속에서 살아가고 있었다. 인간은 영원을 만들어 낼 수도 또 살아 낼 수도 없지만, 적어도 영원을 추구하면서 그리고 영원에 대한 희망을 걸면서 살아갈 수는 있다. 그런 점에서 야을 쓰며 자신에게 주어진 인생을 연장하려는 일말의 노력도 없이 숨이 다하는 순간까지 신의 섭리대로 자신의 삶을, 자신에게 주어진 시간을, 자신의 죄와 벌을, 고통과 기쁨의 있는 그대로를 끝까지 살아 낸 고랸치코프를 통해 도스토옙스키는 권태에 대한 그의 철학을 우리에게 전달하고 있다. 이로써 작가는 인간이 가진 시간의 한계를 낱낱이 파헤침과 동시에 독자로 하여금 영원성과 그 희망을 고민토록 만든다. 도스토옙스키에게 영원성이란 〈시간 없음〉이었다. 이러한 작가의 관점은 그가 자신의 첫째 부인 마리야의 죽음을 목도하며 남긴 1864년 4월 16일 자 글에서 분명히 체감된다. 그렇기에 이 글의 끝맺음으로 작가의 글보다 더 나은 선택은 없을 것 같다.

그리스도께서도 가르침을 주실 때 이상으로서만 제시하셨다. 세상이 끝날 때까지 투쟁과 발전이 있을 것(칼에 대한 가르침)이라고 그리스도께서도 말씀하셨다. 그것이 곧 자연의 법칙이니까. 왜냐하면 이 땅에서의 삶은 계속해서 발전해 나가는 삶이기 때문이다. 반면, 저곳에서의 존재함은 완전하게 하나로 통합된 존재함, 영원히 기뻐하고 충만할 수 있는 존재함이다. 그곳에서의 존재함에는 〈더 이상 시간은 없을 것이다〉.(PSS 20: 173~174)

IV

노예와 초인

석영중

니체의 오독

니체F. Nietzsche가 도스토옙스키한테서 깊은 감명을 받았다는 것은 비교적 잘 알려진 사실이다. 또 그만큼 오해의 여지도 많은 것이 사실이다. 도스토옙스키는 살아생전에 니체를 전혀 읽지 않았을 뿐 아니라 이름조차 들어보지 못했을 것으로 추정되는데(Lavrin 1969: 160) 이는 도스토옙스키 자신을 위해서 다행한 일이라 아니 할 수 없다. 자신의 소설이 니체의 사상에 영향을 준 것을 알았더라면 도스토옙스키는 아마 무척 화를 냈을 것이다. 사실 도스토옙스키를 사숙하거나 도스토옙스키에게서 영향을 받은 후대인은 셀 수도 없이 많다. 물리학자 아인슈타인에서부터 카뮈를 거쳐 현대의 정치가와 기톨릭 성직자에 이르기까지 어마어마한 수의 지식인들이 도스토옙

스키에게 열광했다. 그러나 그들이 모두 도스토옙스키를
〈제대로〉 이해했는가는 다른 문제이다.

니체의 경우 그는 확실히 도스토옙스키를 〈잘 못〉 이
해했다. 도스토옙스키에 관한 그의 진술 중 가장 유명한
대목을 보자.

도스토옙스키는 내가 무언가를 배운 유일한 심리학
자이다. 그는 내 인생의 멋진 행운 중의 하나이다. 스
탕달을 발견했던 것보다 더 멋진. 이 심오한 인간이 천
박한 독일인을 하찮게 평가한 것은 열 번 지당한 일이
었으며 그는 그가 오랫동안 살았던 시베리아 형무소의
수감자들, 사회로의 복귀 가능성이 더 이상 없어진 중
범죄자들을 자신이 예상했던 바와는 전혀 다르게 느꼈
다. 대략 러시아 땅에서 자라는 것 중에서 가장 최고의
재목이자 가장 강하고 가치 있는 재목으로 만들어진
인간들이라고 느꼈던 것이다.(니체 2002: 186~187)

도스토옙스키의 심리학으로부터 그가 무엇인가를 배
웠다는 것은 충분히 납득할 만한 일이다. 대부분의 다른
사람들도 다 그랬다. 도스토옙스키가 시베리아 감옥의
수인들을 자신이 예상했던 것과는 다른 존재로 느꼈다는
것 또한 맞는 말이다. 귀족 지식인이 사회 밑바닥 족속들
과 함께하면서 겪은 일을 누군들 예상할 수 있었겠는가.

그런데 그다음은 문제다. 〈가장 최고의 재목이자 가장 강하고 가치 있는 재목〉이라는 니체의 말을 읽어 보면 마치 도스토옙스키가 시베리아 죄수들을 러시아에서 가장 훌륭한 인간으로 칭송한 것처럼 들린다. 도스토옙스키는 『카라마조프 씨네 형제들』에서 완벽한 거짓말보다 절반 정도는 진실을 포함한 거짓말, 즉 〈절반의 진실polu-pravda〉이 더 위험하다고 했는데 니체의 경우가 딱 여기 해당된다. 니체는 정말로 『죽음의 집의 기록』을 잘 못 읽었거나 아니면 제대로 읽고도 일부러 그 취지를 왜곡했거나 둘 중의 하나다. 아니면 둘 다인지도 모른다. 즉, 잘 못 읽은 다음 자기 글의 취지에 맞게 내용을 왜곡했을 가능성도 있다. 어쨌거나 그의 지적은 약간의 진실을 포함하지만 결과적으로는 완벽한 거짓보다 더 위험한 거짓말이 되고 말았다. 〈도스토옙스키와 니체〉는 너무 광대하여 이 책에서 꼼꼼히 다룰 수 있는 성질의 주제는 아니다. 이 책에서는 『죽음의 집의 기록』과 관련된 해당 발언에 대해서 구체적으로 살펴보고자 한다. 이는 니체의 오독을 바로잡는 일이자 〈자유인〉에 대한 도스토옙스키의 관념을 이해하는 데 필수적인 일이 될 것이다. 이 장은 앞 장들의 논의와 인용을 여러 차례 반복하게 될 터이므로 일종의 중간 점검으로 읽어 주시기 바란다.

　도스토옙스키는 유배지에서 러시아 각지에서 몰려온 온갖 종류의 악인들을 바라보며 선악의 문제, 자유의 문제를 심리적 차원에서 탐구했다. 이 탐구 과정은 그 자신의 해방 과정과 궤를 같이했다. 당시 도스토옙스키에게 자유의 부재 못지않게 고통스러웠던 것은 강제된 공동생활이었다. 현실에서는 한 번도 마주친 적이 없는 강도와 사기꾼과 살인범 들과 함께 어울려야 하는 생활에서 도스토옙스키가 가장 두려웠던 것은 인간에 대한 믿음과 신뢰를 상실하고 결국 인간 혐오자로 전락해 버리는 일이었다. 그는 인간 혐오자가 되지 않기 위해 발버둥 쳤고 결국 물리적 자유와 함께 증오와 절망의 족쇄로부터의 자유를 얻었다. 도스토옙스키의 유배가 그의 이후 작품에서 그토록 중요한 의미를 갖는 것은 바로 이 때문이다. 선악의 문제, 자유의 문제, 그리고 인간에 대한 사랑의 문제는 유배지에서 그 해결의 씨앗을 품게 되었던 것이다. 모출스키의 다음과 같은 지적은 상황에 대한 정확한 해석이다.

상류 계급과 평민 사이의 괴리는 다수의 민주주의자들이 생각했던 것보다 훨씬 심각했다. 유럽 문명의 영향을 받은 귀족은 서민들에게서 고립된, 너무나 멀리 떨어진 존재였다. 그들에게 신뢰를 얻기 위해서는 길고 결연한 노력이 필요했다. 러시아 각지의 대표자들인 그들은 강도이자 원수였다. 4년 동안 그들은 잔인한 증오심으로 끊임없이 그를 괴롭혔다. 작가는 그들을 사랑하고 그들에게서 사랑을 구했다. 그러나 거의 대부분 끝까지 화해하지 못했다. (……) 그는 분노하지도, 그렇다고 꺾이지도 않았다. 그는 가장 위대한 그리스도교적 겸손을 실현했다. 즉 그는 자기 원수의 편에도 진리가 있으며 그들은 〈유별난 사람들〉이며 그들 안에도 러시아의 영혼이 있음을 인정했다. (……) 유형 생활이라는 혹독한 지옥 속에서 작가는 그 후 영원히 경배하게 될 대상을 발견했다. 그것은 바로 러시아 민중이었다.(모출스키 2000: 278~279)

이것은 니체의 해석과 완전히 다른 얘기다. 도스토옙스키는 악 속에서도 선의 가능성을 찾기 위해 몸부림쳤던 것이지 악을 찬미한 것은 아니다. 그는 흉측한 죄인들에게도 영혼이 있음을 인정한 것이지 그들만이 〈강인하고 위대한 인간〉이라고 추켜세운 것은 아니다. 도스토옙스키는 실제로 지옥을 체험했고 그 체험을 토대로 인간 내면에 공존하는 선악의 문제를 다룬 것이지 니체처럼 책상에 앉아 순전히 머릿속으로만 인간 정신의 관념을 추적한 것은 아니다.

그리고 또 한 가지, 니체는 아무래도 『죽음의 집의 기록』 이후에 출간된 작품은 읽지 않은 것 같다. 『죽음의 집의 기록』은 작가가 이후 걸어가게 될 그리스도교적 지향의 여정의 출발점이다. 유배지에서 그는 두 가지 교훈을 얻었다. 하나는 인간 정신은 그 어떤 조건하에서도 스스로의 자유를 주장하고자 하는 욕구를 포기하지 않는다는 사실이었다. 다른 하나는 사랑과 희생이라고 하는 그리스도교 도덕은 개인과 사회 전반을 위한 궁극의 필요조건이라는 사실이다.(Frank 1988: 33) 도스토옙스키는 유배지에서 진실한 그리스도인으로 거듭났다. 그가 죄수들에게서 영혼을 볼 수 있었던 것도, 훗날 러시아 민중을 숭배하게 된 것도, 그리고 스스로 자유를 찾은 것도 그리스도교의 맥락 안에서만 설명이 가능하다.『죽음의 집의 기록』에 확고하게 각인된 신앙의 여정은 1854년에 도스토옙스키가 지인인 폰비지나 부인에게 보낸 편지에서 드러난다. 옴스크에서 4년간의 중노동형을 마친 직후 쓴 이 편지는 작가의 신앙을 증명하는 자료로서 무수하게 인용되었다.

하느님께서는 저에게 간혹 완벽한 평화의 순간들을 주십니다. 그런 순간이면 저는 사랑하는 마음으로 가득 차게 되고 또 제가 사랑받고 있다는 것을 믿게 됩니다. 그럴 때면 저는 제 나름의 신조를 만들어 냅니다. 그 신조 안에서는 모든 것이 분명하고 신성하게 느껴집니다. 그건 매우 간단합니다. 바로 이런 겁니다. 저는 이 세상에 구세주보다 더 아름답고, 더 심오하고, 더 인정 많고, 더 이성적이고, 더 용감하고, 더 완벽한 존재는 없다는 것을 믿습니다. 저는 질투에 가까운 사랑을 품고 중얼거립니다. 그분과 같은 사람은 없을 뿐아니라 있을 수조차 없다고 말입니다. 저는 심지어 이렇게 말하고 싶습니다. 만일 누군가가 그리스도께서 진리 밖에 계심을 내게 증명한다면, 그리고 진리가 진정코 그리스도를 배제한다면 저는 진리 대신 그리스도와 함께하는 길을 택하겠습니다.

이것은 한 인간의 열렬한 신앙 고백이며 한 소설가가 평생 지니게 될 〈작가 정신〉의 징표이다. 이것은 또한 8년 뒤 단행본으로 출간될 『죽음의 집의 기록』을 비롯한 이후 모든 대작들의 가장 중요한 〈참고 문헌〉이기도 하다. 그러므로 무신론을 자신의 지적, 사상적 정체성으로 표방한 니체가 이 〈참고 문헌〉에 대한 고려 없이, 그리고 이후 작품들에 대한 독서도 없이 도스토옙스키를 자신의 멘토로 여긴 것은 아이러니가 아닐 수 없다.

영원한 노예들

〈죽음의 집〉에서 도스토옙스키는 악을 바로 눈앞에서 볼 수 있었다. 악을 느끼고 만지고 냄새 맡을 수 있었다. 그가 보고 듣고 만진 악의 화신들은 모두 무서운 힘을 소유한 인간들이었다. 육체적으로 건장하고 어마어마한 폭력을 휘두르며 아무런 양심의 가책도 느끼지 못하는 이들은 걸어다니는 악이었다. 이들이 구현하는 악은 두 가지로 구분된다.

첫째는 〈단순한 악〉으로 이것은 구속과 동의어다. 이 〈단순한 악〉을 구현하는 일련의 인물들이 갖는 공통점은 모두 〈육체의 법〉에 종속된다는 점이다. 그들은 무섭고 끔찍하며 법을 밥 먹듯이 어기지만 육체의 요구에 구속되어 있다. 그들은 물리적으로도 〈죄수〉이지만 심리적으로도, 그리고 상징적으로도 죄수다.

우선 작품의 초반부에 언급되는 가진을 예로 들어 보자. 주인공은 이 인물에게서 악의 거대함을 발견한다.

이 가진이란 사람은 무서운 존재였다. 그는 누구에게나 무섭고 고통스러운 인상을 불러일으켰다. 그 사람보다 더 잔인하고 흉물스러운 것은 결코 아무것도 없을 것 같다는 느낌이 줄곧 들곤 했다. (……) 나는 때때로 사람만큼 크고 거대한 거미를 눈앞에서 보고 있는 듯한 느낌을 받았다. (……) 예전에는 그가 단지 재미 삼아 어린아이를 무참하게 죽이길 좋아했다는 이야기도 떠돌고 있었다. 어린아이를 어딘가 한적한 곳으로 데리고 가서 처음에는 놀라게 한 다음, 고통스럽게 만들어 이 어린 제물의 끝없는 공포와 전율을 완전히 즐기고 나서 천천히 조용하게 베어 버린다는 것이다. (……) 그의 행동은 느리고 차분했으며 자신에 차 있는 듯했다. 그렇지만 그의 눈에는 무척이나 영리하고 교활한 것이 나타났다. 그의 얼굴과 미소에는 언제나 거드름과 같은 조소와 잔인함이 서려 있었다.(83~84)

이 끔찍한 살인마는 그러나 약점을 가지고 있다. 그는 감옥 안에서 부유한 술장수로 지내고 있는데 1년에 몇 번가량 음주의 유혹에 굴복한다. 취기가 돌면 그의 모든 본성이 그대로 드러나고 그는 완전히 미친 사람이 되어 무섭게 난동을 부린다. 처음에는 그가 무서워 도망가던 수인들이 마침내 방도를 강구한다. 그들 중 열 명가량의 죄수들이 한꺼번에 그를 덮쳐 그가 정신을 잃을 때까지 두들겨 패어 그 짐승 같은 인간을 제압하는 것이다. 그는 자신이 취하면 초주검이 되도록 얻어맞는다는 것을 알면서도 음주의 유혹에 굴복한다. 그렇게 몇 년이 흐르자 마침내 사람들은 가진이 굴복하기 시작했다는 것을 눈치챈다. 〈그는 이곳저곳의 통증을 호소하기 시작했고 눈에 띄게 쇠약해졌다. 무척이나 자주 병원에 드나들었다.〉(85) 결국 가진은 사악하긴 하지만 음주의 유혹을 뿌리치지 못할 정도로 나약한 인간에 불과하다. 동료 죄수들에 의해 몰매를 맞는 모습은 어딘지 추라하기까지 하다.

이와 유사한 부류의 인간으로 코레네프를 들 수 있다.

주인공이 토볼스크에서 만난 유명한 강도인데 그는 가진 처럼 무시무시하면서 동시에 육체의 법에 완전히 노예처 럼 굴종하는 인물이다.

만일 당신이 미처 그 사람의 이름도 모른 채 그 옆에 서 있다고 한다면, 벌써 당신은 본능적으로도 당신 옆에 무서운 존재가 있다는 것을 예감할 수 있을 것이다. 그러나 정작 그가 나를 놀라게 한 것은 정신적인 우둔함이었다. 육이 그의 모든 영적 특성을 제압하고 있었으므로, 그의 얼굴을 한 번만 보아도 거기에는 오직 육체적 향락의 야수적인 욕망과 정욕과 육욕만이 남아 있을 뿐임을 알 수 있다. 나는 코레네프가 심지어는 눈하나 깜빡거리지 않고 사람을 베어 버리면서도 형벌을 앞두고는 공포로 기가 죽었을 것임을 확신하고 있었다.(96)

형벌에 대한 두려움에 사로잡힌 코레네프는 술에 취해 얻어맞는 가진처럼 초라하고 비천하다. 작품에는 이들과 비슷한 유형의 또 다른 인물이 등장한다. A라는 이니셜로만 지칭되는 이 인물의 추악함은 그가 저지르는 범죄의 맥락이 아닌 그가 결여한 자제심의 맥락에서 설명된다.

그는 인간이 어느 정도까지 추락하고 타락할 수 있는지, 어느 정도까지 자기의 마음속에 있는 모든 도덕적인 감정을 아무런 어려움이나 참회도 없이 죽일 수 있는지를 보여 주는 가장 혐오스러운 예였다. (······) 단언하건대 내 인생에서 A처럼 도덕적으로 완전히 타락하고 철저하게 방탕하며 파렴치한 비굴함을 가진 사람은 한 번도 만난 적이 없다. (······) 감옥 생활을 하는 내내 나의 눈에는, A가 이빨과 위장과 가장 무례하고 가장 짐승 같은 육체적 향락의 억제할 길 없는 욕망을 가진 하나의 고깃덩어리로 보였으며, 이러한 향락 중에서 제일 작고 하찮은 것일지라도 그것을 만족시키기 위해서라면 그는 가장 냉혹한 방법으로 모든 사람들을 죽이고 참살할 것이라는 생각이 들었다. (······) 이것은 내적인 어떠한 규범, 어떠한 계율로도 억제되지 않는 인간의 육체적인 측면이 어디까지 도달할 수 있는가 하는 예일 뿐이다. 그리고 그의 조소 섞인 미소를 바라보는 것이 얼마나 혐오스러웠는지 모른다. 그는 괴물이자 도덕적인 카지모도였다.(126~128)

이들은 모두 법 위에 군림하며 악의 철권을 휘두르는 것처럼 보이지만 살짝 한 꺼풀만 들춰 보면 가장 비굴하고 가장 우매하고 가장 비천한 노예임이 드러난다. 주인공이 지적했듯이 이들은 〈무서운〉 인간들이다. 그러나 그들의 무서움은 어떤 〈힘〉 때문이 아니라 힘의 결여 때문이다. 아무것도 절제하지 못하고, 그 어떤 극기도 이해하지 못하는 인간들은 끔찍하다.

이들 죄수들은 자유의 박탈이라는 점에서 노예 출신의 그리스 철학자 에픽테토스Epiktetos를 생각나게 한다. 에픽테토스는 노예라는 신분과 다리 부상으로 인한 장애에도 불구하고 자유를 설파했고 그 스스로가 자유로운 삶을 향유했다. 그의 가르침을 모은 『엥케이리디온Enkheiridion』의 우리말 번역본에는 〈왕보다 자유로운〉이란 부제가 붙어 있는데 이는 그가 노예였음에도 불구하고 제왕의 자유를 누렸다는 데서 나온 말이다. 물론 왕이란 자유로운 인간의 표상이 결코 아니므로 자유를 말하는 대목에서 거론할 대상은 아니다. 왕은 왕의 자리를 지키기 위해 엄청난 자유의 구속을 감내해야 한다. 때로 왕의 부자유와 노예의 부자유는 한 점에 수렴하기도 한다. 그러나 에픽테토스가 노예였음을 감안한다면 이 표현의 수사적 기능은 충분히 달성되었다고 여겨진다.

에픽테토스의 가르침의 핵심은 그 어떤 외적인 조건에도 불구하고 우리가 어떻게 하면 자유를 획득하고 그 자유를 향유할 것인가에 대한 답이라 요약될 수 있다. 자유에 대한 답을 구하기 위해 에픽테토스는 인간의 존재를 규정하는 두 가지 조건을 구분한다. 하나는 〈우리에게 달려 있는 것〉이고 다른 하나는 〈우리에게 달려 있지 않은 것〉이다. 〈우리에게 달려 있는 것들은 믿음, 충동, 욕구, 혐오, 한마디로 말해서 우리 자신이 행하는 모든 일이다. 반면에 우리에게 달려 있지 않은 것들은 육체, 소유물, 평판, 지위, 한마디로 말해서 우리 자신이 행하지 않는 모든 일이다.〉(에픽테토스 2013: 29~30)

〈우리에게 달려 있는 것들은 본성적으로 자유롭고 훼방받지 않고 방해받지 않지만 우리에게 달려 있지 않은 것들은 무력하고 노예적이고 훼방을 받으며 다른 것들에 속한다.〉(에픽테토스 2013: 30) 에픽테토스가 말하는 〈우리에게 달려 있는 것들〉은 내적인 조건, 즉 〈마음〉이라는 말로 바꿔 말해질 수 있다. 우리가 마음으로 다스릴 수 있는 모든 것들이 여기에 해당된다. 반면에 〈우리에게 달려 있지 않은 것들〉이란 우리 자신의 힘으로는 어쩔 수 없는 것들, 타고난 조건, 우리 의지와 상관없이 후천적으로 주어진 환경, 그리고 성장 과정에서 사회성과 더불어 습득된 삶의 목표 등이다. 우리가 진정으로 자유롭고자 한다면 내적인 것, 즉 〈마음〉이 외적인 것, 즉 〈육신〉을 지배해야 한다. 이 원칙이 도치될 경우 우리는 노예가 된다. 육욕의 노예가 되고 돈과 부와 명성의 노예가 된다. 그래서 에픽테토스는 잘라서 말한다. 〈자유에로 이끄는 유일한 길은 우리에게 달려 있지 않은 것을 경멸하는 일이다.〉(에픽테토스 2013: 49)

앞에서 언급한 3인의 죄수는 에픽테토스의 분류에 따

르면 최하위의 노예라 할 수 있다. 그들에게는 〈마음〉이 없기 때문에 〈자신에게 달려 있지 않은 것들〉 중 가장 사소하고 가장 무의미하고 가장 대수롭지 않은 것조차 억제하거나 절제할 수가 없다. 그들이 처한 현실에서의 부자유한 상황은 사실상 그들의 정신적 노예 상태를 비춰 주는 한 가지 징후일 뿐이다. 그들은 설사 감옥에서 해방된다 하더라도 영원히 노예로 남을 것이다. 그들의 부자유는 순수하게 인격적인 것이다.

권력에의 의지

그러나 주인공이 감옥에서 만난 사람들 중에는 이와는 정반대되는 유형의 인물도 있다. 탈영병이자 유명한 강도였던 오를로프가 그 대표적인 예다. 그는 노인과 아이를 냉혈하게 참살한 극악무도한 살인범인데 무서운 의지력과 자기 힘에 대한 오만한 의식을 가진 사람으로 묘사된다. 그는 태형을 받고 주인공이 있는 병실로 실려 온다. 주인공은 호기심에 차서 이 놀라운 인간을 유심히 관찰한다.

나는 살면서 그처럼 강하고 강철 같은 성격을 가진 사람을 만나 본 적이 없다. (……) 이것은 실제로 육에 대한 영의 완전한 승리였다. 이 사람은 자기 자신을 무제한으로 통제할 수 있었고 어떤 종류의 고통과 형벌도 무시했으며, 이 세상에서 두려워하는 것은 아무것도 없는 듯 보였다. 그에게서는 끝없는 어떤 에너지와 활동의 욕망과 복수의 욕망, 예정된 목적을 달성하려는 욕망을 찾아볼 수 있었다. 게다가 나는 그의 이상스러운 오만함 때문에 당혹스럽기도 했다. 그는 믿기 어려울 만큼 오만하게 모든 것을 바라보았는데, 그것은 일부러 허세를 부리느라 그러는 것이 아니라 자연스러운 것이었다. 나는 어떤 권위를 가지고 그에게 영향력을 미칠 수 있는 존재는 이 세상에 아무것도 없다고 생각한다. 그는 자신을 놀라게 할 수 있는 것이 이 세상에는 결코 없다는 듯이, 모든 것을 예기치 않은 침착함으로 바라보곤 했다. 그는 다른 죄수들이 자신을 존경한다는 듯이 바라보는 것을 아주 잘 이해하고 있었지만 그들 앞에서는 결코 어떤 내색도 보이지 않았다. 하지만 허세와 오만은 예외 없이 거의 모든 죄수들의 특질이기도 하다. (……) 그는 나의 손을 잡았는데, 이것은 그의 관점에서 본다면 깊은 신뢰의 표시였다. 생각해 보면, 그가 그렇게 한 것은 자신과 현재의 순간에 몹시 만족했기 때문이 아닌가 싶다.(96~98)

오를로프는 감옥에 갇힌 몸이지만 그는 세 가지 점에

서 거의 완전한 자유를 획득했다고 볼 수 있다. 첫째, 화자가 정확하게 지적했듯이 이 인간은 〈영〉이 〈육〉을 완전히 제압한 사례다. 이 경우 〈영〉이란 〈무서운 의지력〉으로 바꿔 말해질 수도 있을 것이다. 자유로 향해 가는 첫걸음은 자기 통제력이다. 절제하지 못하는 인간은 언제나 육체의 욕구에 끌려갈 뿐이다. 이 점에서 오를로프는 자유의 길에 들어선 인간이다. 둘째, 두려움의 극복이다. 자유로운 인간은 아무것도 두려워하지 않는다. 두려움이란 자유롭고자 하는 인간이 극복해야 하는 최고의 장애물이다. 여기서 두려움은 물론 죽음에 대한 공포까지 포함한다. 오를로프는 타인의 영향력, 육체의 고통, 죽음에 대한 공포 등 에픽테토스가 말한 〈우리에게 달려 있지 않은 것〉을 모조리 무시한다. 그래서 그는 자유롭다.

세 번째는 타인의 존경심이다. 우리는 자유로운 인간을 존경한다. 우리는 행복한 인간을 부러워하지만 반드시 존경하지는 않는다. 그러나 자유로운 인간에게는 예외 없이 경의를 표한다. 감옥에서도 마찬가지다. 죄수들은 오를로프를 존경한다. 그리고 오를로프는 다른 〈조무래기〉 죄수들의 존경심을 당연한 듯 받아들인다. 오를로프가 태형을 받고 병실에 실려 오자 병실의 다른 죄수들은 시키지도 않았는데 자발적으로 그를 보살핀다.

오를로프는 거의 의식이 없었고, 무척이나 파리해

보였으며, 숱이 많은 칠흑 같은 머리카락은 산발을 하고 있었다. 죄수들은 마치 그가 혈육이나 은인이라도 되는 것처럼 물을 갈아 주고, 다른 방향으로 옮겨 눕히고 약도 주면서 밤새도록 그를 보살폈다.(95)

한마디로 말해서 다른 죄수들은 오를로프가 〈자유로운 인간〉이라는 것을 즉각 알아차렸기 때문에 그에게 그들이 표현할 수 있는 최대의 경의를 표한 것이다. 수인들에게 자유는 그 무엇과도 바꿀 수 없는 가장 고귀한 가치라는 것을 상기해 본다면 그들의 태도는 즉시 이해가 된다. 오를로프 자신도 이것을 알고 있다. 그렇기 때문에 그는 만족해한다. 화자는 그와 헤어질 때의 상황을 이렇게 묘사한다. 〈나와 헤어지면서 그는 나의 손을 잡았는데, 이것은 그의 관점에서 본다면 깊은 신뢰의 표시였다. 생각해 보면, 그가 그렇게 한 것은 자신과 현재의 순간에 몹시 만족했기 때문이 아닌가 싶다.〉(98) 자유를 획득한 사람이 느끼는 충일감 덕분에 오를로프는 태형으로 몸이 만신창이가 되었지만 〈자신과 자신이 처한 현재 상태〉에 대해 지극한 만족감을 느끼는 것이다.

오를로프가 오른 자유의 경지는 선악을 초월한다. 그의 자유에 관해 옳고 그름을 이야기하는 것은 무의미하다. 왜냐하면 그가 구현한 자유는 바로 인간의 본능, 〈자유욕〉이기 때문이다. 생존을 위해 생명체가 자유를 욕구할 때 그것은 좋은 것도 아니고 나쁜 것도 아니다. 오를 로프는 인간을 비롯한 모든 생명체의 본능을 최대로 실현시켜 주었고 그것으로 인해 본인도 만족하고 타인으로부터 존경도 받는 것이다.

　니체가 오를로프에게서 주목한 것도 바로 이러한 자유의 실현이었다. 니체는 오를로프의 자제력, 자기 통제력, 그리고 일체의 외부적 압력으로부터의 자유, 죽음을 비롯한 모든 두려움으로부터의 자유에 주목했고 이를 〈초인〉의 이미지에 접목시켰다. 『차라투스투라는 이렇게 말했다_Also sprach Zarathustra_』에서 니체가 초인의 덕목이라 반복해서 강조하는 것은 자기 극복이다.

　그래서 차라투스트라는 군중을 향해 이렇게 말했다. 「나는 너희에게 초인을 가르친다. 인간은 초극되어야만 할 그 무엇이다. 너희는 인간을 초극하기 위해 무엇을 하였는가? (……) 실로 인간이란 하나의 더러운 강물이다. 스스로 더러워짐 없이 더러운 강물을 받아들일 수 있기 위해 인간은 참으로 바다가 되어야 한다. 보라, 내가 너희에게 초인을 가르친다. 초인은 바다고 그 속에서 너희의 커다란 경멸은 가라앉을 수 있다. 너희가 살아 마주칠 수 있는 가장 위대한 것은 무엇인가? 그것은 커다란 경멸의 시각이다. 너희의 행복도, 또 너희의 이성과 너희의 덕도 혐오스러워지게 되는 시각이

다.」(니체 1984: 52~53)

　여기서 니체가 말하는 〈초극〉이란 자기 통제 혹은 절제의 다른 말이다. 니체가 이어서 촉구하는 경멸, 즉 행복(육신의 안락), 이성(지식), 덕(도덕), 정의(윤리) 등에 대한 경멸 역시 절제의 세부 항목이라 할 수 있다. 이 모든 경멸을 완수한 인간, 초극의 절정에 도달한 인간이 바로 차라투스트라이다. 그는 초인이자, 세상의 잣대로는 설명할 수 없는 광인이며, 세상을 강타하는 번개다. 〈보라, 나는 너희에게 초인을 가르친다. 그가 바로 그 번개이며, 그가 바로 그 광기이다!〉(니체 1984: 54)

　초인의 자기 극복은 후속 저술인 『선악을 넘어서 *Jenseits von Gut und Böse*』에서도 강조된다. 인간은 그 자체가 감옥이므로 여기에서 빠져나오는 자만이 초인이 될 수 있다. 그 무엇에도 매이지 않는 자유가 초인의 조건이다.

　인간은 자신이 홀로 설 수 있는 능력과 스스로를 지배할 수 있는 능력을 타고났는지 알기 위해 적절한 때를 골라 자신을 시험해 봐야 한다. 그 시험이 비록 가장 위험한 게임이고 종국에는 자기 자신밖에는 증인이 되어 주고 재판관이 되어 줄 사람이 없는 그런 시험일지라도 그것을 회피해서는 안 된다. 타인에게 매여서는 안 된다. 가장 사랑하는 사람일지라도. 모든 인간은 감옥이며 밀실이다. 조국에 매여서는 안 된다. (……) 연민에 매여서는 안 된다. 우연히 고귀한 인간이 보기 드문 고통과 곤경에 처해 있는 것을 보게 됐을지라도. 학문에 매여서는 안 된다. 그것이 바로 우리를 위해 쌓아 둔 듯한 가장 귀중한 발견들로 우리를 유혹한다 할지라도. 자기 초월에 매여서는 안 된다. 눈 아래로 더 먼 곳을, 좀 더 새로운 것을 보기 위해 더 높이 비상하려는 욕심을 부리는 새처럼 비상의 함정에 빠져서는 안 된다. 자신의 미덕에 빠져서는 안 된다. 훌륭하고 뛰어난 인간이 겪는 위험 중의 위험은 친절함이라는 부분적인 미덕 때문에 자신의 전체를 희생하는 일이다. 그는 거의 아무렇게나 낭비하듯 스스로를 소모해 버리고 관용의 미덕을 지나치게 강조함으로써 악덕에 가까운 것으로 만들어 버린다. 인간은 스스로를 보조하는 법을 알아야 한다. 그것이 독립성에 대한 가장 어려운 점이다.(니체 1982: 65~66)

니체에 따르면 〈인간은 짐승과 초인 사이에 매인 하나의 밧줄 ─ 심연 위에 매인 하나의 밧줄이다〉.(니체 1984: 54) 그는 심연을 건너 초인이 될 수도 있고 짐승으로 남을 수도 있다. 모든 인간이 초인이 될 수 있는 것은 아니다. 대부분의 인간은 짐승이며 극소수의 초인이 그들을 주도한다. 전자는 무지하고 후자는 지혜로우며 전자는 노예이고 후자는 주인이다. 이러한 역학 관계에서 초인의 자유 의지는 곧 〈권력에의 의지〉로 변환된다.

모든 존재하는 것은 스스로 너희에게 순응하고 굽히지 않으면 안 된다! 너희의 의지가 그러길 바라는 것이다. 모든 존재하는 것은 매끄럽게 되어, 정신의 거울과 그 반영으로서 정신에 종속되어야 한다. 너희 가장 지혜로운 자들이여, 그것이 너희의 의지의 전부로서, 그것은 하나의 권력에의 의지이며, 그리고 너희가 선과 악에 대하여, 가치 평가에 대하여 이야기할 때에도 또한 그러한 것이다. 너희는 또한 너희가 그 앞에 무릎을 꿇을 수 있는 세계를 창조하고자 한다. 그것이 너희의 궁극적 희망이고 도취이다. 무지한 자들, 곧 민중은 한 척의 작은 배가 헤쳐 나가는 강물과 같다. 그리고 그 작은 배 속에는 가치 평가 하는 자들이 엄숙하게 변장을 하고서 앉아 있다.(니체 1984: 154)

권력에의 의지로 전환된 자유는 전투적이고 호전적인 성격을 띤다. 그것은 지배하는 자유이고 그 자유를 획득한 자는 투사이다. 니체는 『우상의 황혼Götzen-Dämmerung』에서 이 점을 분명하게 지적한다.

그러면 자유란 무엇이란 말인가! 자기 책임에의 의

지를 갖는 것. 우리를 분리시키는 거리를 유지하는 것. 노고와 난관과 궁핍과 심지어는 삶에 대해서까지 냉담해지는 것. 자신의 문제를 위해 인간들을, 그리고 자기 자신마저도 희생시킬 준비가 되어 있다는 것. 자유는 남성적 본능, 전투적이고 승리의 기쁨에 찬 본능이 다른 본능들, 이를테면 〈행복 본능〉을 지배하는 것을 의미한다. 자유로워진 인간은, 그리고 자유로워진 정신은 더 말할 것도 없이 소상인과 그리스도교인과 암소와 여자들과 영국인들과 다른 민주주의자들이 꿈꾸는 경멸스러운 복지를 짓밟아 버린다. 자유로운 인간은 전사이다.(니체 2002: 177)

니체가 『차라투스트라는 이렇게 말했다』에서 『우상의 황혼』에 이르는 저술 과정에서 창조한 초인은 결국 극기와 자유와 투지와 지배하는 힘을 특징으로 하며 이 점에서 오를로프의 철학적 변형이라 할 수 있다.

그리스도 안에서의 자유

그러나 도스토옙스키와 니체는 오를로프라는 한 점에서 만나는 동시에 바로 그 점에서 영원히 다른 길로 갈라져 나간다. 니체의 초인은 기존하는 질서를 파괴하고 스스로 선악을 창조하는 자, 곧 전통적인 그리스도교의 하느님 대신 신의 경지에 오른 인간이다. 그리고 니체는 그 초인에 대한 무한한 경외심을 품고서 인류에게 그러한 초인이 될 것을 촉구하고 만일 초인이 될 수 없다면 초인을 숭배하라고 가르친다.

　너희의 가치로부터 보다 강한 힘과 새로운 초극이 자라 나오고, 그것에 의해 알과 알 껍질이 깨진다. 그리고 선악의 창조자가 될 수밖에 없는 자는 진실로, 먼저 파괴자가 되어 여러 가치들을 깨버리지 않으면 안 된다. 이렇게 최고의 악은 최고의 선에 속해 있는 것이다. 그러나 그 선은 창조적인 선이다.(니체 1984: 157)

반면에 도스토옙스키는 독자에게 오를로프를 숭배하라고 가르치지도 않고 그와 같은 인간이 되라고 촉구하지도 않는다. 『죽음의 집의 기록』의 화자는 오를로프에게서 악의 현존을 보았고 경악했다. 무엇보다도 그를 놀라게 한 것은 양심의 철저한 부재였다. 화자가 그의 양심에 대해 호기심을 보이거나 그에게서 어떤 참회의 빛을 찾으려는 낌새를 눈치채면 그는 갑자기 화자를 경멸하듯 쳐다보았다. 그의 얼굴에는 심지어 화자를 가련히 여기는 표정이 깃들기도 했다.(98) 오를로프가 획득한 자유는 인간의 양심까지도 초월하는 자유, 곧, 반휴머니즘적인 자유다. 도덕과 윤리의 초월이 니체에게 초인의 덕목이라면 도스토옙스키에게는 악인의 표징이다. 선의 의지로 조율되지 않은 오를로프의 자유는 〈모든 가치 중의 가치〉가 아니라 그냥 전도된 가치일 뿐이다. 그것은 육의 노예인 다른 죄수들의 부자유와 반대되는 것처럼 보이지만 사실상 그들의 부자유의 뒤집힌 버전이자 그들의 잔혹함의 양적인 증폭이다. 도스토옙스키가 추구했던 진정한 자유는 오를로프의 자유가 아니라 그것과 완전히 다른 차원의 자유, 물리적이고 심리적인 상전이phase transition를 요구하는 자유이다.

도스토옙스키의 자유는 칸트I. Kant를 연상시키는 동시에 칸트를 넘어선다. 칸트에게 자유는 무엇보다도 이성적 주체로서의 인간들이 합의한 도덕법과 그 도덕법에 기초한 정언 명령에 따르는 행위를 의미한다. 그러나 도스토옙스키에게 자유는 도덕보다 더 높은 개념이다. 그것은 칸트의 도덕과 비슷하지만 그것을 뛰어넘는 어떤 것이며, 그 점에서 그리스어의 〈탁월성arete〉을 연상시킨다. 플라톤Platon이 『국가The Republic』에서 여러 번 강조하는 〈아레테〉는 다양한 해석을 허용하는 유연한 개념이지만 한 가지 확실한 것은 이 개념의 근저에 깔린 것은 인간으로서의 의무이다. 키토H. Kitto는 『그리스인들The Greeks』에서 자신에 대한 의무와 탁월성의 관계를 이렇게 요약한다. 〈영웅으로 하여금 영웅적 행위를 하게 하는 원동력은 우리가 생각하는 의무감, 곧 타인에 대한 의무감이 아니라 바로 자신에 대한 의무감이다. 영웅이 추구하는 대상을 우리는 《덕virtue》이라 번역하곤 하지만 그리스 원어로는 《아레테arete》로서 《탁월함》이라는 뜻이다.〉(키토 2008: 89) 〈우리는 플라톤을 읽을 때 이 낱말을 《덕》이라고 번역하는데 그 결과 그 낱말의 모든 향취를 놓치고 만다. 적어도 현대 영어에서 《덕》이란 거의 전적으로 도덕적인 낱말이다. 그러나 《아레테》는 모든 범주에서 무차별적으로 쓰였고 단지 《탁월함》이라는 의미였다.〉(키토 2008: 260) 삶에서의 진정한 승자는 바로 이런 의미에서의 자유, 인간 존재의 탁월함이란 의미에서의 자유를 획득한 사람이다. 그러니까 즉 자유는 인간 정신의 가장 숭고한 것, 가장 위대한 것, 가장 고결한 것에 대한 다른 이름이다. 도스토옙스키가 생각한 자유가 바로 이것이다. 이 자유는 오를로프가 실현시킨 〈자유욕〉과는 다른 차원의 것이다.

도스토옙스키가 창조한 자유로운 악인 오를로프는 니체에게 영감을 주었지만 스스로는 이후 작품들에서 탈진화de-evolution의 과정을 거치면서 점차 소멸해 간다. 『죄와 벌』의 라스콜니코프는 오를로프의 지식인 분신으로 등장하여 스스로가 초인임을 증명하려 하지만 결국 시베리아에서 새로운 세계, 사랑과 용서의 세계에 눈을 뜨고 영혼의 부활을 체험한다. 오를로프는 또한 『악령』에서 속속들이 텅 빈 니힐리스트로 재생되고 『카라마조프 씨네 형제들』에서는 비천한 살인범과 허접한 악마로 재생된다. 이 모든 오를로프의 분신들은 니체의 초인 탄생에 기여했는지 모르지만 결과적으로는 그 초인이 갖는 한계를 극명하게 보여 준다. 도스토옙스키가 추구한 자유인은 오를로프나 오를로프 같은 인간 유형에 기초한 초인이 아니라 그들과 정반대의 길을 걸어가는 인간, 그리스도 안에서의 자유를 향해 가는 인간이다.

도스토옙스키에게 존재하는 것은 오로지 그리스도 안에서의 자유이다. 이 점에서 그는 베르댜예프를 상기시킨다. 베르댜예프는 자유를 신학적인 관점에서 〈발단의 자유〉와 〈종말의 자유〉로 분류한다. 발단의 자유는 불합리한 자유, 선악의 선택을 하는 자유, 결정되지 않은 자유이며 종말의 자유는 최고의 경지에 오른 자유, 이성적인 자유, 목적인 자유, 진리와 신 안에서의 자유다.(베르댜예프 1979: 72~73) 독실한 정교 그리스도교 신앙인이자 신학자이기도 했던 베르댜예프의 이분법을 제대로 이해하려면 「요한의 복음서」 중의 한 구절인 〈진리가 너희를 자유롭게 하리라〉에 대한 깊은 이해가 필요하다. 그러나 그것은 또 다른 글의 주제가 될 것이므로 본 장은 이것으로 마치기로 하겠다.

V

영원을 보다

석영중

이콘의 눈

　도스토옙스키의 소설과 이콘의 관계는 크게 세 가지 차원에서 논의될 수 있다. 첫째, 가장 기본적인 차원에서 인물들은 이콘, 특히 도스토옙스키가 사적으로 가장 경배했던 성모 이콘과 감각적으로 접촉한다. 예를 들어, 『죄와 벌』의 두냐는 루진과의 약혼을 앞두고 카잔의 성모 이콘 앞에서 오랫동안 기도하고, 『악령』의 부랑아 페디카는 성모 이콘에 쥐를 풀어놓고, 「온순한 여자」의 주인공은 이콘을 품에 안은 채 자살한다. 『카라마조프 씨네 형제들』에서 알료샤는 어린 시절 어머니가 이콘 앞에서 기도하던 장면을 기억하고, 표도르는 이콘을 던지고 짓밟는다. 이 모든 경우 이콘은 등장인물의 정체성뿐 아니라 그들을 창조한 저자의 그리스도교 영성을 전달하는 기호가 된다. 퍼스C. Peirce의 구분을 여기에 적용시킨다면 이콘은 도스토옙스키의 소설로 들어와 〈이콘성〉 즉 지각적 닮음을 상실하고 상징으로 전환된다.(Gatrall 2004: 8)

두 번째는 인물에 관한 묘사가 닮음과 비유를 통해 이콘을 상기시키는 방식이다. 예를 들어 『악령』의 절름발이 백치 레뱌드키나는 겸손과 눈물로써 궁극적으로 성모 이콘의 심오한 의미를 전달한다. 『죽음의 집의 기록』에서는 비참하게 죽어 가는 죄수 미하일로프의 〈앙상하게 뼈만 남은 손과 발, 등에 붙은 뱃가죽, 앙상히 드러난 가슴〉(285)이 즉각적으로 그리스도의 책형 이콘을 상기시킨다. 이 경우 시각적 재현에 대한 언어적 재현인 에크프라시스는 뒤집히고 일종의 역-에크프라시스reverse-ekphrasis, 즉 언어적 재현이 이미 존재하는 시각적 재현(이콘)을 역으로 환기하는 현상이 발생한다.

세 번째는 종교화로서의 이콘이 함축하는 시각과 도스토옙스키의(그리고 그가 창조한 인물의) 시각이 연관되는 방식이다. 회화인 동시에 회화를 뛰어넘는 이콘은 세 가지 시각의 복잡한 얽힘을 요구한다. 첫째는 이콘을 그린 화가-성직자가 세계와 거룩한 이미지를 바라보는 시선이고, 둘째는 거룩한 존재의 재현을 바라보는 관자의 시선이다. 이 두 가지 시선은 궁극적으로 세 번째 시선, 즉 이콘 안쪽의 깊은 내부에서 인간과 세계를 바라보는 신의 시선으로 수렴한다. 이콘은 숨겨진 신의 시선과 거기에 수렴하는 인간 시선 간의 〈조율〉을 역원근법이라고 하는 장치로써 해결한다. 본론에서 자세하게 언급하겠지만, 역원근법은 이를테면 인간의 눈이 신의 눈을 흉내 내는 방식과도 같다. 교의적인 〈그리스도의 닮음Imitatio Christi〉이 회화적으로 실현된 것, 요컨대 신학과 미학이 하나로 융해된 것이 곧 이콘이다. 도스토옙스키의 소설은 복잡한 시선의 얽힘을 함축한다는 점에서 이콘에 비견될 만하다. 그의 인물들이 자기 자신과 타인과 세계를 의식하는 방식, 그리고 그것들과 관계를 맺는 방식이 시각적으로 결정된다는 것은 널리 알려진 사실이다.(Young 2021: 118~119) 다른 한편으로, 그의 이미지들이 철저하게 그가 세계를 보는 방식에 의해 결정된다는 것 또한 주지의 사실이다. 그가 세계를 보는 방식은 한마디로 인간 시각의 한계에 대한 인정이라 요약될 수 있다. 〈현실은 인간의 환상이나 상상력이 감지하려는 그 어떤 시도보다도 심오하다. 어떤 현상이 겉으로 아무리 단순해 보인다 할지라도 그것은 무시무시한 신비다. 그 신비는 현실 속에서는 그 어떤 것도 마무리되는 것이 없으며 그 시초를 찾는 것 또한 부질없다는 사실에 기인한다. 모든 것이 흘러가고 또 모든 것이 그대로 존재한다. 그러나 당신은 그 어떤 것도 포착할 수 없다. 당신이 무언가를 포착하고 상상하고 언어로 정의 내리기가 무섭게 그것은 거짓이 되어 버리기 때문이다.〉(PSS 23: 236) 따라서 현실을 제대로 알기 위해서는 인간의 물리적인 시력을 넘어서는 특별한 시각이 필요하다. 그는 이 시각을 세 가지로 설명한다. 예술가는 〈몸의 눈으로glazami telesnymi〉 바라보고, 〈정신의 눈으로glazami dushi〉 바라보고, 〈영적인 눈으로okom dukhovnym〉 바라보아야 한다.(PSS 19: 154) 도스토옙스키는 바로 이 〈영적인 눈으로 바라보는〉 시선의 원칙을 자신의 서사에 적용함으로써 언어 예술인 소설을 시각 예술인 이콘의 대응물로 바라볼 수 있는 여지를 제공한다. 일부 연구자들이 그의 소설을 〈이콘-소설roman-ikona〉, 혹은 〈서사적 이콘narrative icon〉이라 부르는 것도 이 때문이다.

이 장은 이상에서 살펴본 이콘과 도스토옙스키 소설의 연관성을 『죽음의 집의 기록』과 소설 속의 작은 이야기 「아쿨카의 남편」을 통해 구체적으로 논의해 보고자 한다. 이 소설에서 특정 이콘은 한 번도 언급되지 않는다. 서론에서 언급했던 이콘과 인물 간의 감각적 접촉은 발견되지 않는다는 얘기다. 그 대신 서사에 포괄적으로 스며들어 있는 이콘적인(즉 역원근법적인) 시선과 아쿨카라는 여성 인물이 역에크프라시스적으로 환기하는 이콘은 소설 독법의 가능성을 확장시켜 준다. 이 확장된 독법은 그동안 여러 차례 이 소설과 관련하여 논란을 불러일으켰던, 그리고 앞에 등장한 이 책의 저자들이 종종 언급했던 소설의 서론과 본론 간의 괴리를 설명해 줄 수 있을 것으로 기대된다. 그러면 우선 이콘적인 시선을 역원근법에 초점을 맞추어 살펴보고 그것을 토대로 『죽음의 집의 기록』에 나타난 바라봄의 문제를 살펴보기로 하겠다.

시선의 해방

도스토옙스키의 서사 원칙과 이콘의 창작 원칙 간에 상정 가능한 유추적 관계는 무엇보다도 역원근법을 축으로 한다. 원근법의 역사는 고대 그리스 시대로 거슬러 올라간다. 인간의 시야에 들어오는 현실과 진짜 현실 간의 괴리는 고대부터 현재까지 무수한 예술가와 철학자와 수학자와 신학자 들이 우주를 형상화하는 데 출발점이 되었다. 우리가 흔히 원근법이라 부르는 것은 15세기에 부르넬레스키 F. Brunelleschi가 시작한 선 원근법 linear perspective(일점 원근법이라고도 한다)을 지칭하는 것으로 유클리드 광학을 토대로 하는 고대부터 중세까지의 자연 원근법과는 다른 것을 의미한다. 부르넬레스키의 원근법은 3차원 현실을 2차원 평면에 재현하기 위해 물체와 물체 간의 거리를 화면상의 거리가 아닌 깊이로 해결한 일종의 〈눈속임〉 장치다. 요컨대 3차원 물체의 앞쪽과 뒤쪽 사이에 생기는 거리를 단축해서 표현할 때 2차원 화폭에 생기는 깊이감의 착시가 선 원근법의 핵심이다. 그러므로 원근법으로 재현되는 현실은 현실처럼 보이는 환각, 요컨대 〈진짜 현실〉이 아닌 〈시각적 현실〉이다. 파노프스키E. Panovsky에 의하면, 원근법은 〈완전히 합리적인 공간, 즉 무한하고 연속적이며 등질적인 공간의 형성을 보증하기 위해〉 첫째, 관자는 고정된 위치에서 한 눈으로 보고 있어야 하며 둘째, 시각 피라미드의 횡단면을 우리의 시상에 상응하는 재현으로 간주해야 한다는 것을 전제 조건으로 요구한다. 이렇게 무한하고 연속적이며 등질적인 공간, 즉 순수하게 수학적인 공간의 구조는 정신 생리학적 공간의 구조에 철저하게 대립한다.(파노프스키 2014: 10~11)

신학적이고 수학적이며 회화적인 원근법 논의의 시조로 간주되는 파벨 플로렌스키P. Florenskii는 원근법의 이러한 재현 원칙을 통렬하게 비판하면서 그 대안으로 역원근법을 제안한다. 그의 에세이 「역원근법Obratnaia perspektiva」은 이콘의 창작 기법 및 구도에 관해 자세하게 설명하지만 이콘 제작이나 원근법을 뒤집는 기법에 관한 글이라기보다는 원근법이라는 개념에 초점을 맞추어 보는 법을 설명하고 더 나아가 보는 법을 토대로 신의 현존을 암시하는 글이다. 일반적으로, 이콘에 사용되는 역원근법은 시간의 조직과 공간의 조직을 토대로 영원에 관한 신학적 교의를 시각적으로 재현한다.(Antonova 2016: 1~3) 실제로 플로렌스키가 역원근법을 원근법의 반대가 아닌

〈원근법으로부터의 해방osvobozhdenie ot perspektivy〉이라 정의 내리는 것 역시 원근법을 통해 시간을 초월하는 다른 차원의 존재를 말하기 위함이다.(Florenskii 1999-3-1: 52) 플로렌스키에 의하면 회화의 과제는 현실을 복제하는 것이 아니라 그것의 구조, 재료, 그리고 의미에 가장 깊숙이 침투해 들어가는 것이다. 이와 같은 관통은 예술가가 리얼리티와 생생하게 접촉할 때 그의 관상적인 눈에 제공된다.(Florenskii 1999-3-1: 53) 선 원근법은 관통이 아닌 복제에 목표를 두기 때문에 기만적이다. 선 원근법의 문제는 무엇보다도 그것이 실재 세계를 유클리드적이고 3차원적이고 등질적이고 균질한 것으로 생각한다는 데서 출발한다.(Florenskii 1999-3-1: 87) 선 원근법의 주체인 예술가는 절대적인 가치를 보유하는 단일한 시점을 상정하며 그의 한 눈(단안, 오른쪽 눈)이 모든 시선을 제압한다. 한마디로 그는 광학의 중심이다. 이러한 시선의 문제는 그것이 인간의 바라보는 눈을 생명의 기관이 아닌 카메라 오브스쿠라의 고정된 유리 렌즈 정도로, 비전의 그 어떤 정신적인 요소들도 결여하는 기계적인 눈으로 폄하한다는 데에 있다.(Florenskii 1999-3-1: 88)

이러한 기계적이고 비인간적인 비전에 대한 대안으로 플로렌스키가 제시하는 것은 세계와 그 세계 속에 존재하는 대상들을 한꺼번에 동시에 바라보는 방식, 이른바 역원근법이다. 그는 역원근법의 가장 큰 특징을 다중심성raznotsentrennost', polycentredness이라 손꼽는다. 요컨대 여러 각도에서 동시에 각기 다른 시선으로 동일한 물체를 바라보거나 아니면 하나의 시선이 움직이면서 여러 다른 차원을 보되 각각의 시선은 자신의 시각적 중심에서 바라보는 방식이다.(Florenskii 1999-3-1: 48~49) 다중심적인 바라보기는 그의 다른 저술 『관념론의 의미Smysl idealisma: metafizika roda i lika』에서 〈종합성sintetichnost'〉으로 다시 설명된다. 〈예술적 이미지의 실재는 각기 다른 순간에, 각기 다른 각도하에서 주어지는 통각 속에서 융합된다.〉(Florenskii 1999-3-2: 98) 이런 식의 비전은 세계를 바라보는 최고의 방식이자 현상을 전체로서 이해하는 방식이다.(Florenskii 1999-3-2: 110) 사실, 플로렌스키에게 신적 비전의 핵심은 전체로서의 현실을 종합적으로 보는 것에 있다.(Florenskii 1999-3-2: 114~115) 그것은 인간의 생물학적 시각을 넘어서서 4차원의 시공간을 지각할 수 있는 능력으로 불완전한 존재인 인간이 전범으로 삼아야 할 시력이다.

대상을 동시에 바라볼 수 있다는 것은 시선의 주체가 시간성의 지배를 받지 않는다는 뜻이다. 그러므로 신의 동시적 시선은 그의 탈시간성timelessness과 탈공간성spacelessness에 대한 표징이라 할 수 있다. 플로렌스키의 역원근법이 함축하는 탈시간적이고 탈공간적인 신의 비전은 단어와 개념의 중재에 의존하는 인간의 사유 과정을 초월한다.(Antonova 2017: 218) 따라서 일차적으로 공간적인 뒤집힘, 시선의 도치를 의미하는 역원근법은 궁극적으로 신의 무한과 영원에 대한 이콘 화가의 증언이며 그 점에서 역원근법으로 그려진 이콘은 유한한 형상을 통해 무한을 구현하는 회화적 방식이라 요약될 수 있을 것이다. 시간의 차원을 초월하는 신의 시선 속에서 연대기순으로 일어나는 인간의 사건들은 더 이상 순차성이나 인과율의 지배를 받지 않는다. 요컨대 이콘의 화폭에서 암시되는 종합적 비전은 시간을 초월하는 영원한 신이 세계를 지각하는 방식에 대한 공간적 재현이라 말해도 좋을 것이다. 결국 거룩한 이미지를 형상화하는 화가도, 거룩한 이미지 앞에 서 있는 관자도 신의 눈을 모방하는 과정에 초대되는 셈인데 이것이야말로 인간을 신화(테오시스)로 이끄는 가장 강력한 요소 중의 하나이다. (Antonova 2017: 219)

시각적이고 동시적인 서사

『죽음의 집의 기록』은 비전으로 충만해 있다. 서술자이자 주인공인 고랸치코프의 과제는 그가 상상했던 것 이상으로 본다는 행위에 함몰되어 있다. 그에게 본다는 것은 인지를 넘어서는 인지 행위, 결정적으로 〈영성적인

노력〉이다.(Bagby 1986: 142) 〈이 영성적인 노력〉은 도
스토옙스키로 하여금 이콘의 동시적 비전을 다양한 방식
으로 구현하도록 유도한다. 소설은 일종의 프레임에 해
당하는 서문과 소설에 해당하는 본문으로 구성되어 있
다. 본문은 첫머리에서부터 시간과 공간과 바라봄의 역
학 관계를 제시한다.

종종 혹시 뭐라도 **보일까 하여** 울타리 틈새로 신이 창
조한 세계를 **바라볼** 때가 있었다. 하지만 결국 하늘 가
장자리 한 조각과 높다란 토성 그리고 그 위를 밤낮으
로 오가는 보초병들만 **보게 될 뿐이었다.** 그럴 때면 이런
생각이 문득 들었다. 수년의 세월이 흐른 뒤에도 나는
똑같이 이 울타리의 틈새를 **들여다보게 될** 것이고, **똑같
은** 토성과 **똑같은** 보초병들과 **똑같은** 작디작은 하늘 가
장자리 한 조각을, 그러나 감옥 위에 있는 그 하늘이
아니라 **다른** 하늘, 멀리 있는 저 자유의 하늘 한 조각을
계속 **보게 될 것이라는** 생각 말이다.(19, 강조는 필자)

이 짧은 도입문에서 〈보다〉 동사가 다섯 번이나 반복
된다는 사실을 무시하는 것은 거의 불가능하다. 서술자
고랸치코프는 마치 구식 카메라 오브스쿠라 안에 들어가
서 렌즈를 통해 비춰지는 세계를 보듯 요새에 유폐된 채
담장에 뚫린 틈새로 세계를 바라보고 또 미래에 바라보

게 될 세계를 예측한다. 여기서 흥미로운 것은 그의 바라
봄이 시간성과 긴밀하게 얽혀 있다는 사실이다. 시간과
관련된 표현들은 〈보다〉 동사 못지않게 여러 차례 반복
된다. 〈밤과 낮〉, 〈수년의 세월〉 등 직접적인 시간의 단위
뿐 아니라 두 번 언급되는 〈보초병〉에 포함된 〈시간chas〉
은 이 대목이 시간성으로 포화되어 있음을 확연하게 보
여 준다. 결국 소설의 첫 문단은 〈인간이 시간 속에서 세
계를 바라보는 것〉으로 압축할 수 있다. 여기서 고랸치코
프가 바라보는 방식은 카메라 오브스쿠라로 대표되는 선
원근법적 시각을 분쇄한다. 그의 시선은 선 원근법의 관
자처럼 고정되어 있으며 그가 보는 세계는 3차원의 〈동
일한〉 부동의 세계이다. 그러나 불특정한 시간(여러 해의
세월)이 지난 후 그가 똑같은 틈새(렌즈)를 통해 동일한
토성과 동일한 보초병과 동일한 하늘을 바라보게 될 때
지상의 모습은 동일할 것이지만 하늘은 〈다른〉 하늘이
다. 여기서 서술자가 네 번 반복되는 〈똑같은〉에 이어
〈다른〉을 언급하는 것은 소설 전체에 대한 복선이다. 흘
러가는 시간 속에서 여전히 요새 안에 감금되어 있으면
서도 동일한 하늘과 다른 하늘을 동시에 바라볼 수 있는
서술자의 시각은 궁극적으로 이콘적 시각을 암시하는 것
이다.

　첫 문단의 시각적 동시성은 소설이 거의 끝나 갈 무렵
서사적 동시성과 맞물린다. 서술자는 자신이 쓴 유배지

회고록이 시간성을 따르지 않았다고 못 박는다.

감옥에서 보낸 모든 세월, 모든 생활을 기록해야 하는가? 그렇게 생각하지 않는다. 만약 순서대로 계속해서 일어난 모든 일과 이 시기에 내가 보고 경험한 모든 것을 기록한다면 아마도 지금까지 쓴 것보다 세 배, 네 배나 더 많은 페이지들을 써야 할 것이다. 그러나 그런 기록들은 결국 너무나 **단조로운** 것이 될 것이다. (……) 나는 우리 감옥 전체와 내가 이 시기에 경험했던 모든 것을 **한눈에 보이는 선명한 한 폭의 그림**으로 제시하고 싶었다. 그러나 이 목적을 달성했는지는 모르겠다. 그리고 어떤 의미에서 이것은 내가 판단할 수 있는 것이 아니다. 그러나 여기서 끝내도 좋다고 생각한다.(434, 강조는 필자)

물리학의 관점에서 볼 때, 동시성을 경험하려면 시간을 확장시켜야 한다. 그러나 우리가 속한 3차원 세계에서는 시간을 확장시킬 수 없으므로 동시성의 경험은 사실상 불가능하다. 모든 사람이 똑같이 체험할 수 있는, 각 개인의 움직임과 상관없이 동일하게 측정되는 절대 시간은 존재하지 않기 때문이다. 그래서 이론적으로 시간을 팽창시켜 여러 위치에서 본 것을 종합한 것이 곧 동시성 개념이다.(박우찬 2002: 105) 특히 서사와 관련하여 언급되는 동시성은 사실상 은유 이상이 되기 어렵다. 엄밀히 말해서 시간 순서대로 일어난 사건들을 〈한눈에 보이는 선명한 한 폭의 그림〉 속에 묘사할 수 있는 장르는 이콘밖에 없다. 여기서 서술자가 주장하고 있는 것은 그러므로 기술 방식이라기보다는 바라보는 방식이라고 하는 편이 옳을 것이다. 〈단조롭다〉라고 번역되는 원문의 〈odnoobrazno〉가 어원적으로 〈한 개의 이미지〉를 의미한다는 것은 그만큼 고랸치코프의 서사 의도가 시각성과 연결된다는 사실을 말해 준다.

고랸치코프의 〈한 폭의 그림〉에 담긴 서사 의도는 신적 바라봄을 환기시킨다. 원근법의 왜곡에 의존하는 이콘은 신의 편재를 상상하는 인간 정신의 능력에 대한 은유이자 신을 온전히 감각할 수 없는 정신의 불능에 대한 은유이기도 하다. 이 환각적인 이미지는 인간의 제한된 원근법과 신의 무한한 시야 간의 간극 위에 존재한다.(Cunnar 2012[1990]: 330) 바로 이 간극 덕분에 교리를 축으로 이콘과 언어 예술 간의 상호 치환이 가능해지며 타락, 구원 같은 신학적 관념들 또한 원근법의 코드로 전달 가능해지는 것이다. 예를 들어, 역원근법이 신적인 바라봄의 은유라면 인간의 타락이란 역원근법(혹은 탈원근법적) 비전에서 선 원근법에 뿌리내린 비전으로 이동하는 것이라 정의될 수도 있다.(Stuchebrukhov 2021: 47)

신적인 동시성을 모방하는 시선은 프레임에 해당되는

서문에서 가장 극명하게 드러난다. 서문은 가상의 편집
자가 고란치코프의 수기(소설의 본문)를 소개하는 글이
다. 유배를 마친 고란치코프는 시베리아의 작은 마을에
정착해서 고독하게 살다가 병으로 죽는다. 평소에 그를
흥미롭게 생각하던 이웃 남자(편집자)가 그의 유품을 정
리하다 발견한 공책을 책으로 출간한 것이 일인칭 전기
적 소설 『죽음의 집의 기록』이다. 그동안 서문과 관련하
여 집요하게 제기되었던 문제는 서문에서 편집자-서술
자의 글로써 묘사되는 고란치코프와 본문의 말미에서 고
란치코프 자신의 글로써 묘사되는 고란치코프 간의 괴리
다. 본문의 마지막을 장식하는 고란치코프의 출옥 장면
은 자유와 희망으로 넘쳐난다. 〈그렇다, 하느님의 은총과
함께! 자유, 새로운 생활, 죽음으로부터의 부활…… 이
얼마나 영광스러운 순간인가!〉(457) 그러나 서문의 편집
자-서술자가 묘사하는 출옥 후의 고란치코프는 활력과
는 동떨어진 모습을 보여 준다. 그는 심각한 인간 혐오와
대인 기피 증세를 보이며 생존을 위한 최소한의 행위 외
에는 모든 인간적인 접촉을 거부한다. 고독 속에서 약사
한번 부르지 않고 세상을 떠나는 주인공의 모습은 갱생
이나 부활과는 전혀 상관이 없어 보인다.

그러나 바라보는 방식에 포커스를 맞추면 서문과 본문
은 한 가지 현상에 대한 두 개의 동등한 측면처럼 읽힐
수 있다. 서문은 도스토옙스키적인 이중적 텍스트의 거

의 완벽한 전범이라 할 수 있다. 단, 여기서 이중성은 이중적인 담화가 아닌 이중적인 시선으로 실현된다. 텍스트에 동시적으로 개입하는 두 가지 상반되는 시선은 궁극적으로 서문을 이콘적인 〈장면〉으로 읽을 수 있는 여지를 제공한다. 우선, 서문의 배경인 시베리아 도시는 전적으로 편집자-서술자의 시선에서 기술된다. 편집자의 세속적이고 타산적인 시각에서 볼 때 도시는 〈즐겁고 만족스러운〉 공간이다. 〈더할 나위 없이 훌륭한 기후, 손님을 환대하는 부유한 거상〉들이 있는 이곳은 술과 음식과 여자와 물질적 〈이득〉의 언어로 요약된다. 〈아가씨들은 장미처럼 피어나고 샴페인은 과도하게 흘러넘치고 철갑상어 알은 놀랄 만큼 맛있고 수확은 장소에 따라 뿌린 것의 열다섯 배도 가능하다.〉 여기서 〈아가씨〉와 〈샴페인〉에 이어서 언급되는 〈수확〉이 단지 토지 경작에만 적용되는 단어가 아님은 맥락상 자명하다. 이 모든 〈수확〉을 하나로 연결해 주는 것은 〈이용〉 능력이다. 〈오직 그것을 이용할 수만 있으면 된다. 시베리아에서는 그것을 이용할 수 있는 것이다.〉 보통의 독자라면 별 어려움 없이 이 대목의 〈이용〉을 〈착취〉로 이해할 것이다. 요컨대 이 오지의 낙원에서 낙원성의 지표가 되는 것은 물질적인 풍요와 그것을 마음껏 이용하고 착취할 수 있는 인간의 탐욕이다. 땅도 인간도 선도 모두 이용이 대상이므로 이른바 〈가성비〉만이 판단의 척도가 된다. 그래서 이곳 사람들은 보수가 싸기만 하면 아무리 흉악한 유형수라도 자식의 가정 교사로 〈이용〉한다. 고란치코프 역시 살인죄로 형을 살고 나왔다는 것이 다 알려져 있음에도 딸이 여럿 있는 집의 가정 교사로 무리 없이 고용된다. 편집자-서술자 또한 고란치코프가 〈청원서 등을 쓸 수 있는 유용한 사람〉이 될 가능성이 있으므로 그에게 관심을 보이며 그가 사망하자 무언가 〈돈이 될 만한 것〉을 찾기 위해 하숙집 주인에게 돈 몇 푼을 뇌물로 주고 그의 유품을 가로챈다.

이 도시를 물질만능주의적인 〈낙원〉으로 묘사하는 편집자는 인간과 세계의 껍질을 관통해서 바라보는 것을 거부한다. 루이스 백비L. Bagby의 예리한 지적처럼, 서문은 첫 문장부터 시선의 문제를 제기한다.

궁벽한 시베리아의 오지, 스텝과 산 들과 혹은 전인미답의 숲들 사이에는 이따금씩 작은 도시들이 눈에 띈다. 1천 또는 많아야 2천 정도의 주민들이 사는 목조로 된 초라한 도시다.(9)

여기서 서술자가 이 도시를 묘사하기 위해 사용하는 두 개의 단어는 〈통과 불능〉의 의미를 전달한다. 러시아어 〈전인미답neprokhodimykh〉은 문자 그대로 〈통해서 갈 수 없는〉을 의미한다. 우리말로 〈초라한, 보잘것없는〉이라 번역되는 단어 〈nevzrachnye〉의 경우, 어원적으로 말하자면 〈ne + v + zrachok〉, 즉 〈동공을 통하지 않는〉을 의미한다. 요컨대 이 도시는 애초부터 서술자에게 〈꿰뚫어 보기〉가 불가능한 공간, 속속들이 들여다볼 수 없는 공간이므로 그는 풍요로운 껍질에 안주하며 그 내면을 들여다보려는 시도조차 하지 않는다.(Bagby 1986: 144)

편집자의 시선과 대립하면서 또 그것과 동시에 존재하는 것은 고랸치코프의 뚫어지게 바라보는 시선이다. 서문에 등장하는 고랸치코프는 이 도시에 대해서나 주변 인물에 대해서나 거의 한마디도 하지 않고 오로지 바라보기만 한다. 그와 어떻게든 관계를 트려고 하는 편집자에 대해서도 시선만으로 대응한다. 〈만일 당신이 그 사람과 몇 마디 말이라도 나눈다고 가정해 본다면 그는 당신을 뚫어져라 주의 깊게 바라보며, 당신의 모든 말을 마치 그 말에 심사숙고라도 하는 듯이 극히 공손한 태도로 경청하고 있으리라.〉(12) 그와 편집자와의 짧은 만남에서 지루할 정도로 반복되는 것은 고랸치코프의 시선이다. 〈그는 마치 경악하는 듯한 시선으로 나를 쳐다보았다.〉 〈그는 완전히 정신이 나간 듯 의자에서 벌떡 일어나 나를 노려보았다.〉 〈그는 주의 깊게 나의 모든 시선을 뒤좇았다.〉 〈그는 증오에 가득 찬 시선으로 나를 쳐다보고 있었다.〉(14) 〈그는 잠자코 나의 말에만 귀를 기울일 뿐 나의 눈동자를 이상하다는 듯이 바라보고 있어서 마침내 나는

말하는 것이 무안해졌다.〉(15)

고랸치코프가 꿰뚫어 본 시베리아 도시는 영적인 자유의 공간도 갱생의 공간도 아니다. 물질만능주의와 착취로 포장된 그곳은 법적으로만 유형지가 아닐 뿐 도덕적으로나 심리적으로나 유형지와 동일하게 〈살아 있으나 죽은 집〉이다. 고랸치코프의 통찰력에 경악과 증오가 더해질 때 편집자가 기술한 〈낙원〉은 지옥의 동의어로 전이된다. 그것은 순차적인 의미에서 〈죽음의 집〉 이후의 새로운 삶의 공간이 아니라 〈죽음의 집〉과 동시에 존재하는 또 하나의 죽음의 집이다. 이렇게 볼 때 서문의 마지막 부분에서 편집자가 고랸치코프의 노트에 붙인 제목은 의미심장하다. 원래 고랸치코프는 자신의 기록을 〈죽음의 집의 장면〉이라고 적어 놓았지만 편집자는 그것을 〈죽음의 집의 기록〉이라는 제목으로 발표한다. 편집자는 동시적이고 공간적인 고랸치코프의 〈장면〉을 시간적이고 언어적인 〈기록〉으로 대체함으로써 이 소설을 받쳐주는 두 개의 대립적인 시선을 공고히 한다.

수난의 표징

「아쿨카의 남편」은 소설 2부 4장에 삽입된 독립적인 스토리로 〈한 편의 이야기〉라는 부제와 함께 소개된다.

제목에 사람 이름이 명시된 장은 「페트로프」, 「루치카」, 「이사이 포미치」 등 세 편이 더 있지만 「아쿨카의 남편」 은 이것들과 본질적으로 성격을 달리한다. 다른 장들이 실제로 등장하는 인물의 이름을 포함하는 데 반해 2부 4장은 등장인물의 아내 이름을 포함한다. 그리고 다른 장들이 서사의 흐름 속에서 순차적으로 소개되는 데 반해 이 장은 〈한 편의 이야기〉라는 부제 덕분에 〈서사 속의 서사〉, 〈스토리 속의 스토리〉로 자리매김된다. 그러나 이 모든 독립적인 특성에도 불구하고 「아쿨카의 남편」은 소설 전체를 조망하는 동시에 소설의 전체성에 의해 조망된다.(Lundbrad 2012: 293) 그만큼 이 짧은 스토리에 걸려 있는 의미는 어마어마하다는 뜻이다.

　「아쿨카의 남편」은 서술자가 병원 침상에 누워 있는 상황에서 부지불식간에 듣게 된 옆자리 죄수와 병사 간의 잡담을 옮겨 놓은 것이다. 교정대에서 온 50대 병사 체레빈은 〈무뚝뚝하고 유식한 척을 하며 자만심 강한 바보〉이며 그에게 이야기를 들려주는 〈아쿨카의 남편〉은 시시코프라는 이름의 전직 재봉소 직원으로 같은 죄수들 사이에서도 수시로 구타당하고 멸시받는 〈겁 많고 유약한 청년〉이다. 그가 체레빈에게 들려주는 아쿨카 살해 과정은 지옥의 심연, 〈어둠의 핵〉을 방불케 한다. 점잖은 가정의 딸 아쿨카는 마을 건달 필카의 모함을 받아 〈헤픈 여자〉라는 낙인이 찍힌다. 필카는 그녀를 너무나 사랑한

나머지 그녀와 부유한 상인의 혼사를 방해하기 위해 거
짓말을 한 것이다. 그녀의 〈경건한〉 부모는 집안의 수치
가 된 딸에게 〈옛날 같으면 장작불에 태워 죽였을 거다〉
라 윽박지르며 매질을 한다. 아버지는 딸을 잔인하게 체
벌한 뒤 지참금과 함께 시시코프라는 또 다른 건달에게
시집보낸다. 시시코프는 첫날밤에 아쿨카가 순결하다는
사실을 알았음에도 불구하고 습관적으로 그녀를 폭행하
고 학대한다. 어느 날 입대하는 필카가 아쿨카에게 사랑
을 고백하는 장면을 본 시시코프는 그녀를 숲으로 끌고
가 칼로 목을 베어 살해한다.

이 소름 끼치는 폭력과 야만과 악에 관한 스토리는 두
가지 점에서 이콘과 결부된다. 첫째는 아쿨카와 이콘의
〈닮음〉이고 두 번째는 동시성의 원칙이다. 우선 첫 번째
〈닮음〉부터 살펴보자.『죽음의 집의 기록』에서 특정 이콘
은 한 번도 언급되지 않는다. 그럼에도 연구자들은 소설
에서 유추 가능한 몇몇 이콘을 추적해 냈다. 예를 들어,
죄수들의 연극 상연에 함축된 용서와 사면의 관념은 성
모 마리아 이콘「모든 창조물이 당신을 기뻐하나이다o
Tebe raduetsia」를 상기시키며, 거의 해골처럼 되어 사망하는
죄수 미하일로프의 모습은 그리스도의 책형 이콘과 중첩
된다.(Ossorgin 1999: 84) 또 목욕탕에서 페트로프가 고
랸치코프의 발을 씻겨 주는 장면은 노브고로드 성 소피
야 대성당 성화대의 그리스도 수난화 시리즈에 포함된

〈세족례〉라는 제목의 이콘을 연상시킨다.(Kasatkina 2007:147)

아쿨카와 관련해서도 많은 연구자들이 그녀가 이콘을 상기시킨다는 사실에 동의한다. 그녀와 이콘의 〈닮음〉을 가능하게 해주는 것은 무엇보다도 커다란 눈과 침묵이다. 그녀는 온갖 학대와 오해에도 불구하고 거의 한마디도 하지 않으며 오로지 커다란 두 눈으로 상대방을 바라볼 뿐이다.

그녀는 눈을 크게 뜨고 나를 빤히 쳐다보면서 나뭇잎 떨듯 부르르 떨더군요.(337)

그녀는 얼굴에 핏기 하나 없이 창백한 얼굴로 앉아 있었습니다. 긴장하고 있었던 거죠. 머리칼까지도 흰 아마처럼 하얗게 보일 지경이었어요. 눈을 크게 뜨고는 말이 없었어요. 숨소리도 들리지 않더군요. 마치 벙어리와 함께 있는 듯했어요.(339)

그녀는 침대에 앉은 채 나를 보면서, 두 손을 내 어깨에 포개더니 웃는 얼굴로 눈물을 흘리더군요.(340)

때리지 않으면 무료했어요. 그녀는 늘 말없이 앉아 창문을 바라보며 울곤 했어요.(342)

심지어 남편이 그녀를 죽이겠노라고 말할 때조차 아쿨카는 아무런 저항도 없이 그냥 바라본다. 〈내가 말을 세우고 《일어나 아쿨카, 너의 마지막이 왔어》라고 말하자 그녀는 놀란 듯 나를 바라보더니 이내 아무 말도 없이 내 앞에 서더군요.〉(344)

이렇게 비현실적으로 그려지는 아쿨카는 그 자체로서 이콘에 새겨진 온유와 묵종을 암시하는 동시에 이콘 속의 마돈나처럼 영적인 미의 완벽한 체현으로 부상한다.(Jackson 1981: 92~93) 그녀의 금발과 커다란 두 눈을 근거로 어느 연구자는 아쿨카의 원형은 고대 이콘 「금발의 천사Angel zlatye vlasy」일 거라는 추측까지 한다.(Kanevskaia 1999: 83)

아쿨카의 이콘적 이미지는 서사 내부에서도 확인된다. 〈필카가 《네 여편네는 남에게 보이기 위한 견본품이야》라고 말하더군요.〉(341) 〈U tebia, govorit, zhena dlia modeli, chtoby liudi gliadeli.〉(PSS 4: 170~171) 〈모델〉은 경배의 대상도 될 수 있고 구경거리도, 조롱거리도 될 수 있다. 「아쿨카의 남편」에 등장하는 인물들은 모두 그녀를 구경의 대상으로 한정한다. 그녀를 구타하고 폭행하고 살해하는 시시코프는 물론이거니와 그녀의 대문에 타르 칠을 하는 필카와 그녀의 타락을 기정사실화하는 동네 사람들, 그리고 집 안에 이콘을 모셔 두고도 도덕의 이름으로 딸의 학대에 동참하는 그녀의 부모 모두에게 아쿨카는 가학적인 폭력의 대상일 뿐이다. 그러나 아이러니하게도 침묵하는 아쿨카의 이콘적 이미지를 완성하는 것은 다름 아닌 살인범 시시코프다. 시시코프가 아쿨카를 살해하는 방식은 번제물의 희생 의식을 즉각적으로 상기시키기 때문이다. 〈머리채를 잡은 채 뒤에서 두 무릎으로 그녀를 누르고 칼을 꺼내서 그녀의 얼굴을 뒤로 젖힌 후 목을 베어 버렸지요…….. 그녀는 비명을 질렀고 피가 솟구쳐 올랐습니다.〉(344) 바로 이 대목에서 아쿨카는 철저하게 시각적인 차원에서 그리스도교 신학의 핵심인 〈죄 없이 희생당하는 하느님의 어린양〉에 중첩된다. 그녀는 앞에서 언급한 특정 이콘이나 성모 이콘의 영역을 뛰어넘어 그리스도 수난과 희생의 원형적 이미지가 되는 것이다.

한편, 아쿨카는 단순히 유사와 인접의 원칙에 따라 시각적으로 원형을 상기시키는 단계를 뛰어넘어 훨씬 복잡한 동시성의 차원에서 이콘과 연관된다. 여기서 문제가 되는 것은 아쿨카 이야기가 수반하는 역에크프라시스의 과정이다. 주지하다시피, 에크프라시스는 언어적 재현 양식과 시각적 재현 양식 간의 긴장, 시간 속에서 진행되는 서사의 운동과 공간 속에 고정된 오브제 간의 긴장, 시적인 소리와 침묵하는 이미지 간의 긴장 위에 조성된다.(Milkova 2016: 153) 서사적인 텍스트의 입장에서 본다면 텍스트는 에크프라시스라는 일종의 공간 안에서 자신의 기호적 타자와 조우하는 셈이다.(Milkova 2016: 153, 재인용) 그러나 에크프라시스는 거의 언제나 서사의 권위를 재확인한다는 점에 그 의의를 두며 이를 위해 모종의 〈프레임〉을 필요로 한다. 〈텍스트는 프레임 안에 들어 있는 예술품으로서의 이미지가 갖는 힘을 환기하기 위해 명시적이건 암시적이건 적절한 경계선의 힘에 의존한다.〉(Milkova 2016: 153) 요컨대 문학 작품 속에서 특정 그림이나 스케치를 설명할 때 해당 작품은 서사의 일부임에도 불구하고 자신이 서사에 용해되지 않는 특별한 영역을 가진다는 것을 주장하기 위해 프레임을 요구한다는 얘기다. 오브제로서의 프레임(즉 그림과 마찬가지로 실물인 프레임)은 에크프라시스적인 텍스트에서 예술품을 예술품으로 확보한 뒤 예술품을 서사 행위에 종속시킴으로써 언어 텍스트의 권위를 회복시켜 준다.(Milkova 2016: 153)

그러나 도스토옙스키는 소설에서 반대의 과정, 즉 언어적 재현(아쿨카 스토리)에 대한 시각적 재현(아쿨카-이콘)을 시도한다. 그는 성서 속 인물의 이콘을 그리는 대신 사실적인 존재의 이코노그라피를 발전시킨다.(Gatrall 2004: 20) 앞에서도 살펴보았듯이 이 과정에서 아쿨카는 서사 속의 살아 있는 인물임에도 그 강력한 은유적 표시들 때문에 이미지(이콘)로 전이된다. 단, 그녀의 이미지는 프레임의 보호를 받지 못하므로 서사와 이미지의 긴장은 해소되지 않으며 이콘의 궁극적 의미인 영원성은 확보되지 않는다.

　이 점을 조금 자세하게 살펴보자. 보통의 에크프라시스 텍스트에서는 프레임 속의 인물(초상화)이 프레임을 뚫고 밖으로 나와 서사 속에 녹아들어 가는 과정이 문제가 된다. 그러나 도스토옙스키의 〈역에크프라시스〉 텍스트에서는 그와는 반대의 과정에 주목할 필요가 있다. 수난의 표징인 아쿨카의 원형적 이미지가 진정한 이콘이 되려면 아쿨카는 프레임 속으로 들어가 영원성을 획득해야 하고 서사는 일단 중단되어야 한다. 그러나 서사적 시간은 「아쿨카의 남편」을 관통하여 흘러간다. 시시코프는 무감각하게 자신의 살인을 술회하고 그의 대화 상대인 체레빈은 이 끔찍한 스토리를 다 듣고 나서 〈식상하고 냉정한 어조로〉 〈물론 때리지 않는다고 해서 좋은 것은 아니야〉라고 논평한다. 그들의 대화를 엿들은 고란치코프는 단 한 마디의 논평 없이 이 장을 마무리하고 다음 장으로 넘어간다. 부연하자면, 아쿨카 스토리를 둘러싼 모든 〈현재의 인물들〉은 잔인하고 무감각한 논평과 침묵으로써 서사적 행위를 복구시키고 시간의 흐름에 박차를 가한다. 비록 이 스토리가 〈한 편의 이야기〉라고 하는 장르적 프레임을 가지고 있기는 하지만 스토리에 관여하는 인물들로 인해 아쿨카는 서사와 함께 시간 속으로 녹아들고 결국 잊힌다.

사실, 「아쿨카의 남편」은 내용 자체만으로는 대속 에피소드가 되기 어렵다. 그러나 도스토옙스키는 동시성의 원칙을 텍스트에 도입함으로써 이콘적인 서사를 완성한다. 주인공 고랸치코프의 다중 시선 덕분에 「아쿨카의 남편」은 역에크프라시스의 한계에도 불구하고 죄와 속죄와 부활에 대한 텍스트로 승화된다. 그동안 대부분의 연구자들이 고랸치코프의 시선을 전격적으로 변화시킨 계기라 기술했던 연극 공연 대목을 살펴보자. 1부의 마지막 장은 성탄 주간에 죄수들에게 허용되는 연극 공연에 대한 기록이다. 무대 장치, 분장, 연기 등 연극의 모든 것을 죄수들이 준비한다. 죄수들뿐만 아니라 간수와 하사관, 장교, 공병 서기 등이 관객으로 참여한다.

연극 공연을 논의한 연구자들은 예외 없이 이 사건의 긍정적이고 정신적인 측면을 지적한다. 그것은 무엇보다도 〈공동체〉적인 사건이며 죄수 배우들과 죄수 관객들, 그리고 지식인인 고랸치코프 모두가 일시적이긴 하지만 진정한 〈기쁨〉을 맛보고 있다는 점에서 가히 지옥의 심연에서 일어나는 일종의 변곡점과도 같은 사건이다. 〈감방, 족쇄, 감금, 앞으로의 길고 긴 우울한 날들, 음침한 가을날의 물방울 같은 단조로운 생활 등을 상상해 보라. 그리고 주위의 모든 압박과 구속된 생활의 무거운 꿈을 잊어버리고 잠시나마 편안하고 즐거운 시간이 허락되고 대대적인 연극 공연이 허용되었다고 상상해 보라.〉(252) 고란치코프는 연극 공연을 계기로 동료 수인들에 대한 시선을 완전히 바꾼다. 〈이들의 일그러지고 낙인 찍힌 이마와 볼에서, 지금까지 음침하고 찡그리고 있던 이들의 시선에서, 때때로 무섭게 번뜩이는 이들의 두 눈에서, 어린 아이처럼 즐겁고 사랑스러우며 순수한 만족의 경이로운 광채가 반짝이고 있었다.〉(248) 〈소리들의 화음, 연주의 호흡, 그리고 특히 모티프의 본질에 대한 훌륭한 재연과 그것의 성격을 이해하는 정신들은 그저 놀라움만을 안겨다 줄 뿐이었다. 나는 그때 처음으로 러시아의 낙천적이며 대담한 춤곡 속에 깃들어 있는 그 끝없는 낙천성과 용맹스러움을 완전히 이해할 수 있었다.〉(249)

그런데 대부분의 연구자들은 간과했지만, 이 연극 공연에는 공동체적인 기쁨의 사건 외의 또 다른 불길한 사건이 숨겨져 있다. 마지막 무언극의 내용은 외간 남자와 불륜을 저지르는 아내와 그녀를 의심하는 남편의 이야기다. 〈방앗간 주인은 일을 마친 후 모자와 채찍을 집고 아내에게 다가가, 그녀에게 동작으로 자기는 나가야 하니 만약 자기가 없는 동안에 누구를 끌어들이면 그때는…… 하고 채찍을 들어 보인다. 아내는 듣고 난 후 고개를 끄덕인다. 채찍은 그녀에게 매우 친근함에 틀림없다.〉(259) 연극이 진행됨에 따라 남편의 폭력성이 가차 없이 드러난다. 〈한편 남편은 문을 발로 차서 부수고는 채찍을 손에 든 채 아내에게 다가온다.〉(260) 숨어 있던 브라만교 승

려가 남편에게 발각되어 비명을 지르자 〈남편은 마음껏 두들겨 팬다〉. 〈아내는 이번에는 자신의 차례라고 생각하고 방 안에서 도망친다.〉(261) 부정한 아내와 그녀를 의심하고 폭행하는 남편의 이야기는 당연히 2부에서 전개될 아쿨카 이야기에 대한 서사적 복선이다. 문제는 고랸치코프를 포함하는 관객 그 누구도 이 스토리가 함축하는 폭력과 살인에 주의하지 않는다는 사실이다. 관객들은 즐거워하고 고랸치코프는 오로지 연극의 형식적인 측면만 논평한다. 〈여기까지 무언극은 흠잡을 데 없었다. 동작도 실수 하나 없이 정확했다.〉(259) 고랸치코프는 〈모두가 우습고 진짜 재미있는 것들이었다〉(261)며 연극 상연의 깊은 의미를 지적한다. 〈이 같은 불행한 사람들에게도 잠시나마 자기 식대로 살 수 있다는 것, 인간답게 웃을 수 있는 것, 일순간이라도 감옥 같지 않는 현실을 느끼는 것이 허용됨으로써 그들은 잠시나마 정신적으로 변화하게 되는 것이다.〉(262)

연극 상연이 성탄 주간에 일어난 일이고 고랸치코프가 아쿨카 이야기를 듣는 것은 그로부터 몇 달 뒤 일이라는 사실을 염두에 둔다면 같은 병실에 입원한 시시코프와 체레빈 모두 연극 상연 당시에는 무언극의 관객들 중 하나였으리라고 사료된다. 잔인하게 아내의 목을 칼로 그은 살인범을 비롯한 다양한 형사범들이 아내를 습관적으로 폭행하는 남편 이야기를 깔깔대며 구경하는 장면은 아무리 긍정적으로 보려고 해도 속죄의 공동체라기보다는 악의 공동체에 가깝게 여겨진다.

바로 이 점에서 본문의 고랸치코프와 서문의 고랸치코프 간에 존재하는 모순은 단순 실수가 아닌 서사적 전략으로 부상한다. 본문의 고랸치코프가 지식인 정치범인 반면(적어도 그렇게 암시된다) 서문의 고랸치코프는 질투로 인해 아내를 살해한 후 형을 살고 나온 유형수로 소개된다. 중요한 것은 도스토옙스키가 이 소설을 연재한 뒤 여러 차례 단행본으로 출간하면서 수정 보완 할 기회를 가졌음에도 불구하고 이 부분은 수정하지 않았다는 사실이다.(Oeler 2002: 519~520) 서문과 본문의 괴리는 그동안 여러 가지 다른 각도에서 설명되었다. 본 논문에서 이제까지 살펴본 시각성과 연결 지어 볼 때 이 괴리는 역원근법의 원리를 충실하게 따른 결과라 여겨진다. 아내 살인범으로서의 고랸치코프는 본문의 「아쿨카의 남편」 이야기, 연극 상연 에피소드와 연결되면서 동시성 원칙을 밀도 높게 구현한다. 다른 흉악범들과 함께 아내 폭행 연극을 즐겁게 관람하며 긍정적으로 논평하는 고랸치코프, 시시코프의 아쿨카 살해 이야기를 논평 없이 전달하는 고랸치코프, 서문의 아내 살인범 고랸치코프는 동일한 인간의 각기 다른 측면으로 서로에게 상호 분신적으로 기능한다.〈보이지 않는 영적인 세계의 이미지를 일상적인 조건 속에서 제시하기 위해 사용되는 뒤집힌 원근법의 논리가〉(Kasatkina 2021: 165) 여기서는 동일 인물의 다중화 현상으로 반복되는 것이다.

여기서 우리는 역원근법의 궁극적 의미가 신의 시선에 있다는 사실을 기억할 필요가 있다. 원근법이 관자를 한 공간, 한 시간에 고정시킨다면, 그리하여 물리적으로나 심리적으로 관자와 대상을 분리시킨다면, 신의 비전은 절대적이며 동시적이다.(Cunnar 2012[1990]: 330) 디미트로프의 지적처럼 〈사물을 바라보는 주체는 인간도 되고 신도 된다. 그러나 오로지 신만이 모든 면을 다 볼 수 있으며 신의 그런 시선 속에서는 본질과 현상의 구분이 무의미하다. 도스토옙스키는 신이 인간을 모든 면에서 동시에 보듯이 인간을 재현한다. (……) 이쪽에서 보고, 저쪽에서 보고, 빛 속에서 보고 어둠 속에서 보고 위에서 보고 아래에서 본다〉.(Dimitrov 2017: 243, 244) 도스토옙스키는 신의 비전을 모방하여 등장인물이자 서술자이자 자신의 분신이기도 한 고랸치코프를 내부로부터 보고 바깥으로부터 보고, 또 시간적인 전과 후 속에서 바라본다. 이러한 동시적 시선 속에서는 시베리아의 작은 도시와 유형지, 그리고 아쿨카 이야기의 배경인 러시아의 시골 마을은 모두 지옥이라는 이름의 한 가지 공간에 대한 제각각의 변주라 할 수 있다. 같은 맥락에서 아내 폭행 무언극을 즐겁게 관람하는 고랸치코프, 시시코프의 살인 스토리에 침묵하는 고랸치코프, 아내 살인범 고랸치코프, 정치범 지식인 고랸치코프 역시 한 죄인에 대한 다른 이름이라 할 수 있다.

고랸치코프는 병의 치료를 거부하고 고독하게 죽음을 맞이하는 마지막 행위로써 이 모든 동시적인 공간과 인간을 위대한 대속의 가능성 속으로 내보낸다. 그는 아쿨카를 처참한 죽음으로 몰아간 시시코프이자 필카이자 아쿨카의 부모이자 동네 구경꾼이다. 그러나 그는 동시에 침묵과 묵종으로 죽음을 맞이한 아쿨카의 분신이기도 하다. 그의 마지막 행위는 거룩한 이미지와 대속을 향한 인간의 희구가 공존하는 일종의 프레임이다. 그것은 아쿨카라는 이콘에 보이지 않는 프레임이 되어 시공간적 영원성을 더해 준다.

신의 바라봄

『죽음의 집의 기록』은 그 어느 소설보다도 이콘 창작 원리를 깊이 반영한다. 이 소설에서 도스토옙스키는 신의 바라봄을 흉내 냄으로써 서술자-주인공 고랸치코프의 문자적 서사를 논리적인 경계 너머로 확장시킨다. 역원근법이란 모든 인과율을 파괴하는 비전임을 감안한다면,(Rostova 2007: 106) 신의 바라봄 안에서 서문의 고랸치코프와 본문의 고랸치코프 간의 차이는 사실상 그다지 큰 것이 아니다. 또 역원근법의 심장부에 놓여 있는 것은 신의 영원에 대한 무시간적 관념이므로 인간의 역사에서 일어나는 사건들은 동시적으로 발생한다고 전제한다면 (Antonova 2016: 103) 본문의 마지막에서 암시되는 법적이고 심리적인 해방은 서문의 말미에서 일어나는 도덕적 해방의 반복이라 여겨질 수 있다. 이 소설에서 〈이콘의 역원근법과 초시간적 영원에 관한 신학적 교의 간의 관련성은〉(Antonova 2016: 1) 최대화된다. 스토리는 마치 입체파 회화처럼 〈동시적〉 장면으로 구성되지만 그럼에도 포스트모던 문학이 아닌 리얼리즘 문학으로 읽힐 수 있는 것은 〈기록〉이라는 사실적인 장르 자체 덕분이다.

『죽음의 집의 기록』은 도스토옙스키의 자전적 소설이자 한 지식인의 유형지 체험에 관한 사실적인 기록이다. 그러나 가장 본질적인 차원에서 그것은 인간의 부활 가능성을 집요하게 천착하는 신학적 소설이며 이 점에서 향후 도스토옙스키의 위대한 소설들을 위한 서문이라 해도 좋을 것이다. 도스토옙스키는 부활을 공동체적인 사건과 개인적인 사건 두 가지로 바라보았다. 고랸치코프가 진실로 부활하기 위해서는 철저한 고독 속에서 자기스스로와 대면하는 과정이 요구된다. 흘러 지나가는 현상의 외적 이미지 속에 영원성의 이미지를 담아 두는 도스토옙스키 소설 공학을 염두에 둔다면(Kasatkina 2007: 145) 고랸치코프가 선택하는 고독한 죽음은 부활 가능성으로 치환된다. 이 점은 살인범 시시코프와 비교해 볼 때 분명해진다. 고란치코프와 시시코프는 둘 다 아내 살인범이고, 함께 연극을 관람하고 같은 병실을 공유한다. 한 가지 차이라면 시시코프에게는 부활의 가능성이 차단되어 있다는 점이다. 그는 감옥에 오기 전에도, 감옥에 오고 나서도 — 아마도 출소 후에도 — 동일한 지옥 속에 갇혀 있다. 그가 아쿨카를 살해하고 숨어 들어간 작고 어두운 시골 목욕탕은 영원히 지속되는 지옥의 동의어다. 목욕탕에 갇히고, 감옥에 갇히고, 병원에 갇혀 있는 부동의 시시코프는 아쿨카가 재현하는 영원에 대한 그림자이다. 신의 눈을 흉내 내는 저자 도스토옙스키는 이 두 가지 영원을 다 바라보았고 그것을 한 폭의 거대한 서사적 이콘으로 완성시켰다.

출전

Ⅰ 육체의 굴레

손재은. 「『죽음의 집의 기록』에 나타난 옷의 상징성」, 『러시아어문학 연구
논집』, Vol.79(2022), 31~53면.

Ⅱ 악의 시간과 공간

이선영. 「도스토옙스키의 목욕탕 흐로노토프 : 「아쿨카의 남편, 한 편의 이
야기」의 두 서술자를 중심으로」, 『러시아어문학 연구논집』, Vol.80(2023),
143~166면.

Ⅲ 죽음의 집, 지루한 집

김하은. 「『죽음의 집의 기록』에 나타난 권태」, 『러시아어문학 연구논집』,
Vol.80(2023), 67~87면.

참고 문헌

김동훈, 「위대함의 전조 vs. 깊은 권태」, 『현대유럽철학연구』, Vol.62 (2021), pp.37~77.

김진희, 「하이데거와 철학함의 기분: '아무튼 그냥 지루해'」, 『철학윤리교육연구』, Vol.25, No.41 (2021), pp.49~67.

니체, F., 『선악을 넘어서』, 김훈 옮김(서울: 청하, 1982).

_____, 『우상의 황혼 외』, 백승영 옮김(서울: 책세상, 2002).

_____, 『짜라투스트라는 이렇게 말했다』, 최승자 옮김(서울: 청하, 1984).

도스또예프스끼, 표도르, 『죽음의 집의 기록』, 이덕형 옮김(파주: 열린책들, 2018).

류전희, 「고대 그리스 로마시기의 건축적 재현에서 자연적 원근법과 유클리드 광학」, 『대한건축학회논문집』, Vol.25, No.1 (2009), pp.201~208.

모출스키, 콘스탄틴, 『도스토예프스키: 영혼의 심연을 파헤친 잔인한 천재. 1』, 김현택 옮김(서울: 책세상, 2000).

박우찬, 『미술은 이렇게 세상을 본다』(서울: 재원, 2002).

베르쟈예프, 니콜라이, 『도스토예프스키의 세계관』, 이경식 옮김(서울: 현대사상사, 1979).

석영중, 「도스토예프스키의 『죽음의 집의 기록』에 나타난 원형운동과 선형운동」, 『슬라브학보』, Vol.29, No.3 (2014), pp.89·114.

_____, 「도스토옙스키와 바라봄의 문제: 구경, '아케디아', 그리고 스타브

로긴」, 『러시아어문학연구논집』, Vol.72 (2021), pp.59~80.

_____, 「도스토옙스키와 이콘: 『죽음의 집의 기록』에 나타난 바라봄의 문제를 중심으로」, 『러시아어문학연구논집』, Vol.78 (2022), pp.35~62.

스벤젠, 라르스, 『지루함의 철학』, 도복선 옮김(서울: 서해문집, 2005).

알리기에리, 단테, 『신곡 지옥편』, 박상진 옮김(서울: 민음사, 2022).

어거스틴, 『성 어거스틴의 고백록』, 선한용 옮김(서울: 대한기독교서회, 2021).

에픽테토스, 『왕보다 더 자유로운 삶 에픽테토스의 '엥케이리디온', '대화록' 연구』, 김제홍 옮김(파주: 서광사, 2013).

크랜스턴, 모리스. 『자유란 무엇인가』, 황문수 옮김(서울: 문예출판사, 1995).

키토, H..『고대 그리스, 그리스인들』, 박재욱 옮김(서울: 갈라파고스, 2008).

투이, 피터, 『권태, 그 창조적인 역사』, 이은경 옮김(서울: 미다스북스, 2011).

파노프스키, 에르빈, 『상징형식으로서의 원근법』, 심철민 옮김(서울: 도서출판b, 2014).

파스칼, 블레즈, 『팡세』, 현미애 옮김(서울: 을유문화사, 2013).

피어시그, 로버트, 『선과 모터사이클 관리술』, 장경렬 옮김(서울: 문학과지성사, 2010).

하이데거, 마르틴, 『형이상학의 근본개념들: 세계-유한성-고독』, 이기상, 강태성 옮김(서울: 까치, 2001).

Al'tman, M., *Pestrye zametki. Dostoevskii. Materialy i issledovaniia*, Vol.3 (Leningrad: Nauka, 1978).

Antonova, C., *Space, Time, and Presence in the Icon. Seeing the World with the Eyes of God* (London; N.Y.: Routledge, 2016).

_____, "The Vision of God and the Deification of Man: The Visual Implications of Theosis", *Vision of God and Ideas on Deification in Patristic Thought*, edits. M. Edward and E. D-Vasilescu (London; N.Y.: Routledge, 2017), pp.208~222.

Apollonio, C., "Notes from the Dead House: An Exercise in Spatial Reading, or Three Crowd Scenes." *Rossiiskii gumanitarnyi zhurnal*, Vol.3, No.5 (2014), pp.354~368.

Bagby, L., "Dostoyevsky's Notes from a Dead House: The Poetics of the

Introductory Paragraph", *The Modern Language Review*, Vol.81, No.1 (1986), pp.139~152.

Bakhtin, M., "Avtor i geroi v esteticheskoi deiatel'nosti", *Estetika slovesnogo tvorchestva* (Moskva: Iskusstvo, 1979).

_____, *Voprosy literatury i estetiki* (Moskva: Khudozhestvennaia literatura, 1975).

Batalova, T., "Problema povestvovaniia v 'Zapiskakh iz mertvogo doma' F.M.Dostoevskogo", *Problemy istoricheskoi poetiki* Vol.19, No.1 (2021), pp.221~238.

Cieply, J., "The Silent Side of Polyphony On the Disappearances of 'Silentium!' from the Drafts of Dostoevskii and Bakhtin", *Slavic Review*, Vol.75, No.3 (2016), pp.678~701.

Cerny, V., *Dostoevsky and His Devils*. trans. F. Galau (Ann Arbor: Ardis, 1975).

Contino, P., *Dostoevsky's Incarnational Realism* (Eugene: Cascade Books, 2020).

Cunnar, E., "Illusion and Spiritual Perception in Donne's Poetry", *Aesthetic Illusion: Theoretical and Historical Approaches*. edits. P. Burwick and W. Pape (Berlin: Walter de Gruyter, Inc., 1990, Reprint 2012).

Dimitrov, E., "Dostoevskii i roman-ikona", *Iazyk. Kul'tura. Kommunikatsiia*. Vol.2, No.1 (2017), pp.236~249.

Dostoevskaia, A., "Iz 'Dnevnika 1867 goda'", *F.M.Dostoevskii v vospominaniiakh sovremennikov: v dvukh tomakh*, Vol. 2 (Moskva: Khudozhestvennaia literatura, 1990).

Dostoevskii, F., *Polnoe sobranie sochinenii v 30 tomakh* (Leningrad: Nauka, 1972-1990).

Ellioti, S., "Icon and Mask in Dostoevsky's Artistic Philosophy", *The Dostoevsky Journal: An Independent Review*, Vol.1, No.1 (2000), pp.55~67.

El'nitskaia, L., "Khronotop Ruletenburga v romane Dostoevskogo 'Igrok'", *Dostoevskii i mirovaia kul'tura*, Vol.23 (2007), pp.16~22.

Evdokimova, S., "Dostoevsky's Postmodernists and the Poetics of Incarnation", *Dostoevsky Beyond Dostoevsky*, edits. S. Evdokimova and

V. Golstein (Brighton, MA: Academic Studies Press, 2016),
pp.213~231.

Florenskii, P., *Sochineniia v chetrekh tomakh. vol. 3* (M., Mysl': 1999).

Frank, J., *Dostoevsky: The Stir of Liberation, 1860-1865* (Princeton:
Princeton Univ. Press, 1986).

_____, *Dostoevsky The Years of Ordeal* (Princeton: Princeton Univ.
Press, 1990).

_____, *Lectures on Dostoevsky* (Princeton: Princeton Univ. Press,
2020).

Garnova, K., "Karman kak samaia chasto vstrechaiushchaiasia detal'
odezhdy v romanakh F.M.Dostoevskogo", *Iazyk i kul'tura (Novosibirsk)*,
Vol. 9 (2013a), pp.160~164.

_____, "Odezhda muzhikov i bab v romane F.M.Dostoevskogo
'Brat'ia Karamazovy'", *Nauka i sovremennost'*, Vol.25, No.1 (2013b),
pp.48~52.

_____, "O nekotorykh funktsiiakh kostiuma v romane
F.M.Dostoevskogo 'Prestuplenie i nakazanie", *Nauchnye issledovaniia
i razrabotki molodykh uchenykh*, Vol.2 (2014), pp.121~124.

Gatrall, J., "Between Iconoclasm and Silence: Representing the Divine
in Holbein and Dostoevskii", *Comparative Literature*, Vol.53, No.3
(2001), pp.214~232.

_____, "The Icon in the Picture: Reframing the Question of
Dostoevsky's Modernist Iconography", *Slavic and East European
Journal*, Vol.48, No.1 (2004), pp.1~25.

Grillaert, N., "'Raise the People in Silence': Traces of Hesychasm in
Dostoevskij's Fictional Saint Zosima", *Dostoevsky Studies, New Series*,
Vol.15 (2011), pp.47~88.

Holquist, M., "The Fugue of Chronotope", *Bakhtin's Theory of the Literary
Chronotope: Reflections, Applications, Perspectives*. edits. N. Bemong, et
al. pp.19~33.

Ianovskii, S., "Vospominaniia o Dostoevskom", *F.M.Dostoevskii v
vospominaniiakh sovremennikov v dvukh tomakh*, Vol.1 (Moskva:
Khudozhestvennaia literatura, 1990).

Ivanits, L., "Suicide and Folk Beliefs in Crime and Punishment", *The*

Golden Age of Russian Literature and Thought, edit. D. Offord (Basingstoke: Macmillan, 1992), pp.138~148.

Jackson, R., *The Art of Dostoevsky* (Princeton: Princeton Univ. Press, 1981).

_____, "The Bathhouse Scene in Notes from the House of the Dead", *Literature, Culture, and Society in the Modern Age: In Honor of Joseph Frank*. edits. B. Edward, et al. (Stanford: Stanford Univ., Department of Slavic Languages and Literatures, 1991), pp.260~268.

Jens, B., "Silence and Confession in The Brothers Karamazov", *The Russian Review*, Vol.75, No.1 (2016), pp.51~66.

Jones, M., *Dostoevsky and the Dynamics of Religious Experience* (London: Anthem Press, 2005).

Jordan, Y., *Ekphrasis, Russian Style: Visualizing Literary Icons, 1830-1930* (Diss. Univ. of Virginia, 2014).

Kanevskaia, M., "Ikona v strukture romana Dostoevskogo 'Zapiski iz Mertvogo doma", *Dostoevskii i mirovaia kul'tura. Al'manakh*, No.12 (1999), pp.81~88.

Kasatkina, T., "Kartina, ne stavshaia ikonoi: zhivopis' geroev v romanakh F.M.Dostoevskogo 'Unizhennye i Oskorblennye' i 'Podrostok'", *Studia Litterarum*, Vol.6, No.3 (2021), pp.148~165.

_____, "'Zapiski iz mertvogo doma': stsena v bane i ee ikonopisnyi pervoobraz. Obraz Isaia Fomicha", *Dostoevskii i sovremennost', Materialy XXI Mezhdunarodnykh starorusskikh chtenii 2006 goda* (2007), pp.142~152.

Khaidegger, M., *Osnovnye poniatiia metafiziki. Mir-konechnost'-odinochestvo*. trans. V. Bibikhin, A. Akhutin and A. Shurbelev (Saint Peterburg: Vladimir Dal', 2013).

Kuhn, R., *The Demon of Noontide: Ennui in Western Literature* (Princeton: Princeton Univ. Press, 2017).

Lavrin, J., "A Note on Nietzsche and Dostoevsky", *Russian Review*, Vol.28, No.2 (1969), pp.160~170.

Leatherbarrow, W., *A Devil's Vaudeville: The Demonic in Dostoevsky's Major Fiction* (Evanston: Northwestern Univ. Press, 2005).

Lotman, Iu., "Zametki o khudozhestvennom prostranstve", *Izbrannye stat'i v trekh tomakh*, Vol.1 (Tallin: Aleksandra, 1992), pp.448~463.

Lundblad, L., "Katorzhnyi for'klor ili for'klornaia katorga: 'Akul'kin muzh. Rasskaz' v 'Zapiskakh iz Mertvogo doma' FM Dostoevskogo", *Dergachevskie chteniia-2011*, Vol.1, No.10 (2012), pp.286~294.

Meerson, O., *Dostoevsky's Taboos* (Dresden: Dresden Univ. Press, 1998).

Milkova, S., "Ekphrasis and the Frame: on Paintings in Gogol, Tolstoy, and Dostoevsky", *Word&Image: A Journal of Verbal/Visual Enquiry*, Vol.32, No.2 (2016), pp.153~162.

Mitchell, W., "Ekphrasis and the Other", *Picture Theory* (London; Chicago: Univ. of Chicago Press, 1995), pp.151~181.

Morson, G., "The Chronotope of Humanness: Bakhtin and Dostoevsky", *Bakhtin's Theory of the Literary Chronotope: Reflections, Applications, Perspectives*, edits. Bemong, N. et al. pp.93~110.

Mørch, A., "The Chronotope of Freedom: House of the Dead", *Aspects of Dostoevskii: Art, Ethics and Faith*, edit. R. Reid and J. Andrew (Amsterdam; New York: Rodopi, 2012), pp.51~65.

Oeler, K., "The Dead Wives in the Dead House: Narrative Inconsistency and Genre Confusion in Dostoevskii's Autobiographical Prison Novel", *Slavic Review*, Vol.61, No.3 (2002), pp.519~534.

Ollivier, S., "Icons in Dostoevsky's Works", *Dostoevsky and the Christian Tradition, edits*. G. Pattison and D. Thompson (Cambridge: Cambridge Univ. Press, 2001), pp.51~68.

Ossorgin, R., "How the Inmates' Polyphonic Play Performs the 'All Creation' Icon", *Dostoevskii i mirovaia kul'tura. Filologicheskii zhurnal*, Vol.1, No.5 (2019), pp.41~54.

Ouspensky, L., *Theology of the Icon*, trans. A. Gythiel with selections trans. E. Meyendorff (Crestwood, NY: St. Vladimir's Seminary Press, 1992).

Petrova, Iu., "Obraz raia v povesti F.M.Dostoevskogo 'Zapiski iz mertvogo doma'", *Lepta* (2020), pp.71~76.

Rosenshield, G., "Akul'ka: The Incarnation of the Ideal in Dostoevskij's Notes from the House of the Dead", *Slavic and East European Journal*, Vol.31, No.1 (1987), pp.10~19.

_____, "Gambling and Passion: Pushkin's The Queen of Spades and Dostoevsky's The Gambler", *Slavic and East European*

Journal, Vol.55, No.2 (2011), pp.205~228.

_____, "Isai Fomich Bumshtein: The Representation of the Jew in Dostoevsky's Major Fiction", *Russian Review,* Vol.43, No.3 (1984), pp.261~276.

Rostova, N., "Cherovek obratnoi perspektivy kak filosofsko-antropologicheskii tip (Issledovanie fenomena iurodstva)", *Vestnik TGPU Seriia: Gumanitarnye nauki (filosofiia),* Vol.11, No.74 (2007), pp.105~111.

Ryan, W., *The Bathhouse at Midnight: An Historical Survey of Magic and Divination in Russia* (Univ. Park, Pa.: Pennsylvania State Univ. Press, 1999).

Safronova, E., "Individuatsiia kriminal'nogo fakta v 'Zapiskakh iz mertvogo doma' F.M.Dostoevskogo: avtopsikhologicheskii aspekt'", *Sibirskii filologicheskii zhurnal,* Vol.2 (2013), pp.101~109.

Schur, A., "The Limits of Listening: Particularity, Compassion, and Dostoevsky's 'Bookish Humaneness'", *Russian Review,* Vol.72, No.4 (2013), pp.573~589.

Shankman, S., "Narrative, Rupture, Transformation: Dostoevsky in Prison and on the Road", *Comparative Critical Studies,* Vol.10 (2013), pp.27~37.

Shklovskii, V., "Za i protiv: zametki o Dostoevskom", *Sobranie sochinenii v trekh tomakh* (Moskva: Khudozhestvennaia literatura, 1974).

Skuridina, S., Novikova, M., Popova, Iu. "Shliapa, pal'to i sapogi kak elementy kostiumnogo koda v romane 'Prestuplenie i nakazanie' F.M.Dostoevskogo", *Aktual'nye voprosy sovremennoi filologii i zhurnalistiki,* Vol.4, No.43 (2021), pp.7~12.

Statkiewicz, M., "The Impression of Reality: Fiction and Testimony in Dostoevsky's Notes", *Journal of Literature and Art Studies,* Vol.6 (2016), pp.235~248.

Stuchebrukhov, O., "Hesychastic Ideas and the Concept of Integral Knowledge in Crime and Punishment", *Dostoevsky Studies, New Series,* Vol.13 (2009), pp.81~96.

_____, "Overcoming Linear Perspective in Dostoevsky's 'Dream of a Ridiculous Man'", *Slavic and East European Journal,*

Vol.65, No.1 (2021), pp.41~57.

Sysoev, T., "Skuka i len': filisofsko-eticheskii analiz", *Filosofiia i obshchestvo*, Vol.3 (2019), pp.106~125.

Toohey, P., "Acedia in Late Classical Antiquity", *Illinois Classical Studies*, Vol.15, No.2 (1990), pp.339~352.

Tucker, J., "The Religious Symbolism of Clothing in Dostoevsky's Crime and Punishment", *Slavic and East European Journal*, Vol.44, No.2 (2000), pp.253~265.

Willaims, R., *Dostoevsky: Language, Faith, and Fiction* (London: Bloomsbury, 2008).

Young, S., "Deferred Senses and Distanced Spaces: Embodying the Boundaries of Dostoevsky's Realism", *Dostoevsky at 200*, edits. K. Bowers and K. Holland (Toronto: Univ. of Toronto Press, 2021), pp.118~136.

지은이

석영중 고려대학교 노어노문학과를 졸업하고 오하이오 주립 대학교 슬라브어문과에서 박사 학위를 받았다. 고려대학교 노어노문학과 교수를 지냈으며, 한국 러시아 문학회 및 한국 슬라브 학회 회장을 역임했다. 지은 책으로『도스토옙스키의 철도, 칼, 그림』, 『도스토옙스키 깊이 읽기』,『도스토옙스키의 명장면 200』,『매핑 도스토옙스키』,『인간 만세!』,『자유』등이 있으며, 옮긴 책으로는 도스토옙스키의『분신』,『가난한 사람들』,『백야 외』(공역), 톨스토이의『이반 일리치의 죽음·광인의 수기』(공역), 푸시킨의『예브게니 오네긴』,『대위의 딸』, 체호프의『지루한 이야기』, 자먀틴의『우리들』, 스트루가츠키 형제의『세상이 끝날 때까지 아직 10억 년』등이 있다. 1999년 러시아 정부로부터 푸시킨 메달을 받았으며, 2000년 한국 백상 출판 문화상 번역상, 2018년 고려대학교 교우회 학술상을 수상했다.

손재은 고려대학교 노어노문학과 박사 학위를 받았으며 현재 동 대학 강사로 재직 중이다. 논문으로「투르게네프의『루딘』에 나타난 '그라모트노스치'」,「『죽음의 집의 기록』에 나타난 옷의 상징성」등이 있다.

이선영 고려대학교 노어노문학과에서 박사 학위를 받았으며, 논문으로「도스토옙스키의「온순한 여자」와 자살의 문제」,「도스토옙스키의 목욕탕 흐로노토프」등이 있다.

김하은 고려대학교 노어노문학과에서 박사 학위를 받았다. 옮긴 책으로『가난한 사람들』,『처음 읽는 러시아 역사』(공역),『붉은 인간의 최후』가 있으며, 논문으로「『죽음의 집의 기록』에 나타난 권태」가 있다.

죽음의 집에서 보다 도스토옙스키와 갱생의 서사

발행일 **2024년 8월 25일 초판 1쇄**

지은이 **석영중 · 손재은 · 이선영 · 김하은**
발행인 **홍예빈 · 홍유진**
발행처 **주식회사 열린책들**

경기도 파주시 문발로 253 파주출판도시
전화 031-955-4000 팩스 031-955-4004
www.openbooks.co.kr

ISBN 978-89-329-2460-1 93890